KB139430

러브 앤 크라프트,
풍요실버타운의 사랑

러브 앤 크라프트, 풍요실버타운의 사랑

초판 1쇄 인쇄일 2021년 7월 20일
초판 1쇄 발행일 2021년 7월 27일

지은이 김재희
펴낸이 양옥매
디자인 임흥순 송다희

펴낸곳 도서출판 책과나무
출판등록 제2012-000376
주소 서울특별시 마포구 방울내로 79 이노빌딩 302호
대표전화 02.372.1537 **팩스** 02.372.1538
이메일 booknamu2007@naver.com
홈페이지 www.booknamu.com
ISBN 979-11-6752-014-2 (03800)

한국추리문학선 10

러브 앤 크라프트, 풍요실버타운의 사랑

김재희 소설집

목차

타임슬립러브 _ *007*

민트초코크런치의 달콤 쌉싸름한 터질 듯한 맛

부처꽃 문신에 담긴 꽃말 _ *113*

퍼플블루레모네이드의 아스라한 맛

메살리나 콤플렉스 _ *145*

잘 숙성된 레드토마토의 소금 맛

공모전 살인 사건 _ *177*

투명한 블루 샤베트의 시원한 맛

대쾌 _ *217*

꿈결 진분홍 마카롱의 달고 진득한 맛

풍요실버타운의 사랑 _ *253*

애쉬브라운 더블샷 에스프레소의 풍부한 맛

작가 후기 _ *282*

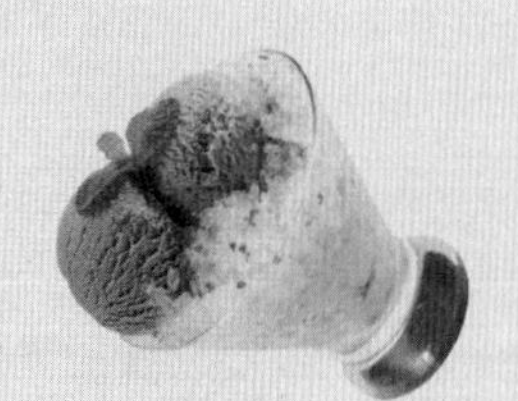

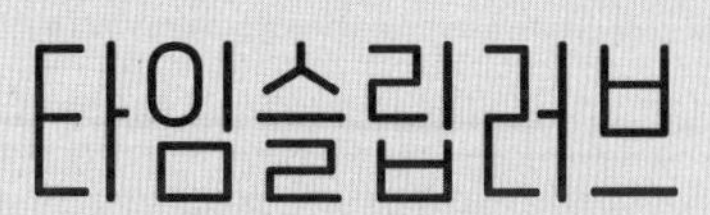

민트초코크런치의 달콤 쌉싸름한

터질 듯한 맛

3층 사는 아이 엄마

박현진은 오늘도 다섯 살 아들 동주가 자는 시간에 컴퓨터를 켰다. 원래 핸드폰으로 인터넷 사이트에 댓글을 달곤 했는데, 요즘은 아예 기계식 키보드를 사서 댓글을 달고 있다.

오늘은 자유 게시판에 무슨 글들이 올라왔는지 유심히 살폈다. 그때 눈에 들어오는 글이 있었다.

반반결혼에 대해 고수님들의 의견을 구합니다.

닉: 현이 사랑

저는 나이 32살의 여자입니다. 남친과 2년 사귀었고, 상견례를 마치고 집을 구하는 중입니다. 서울의 강동에 전세 4억 정도의 오래된 아파트 전세를 얻기로 했는데, 전세 자금을 반반씩 하기로 했습니다. 남친은 집안에서 1억을 대 주고, 1억은 본인 명의로 구하고, 저는 모아 놓은 돈으로 5천을, 나머지는 친정에서 대출과 모은 돈으로 해 주실 거예요.

혼수도 가전과 가구를 각자 자취방에서 쓰던 걸로 가져가고, 예단과 예물을 간소화하고 각자 어머니 한복 한 벌과 동생들 옷 그리고 티파니에서 은반지 심플한 거로 맞추기로 했어요. 명품 가방과 꾸밈비는 받지 않기로 했습니다.

반반결혼으로 하니 설날은 시댁에서, 추석은 친정에서 보내기로 했구요. 이런 사항을 종이에 작성해서 서로 사인을 주고받았습니다.

근데 여기에서 문제가 생겼어요. 시어머니 될 분이 예단은 안 하기로 했지만, 시고모들이 계시니 이바지 음식을 받고 싶대요. 만약 경황이 없어서 준비할 시간이 없으면, 4백만 원 정도 받고 본인이 직접 하신다네요.

저는 여기서 궁금한 게 있습니다. 무슨 이바지 음식을 어떻게 하기에 4백이 들고, 그걸 드리면 돌려받는지도요. 이 부분과 관련해서 남친과 상의해 보니, 대뜸 화를 내면서 어머니가 어련히 알아서 해 주실 텐데, 분쟁거리 만들지 말라고 하더군요.

여기 들어오시는 분들에게 문의드립니다. 스드메(스튜디오 촬영, 드레스, 메이크업)도 많이 간소화됐는데 정말 요즘에도 이바지 음식을 이 정도로 해 가야 되는지 궁금합니다. 이 문제로 남친과 3일째 싸우느라, 반지 맞추러 가지도 못했어요. ㅠㅠ

요즘도 결혼에 목을 매는 여자들이 많았다. 반반결혼이라니, 여자가 가사 살림을 거의 전담하는 분위기로 흘러가면 절대적으로 손해 보는 결혼이다.

현진은 그렇게 반반결혼을 하고도 이혼을 해서 지금은 혼자서 아이를 키운다. 양육비도 요번 달은 남편이 가게가 어렵다며 보내지 않았다. 현진은 달달구리 닉으로 댓글을 달았다.

댓글

닉:달달구리

아니, 쓰니(작성한 이) 바보예요? 그리고 남친은 마마보이구요? 요즘 같은 세상에 무슨 이바지 음식이구, 여자 집안에서 집값을 반 해 오고 다 반반씩 하기로 해 놓구, 이바지 음식만 달랑 여자가 해 오라니 이게 무슨 심보입니까? 게다가 남친은 어련히 어른이 알아서 하니 끼어들지 말구 시키는 대로 하라니, 결국 입 닥치라는 소리네요. 시댁 명령에.

이렇게 밀리는 결혼은 하고 나면 설날은 시댁, 추석은 친정으로 절대 흘러가지 않아요. 그렇게 서류 작성하는 건 결혼 전 일이구, 결혼하니 시어른들과 고모 오니 명절에 무조건 있어라 하게 되구요. 지금부터 밀리면 절대로 반반결혼도 되지 않고, 쓰니만 죽어라고 희생하는 결혼이 됩니다.

그 이바지 음식인가 하는 거에 감사하세요. 여기서 파혼하고 다른 남자 찾아서 인정받으면서 당당한 결혼 시작하세요. 뭐한다고 그런 남자와 집안에 미련을 가지나요?

그 4백으로 똥 잘 치웠다 생각하고 본인 명품 백 하나 사면 남는 겁니다. 제가 선배로서 꼰대질 하는 게 아니라 현실을 직시하라 충고하는 겁니다.

만약 당신이 이 충고를 보고도 바보짓을 한다면, 나가 죽으세요!

여기서 댓글을 마쳤다. 현진은 오늘도 여성들이 주로 드나드는 '패션피플들의 사교생활(줄여서 패피생활)' 사이트에 댓글을 10개 정도 달았다. 달달구리는 오전 시간은 대충 이렇게 패피생활 사이트에 올라오는 핫한 글들을 읽고 댓글을 달아 준다.

대부분이 남친과 사귀다 겪은 억울한 경험이거나 결혼 전에 겪는 일들을 적은 글들이다. 거의 모든 댓글은 남친과 헤어지라거나, 경찰에 신고하라거나, 아니면 파혼, 이혼하라고 조언해 줬다.

그때 갑자기 아래층에서 쾅쾅 천장을 치는 소리가 들려왔다. 아래층에 사는 20대 정도로 보이는 히키코모리 같은 남자는 현진과 이미 두 달 전부터 층간 소음으로 사이가 안 좋다.

남자는 동주가 뛰어놀 때마다 올라왔다. 거실에 놀이방 매트를 깔아 두었지만, 그는 시끄럽다며 항의를 했다. 아이가 잘 때도 올라온 적이 있어서 의아했다.

현진은 키보드를 기계식으로 바꾸어서 컴퓨터 자판 치는 게 한결 편해졌는데, 어제는 키보드가 시끄럽다면서 올라왔다. 이 남자가 아예 청진기를 천장에 갖다 대는지 미칠 지경이었다.

현진은 이미 언성을 크게 높여 싸운 것도 세 번은 넘었다.

남편이 이자카야 가게를 열면서 술을 건네는 손님들을 핑계로 새벽에 들어온 게 1년이 넘자, 현진은 싸우기를 여러 번 하다 이혼을 요구했다. 산부인과 검진도, 아이를 낳을 때도 혼자였다. 남편은 가게 끝나고 노래방 가서 도우미랑 논 적도 있었고 친정집에서 끌어다 쓴 가게 오픈 자금도 제대로 갚지 못했다.

현진은 독박육아에 지쳐 참다못해 이혼을 원했고, 남편은 흔쾌히 받아들였다.

집을 내놓고 남편은 원룸, 현진은 지금 이 집을 두 달 전에 들어왔다. 나머지 돈은 친정 빚을 갚았다.

아래층 남자는 이 집에 들어온 지 며칠 지나서 올라오기 시작했다.

"저기요, 아래층에 사는데요."

남자는 안경을 손으로 들어 올리면서 신경질적으로 말을 내뱉었다.

"제가 회사에서 큰 프로젝트를 외주 받아서 일하는 프리랜서거든요. 그래서 컴퓨터 작업을 하는데요. 아이가 뛰놀게 하면 안 되잖아요."

"죄송해요. 코로나로 유치원이 휴원 중이어서요."

"그건 알겠는데요. 코로나 핑계 대지 마시고요."

깡마른 남자는 정말 예민해 보였다.

"죄송합니다."

그렇게 시작된 대화는 며칠 걸러 몇 번 이어졌고 아래층 남자가 세 번째 찾아온 날, 현진은 드디어 언성을 높였다.

"놀이방 매트로 두꺼운 거 깔아서 그렇게 소음 안 들릴 텐데요. 그리고 지금은 아이 자고 있는데 무슨 소음이에요?"

"잘 모르시나 본데, 이 집이 시공 자재가 안 좋아서 잘 들려요. 천장도 낮구요."

"그래서 막대기로 맨날 천장 찔러요?"

"그럼 어떻게 해요? 우퍼 스피커 달아서 아예 힙합 크게 틀어 드려요? 다른 집들은 그렇게 한다던데요."

잠에서 깬 동주가 달려와 현진의 허벅다리에 매달려 울었다.

아래층 남자는 혀를 차면서 주의 부탁드린다는 한마디를 남기고 내려갔다. 숨을 참은 현진은 얼굴이 찡그려져서 동주를 안아 달랬다. 화가 났지만 일단 참았다.

남편의 늦어지는 양육비가 신경 쓰이고 외출할 데도 따로 없어 만사 힘들었다. 현진은 동주에게 밥을 챙겨 주고, 알바천국 사이트에 들어가 일자리를 찾았다.

몇 개를 메모한 후, 다시 패피생활 사이트에 들어가 자유 게시판 글들을 훑었다. 아래층에서 어찌나 음악을 크게 틀었는지 위층으로 들려왔다.

'이혼하세요.'

'파혼하세요.'

현진은 키보드를 다다다다 치며 댓글을 아주 자극적으로 달았다. 그러고는 한숨을 푹 쉬었다.

'천만 원만 있었으면… 그럼 당분간 이 집 월세도 식비도 해결될 텐데.'

그때였다. 현관 벨소리가 울렸다. 현진은 올 사람이 없어 벨소리가 그치기만을 기다렸지만 계속해서 벨소리가 울렸다.

"누구세요?"

"저희는 강동경찰서 여성청소년과 형사들인데요. 실례지만 여쭤볼 게 있어서요."

현진은 문을 열었다. 긴 머리를 포니테일로 묶은 30대의 여자 형사가 신분증을 보여 주었다.

"강아람 형사입니다. 여기 이분은 서선익 형사님이시고요."

여자 형사는 검은 슬랙스 정장, 남자 형사는 스포티한 점퍼에 면 팬츠를 입었다. 둘 다 중간 키에 단단한 체격이었으며 얼굴은 단정해 보였다.

"여기 사시는 이주연 씨 아시죠?"

"아, 사모님 알아요."

현진은 몇 달 전 계약 시의 그녀 모습을 떠올렸다. 머리를 질끈 묶고 화장기 없는 파리한 얼굴에 무표정했다. 자신도 신산하기 그지없어 남 얼굴 판단할 여력도 없었다. 그러려니 했다. 현진이 이혼했는지를 묻지 않아 피차 편했다.

"주인아주머니 실종 신고가 들어와서요."

"실종이요?"

"네, 남편분이 해외에 사시는데 한 달에 몇 번 통화하곤 했는데, 최근에 전화가 안 된대요."

"전 잘 모르는데요…."

"이주연 씨 최근에 뵌 적 없으세요?"

"네."

"그러세요?"

남자 형사가 마스크 위로 눈빛을 빛내며 물었다.

"요, 요즘 코로나잖아요. 밖에 잘 안 나가요."

"그럼, 뭐 이상한 일 있으면 명함으로 전화 좀 주세요. 아무거나 생각나는 거라도요."

"사모님, 혼자 사셨어요?"

현진이 물었다. 요즘 하도 이웃과 소통하지 않으니 집주인이 어떻게 사는지도 몰랐다.

"아드님은 군대 있대요. 그래서 실종 신고도 늦었나 봐요. 그럼 부탁드립니다."

형사가 돌아가고 현진은 동주가 노는 걸 보다 고개를 갸웃거렸다. 그러고 보니 집주인을 본 지 오래된 것 같았다.

'어디로 간 걸까?'

기분이 쎄했다. 하지만 아까 댓글을 달다 도중에 관둔 게 기억나 얼른 키보드 앞에 앉았다.

2층 사는 프리랜서

강승우는 오늘도 전철역 근처 스타벅스에 앉아 노트북을 열었다. 작년에 회사 다닐 때 할부로 산 맥북은 이렇게 카페 와서 작업할 때는 폼이 났다. 하지만 그뿐, 다달이 갚아야 할 카드 빚이 20만 원이 넘었다.

회사에서 웹디자이너로 일하면서 모아 둔 돈은 2천만 원이 안 되었다. 그걸로는 결혼은커녕 여친이 생겨도 제대로 미래를 생각하는 건 불가능하다. 창업은 더군다나 힘들다. 그냥 이냥저냥 직장 없이 버티는 자금으로 생각하고 묻어 뒀는데, 그게 그만 확 날아간 사건이 지지난 주 일어났다.

'후우….'

한숨을 쉬고 그 사건을 떨치려 했다.

승우는 그간을 돌아보았다. 직장도 상사와의 갈등과 웹디자이너 일 특성상 퇴근과 마감이 없는 일로 힘들어 관두었다. 현재 프리랜서로 일을 하고는 있지만, 드문드문 들어오는 일로는 한 달에 2백 벌기도 힘들었다. 일이 많이 들어올 때는 돈을 3백도 벌다가 두 달간 안 들어오기도 했다. 이런 식으로 사는 건 사는 게 아니었다.

두 달 전, 위층에 5세 남자아이와 엄마가 이사 왔다. 그것도 신경 쓰였다. 아이가 유치원에 안 가는지 종일 뛰어논다. 층간 소음이 심한 날에는 무조건 일어나 노트북을 들고 카페로 나갔다.

친구들은 일찍이 팀장이 되었다거나 결혼을 한다는 등 좋은 소식만 들려오는데, 자신은 제자리였다. 게다가 일이 없는 날에는 노트북으로 웹툰을 보거나 디씨갤러리나 기웃거리는데, 서른 넘은 나이에 한심하기 그지없었다.

말이 좋아 프리랜서이지, 한마디로 백수였다. 집에서 작업하는 것도 힘든데, 위층 아이가 소음을 내면서 신경을 거슬렀다. 항의도 점잖게 했지만 말을 안 들어먹었다. 위층도 자신을 무시하나 싶었다.

당장에 대걸레 막대기를 구해 와 천장을 치지만 분이 안 풀려 싸우기도 몇 차례. 위층 아이 엄마는 처음에는 미안해하다가 나중에는 인상을 쓰며 승우에게 신경질을 팍팍 냈다.

기분이 좋지 않았다. 한 달 전에 주인아주머니에게 이사 나간다고 연락했지만 감감무소식이다. 게다가 최근에 돈을 날려 이사 갈 계획마저 접었다.

다시 그날 사건을 떠올렸다.

IT 회사에서 외주로 받은 일을 한참 하다 보니 밤 열두 시였다. 여친과 헤어진 지도 1년이 넘었다. 인스타그램을 뒤지다가 전 여친이 갑자기 생각나 들어가 보니, 이미 다른 남친과 알콩달콩 제주도 여행을 다니고 있었다. 화가 불같이 나면서, 한편으로

나는 왜 이제까지 다른 여친을 못 만들었나 자괴감이 들었다.

성욕이 일어나면서 야동을 좀 기웃거렸으나 성에 안 찼다. 여기저기 사이트를 기웃거리다, 인스타그램도 다시 들어가 보다가 친구들 페이스북도 둘러보다가 포털에서 출장마사지를 검색했다.

10만 원에 기본 아로마 마사지 코스 들어가고 마사지사와 추가금으로 1번 연애가 가능하다고 적혀 있었다. 시간은 1시간 30분 소요된다고 했다.

승우는 여러 사이트를 전전하다 처음에 본 마사지 숍에 전화를 걸었다. 24시 대기 중이라는 마사지사 중에 한 명이 방문하겠다고 했다. 승우는 서비스를 신청하고 절차를 물었다.

폰 건너편의 남자 목소리가 차분하게 설명했다.

"고객님, 저는 강 실장이라고 합니다. 해당 서비스를 처음 신청하시는 분이라 저희가 안심 예치금을 걸거든요. 혹시 매너가 나쁠 경우 등을 대비해서요. 그래서 저희가 50만 원을 받고 나중에 서비스가 끝나고 마사지사와 종료했다는 전화를 주고받으면 바로 고객님 계좌로 입금해 드리거든요."

승우는 잠시 생각하다가 물었다.

"정말 돌려주시는 거 맞죠?"

"그럼요. 저희 가게 전화번호도 오픈했고 솔직히 이 일이 위험한 일이잖아요. 서로 조심해야 되니까 그런 거지, 괜찮습니다."

강 실장의 안심을 주는 중후하고 침착한 목소리에 승우는 핸드폰으로 바로 입금을 했다. 그리고 마사지사가 오기를 기다리는데, 강 실장으로부터 다시 전화가 걸려왔다.

"고객님, 저희가 아까 분명히 말씀드렸는데, 고객님 이름으로 입금 주시면 안 돼요. 경찰에 꼬리가 잡히면 큰일이잖아요. 그러니까 가명으로 해서 뒤에 '예치금'이라고 입금자명 변경해서 보내 주셔야 해요."

"네? 아까 그런 말씀 없으셨는데요?"

"지금 마스크 쓰고 통화 중이라 잘 못 들으셨을 거예요. 하지만 그렇게 해 주셔야 안전합니다. 그리고 예치금 50만 원도 확실히 돌려받으실 수 있구요. 안 그러면 계좌 관리자가 헷갈리고, 실수해서 돈이 묶여 버려요."

"그럼 대체 어떻게 해야 하는데요?"

이쯤 되면 마사지사고 뭐고 50만 원을 되찾을 생각에 다급해졌다.

"제가 가명을 지정해 드릴게요. '이형주 예치금'으로 다시 입금해 주세요. 50만 원을요. 그러면 서비스 후에 바로 백만 원 입금시켜 드릴게요. 농협 계좌로요."

"아, 알았어요."

시계를 보니 자정이 훌쩍 넘어 있었다. 이래저래 서비스 받을 시간이 지나 버렸다. 시간을 연장해 주겠지 하는 마음에, 남자가 말한 이름으로 다시 50만 원을 보냈다.

전화가 다시 걸려왔다.

"고객님, '이형주예치금'으로 입금하시면 어떡합니까?"

매너 좋던 핸드폰 건너 강 실장은 언성을 조금 높였다.

"지금 전산 오류 났어요. '이형주' 띄고 '예치금'으로 띄어쓰기 하셨어야죠."

"뭐라구요?"

"전산 오류 처리됐지만 돈은 돌려 드립니다. 그런데 다시 계좌를 재지정해야 되는데 수수료가 붙어요. 대한민국에서 성매매가 불법이잖습니까? 그러니까 통장이나 계좌를 오픈하고 변경하는 데 수수료가 백만 원 붙는다구요."

"아유, 됐습니다! 그거 마사지고 서비스고 안 받을 테니 지금까지 보낸 돈 싹 다 돌려줘요."

그러자 강 실장도 화를 내며 언성을 높였다.

"아니, 왜 화를 내십니까? 저희는 잘못한 게 없고 잘못 입금하는 고객님 잘못인데요."

"뭐라구요?"

"워워, 진정하십시오. 진정하시고 그럼 모든 입금 금액을 바로 돌려드릴 테니, 지금 보내 드리는 새 변경 계좌로 백만 원 바로 입금해 주세요. 그렇게 하시면 지금까지 보내 주신 모든 금액 싹 입금해 드릴게요. 서비스는 나중에 다시 전화 주세요."

승우는 뭔가 꼬였다는 느낌이 들었지만, 보냈던 돈을 돌려받으려면 방법이 없었다. 하는 수 없이 백만 원을 부쳤다.

입금 후 30초가 지나자, 다시 강 실장이 전화를 했다.

이번에 그는 정말 화를 터뜨리면서 운을 뗐다.

"고객님!"

"네? 돈 부쳐 주세요! 어서요!"

"지금 큰일 났어요. 고객님이 여러 번 계좌를 이체하고 그래서 24시 112센터에서 우리를 범죄 계좌로 인식하고 압수해서 그걸 풀려면 저희 협력업체랑 통화하셔야 돼요. 그렇게 해서 해결하면 되니까 일단 제가 끊고 5분 후에 전화 갈 거거든요? 그거 꼭 받으셔야 해요."

승우가 답할 시간도 주지 않고 실장이 전화를 끊자, 3분 후에 전화가 걸려왔다. 발신번호가 뜨지 않았다.

"여보세요."

"고개니임, 저희 범죄 연루 계좌로 의심받아서 정말 묶였거든요. 그걸 풀려면…."

이번에는 느물거리는 50대 정도의 남자가 길게 설명했다. 하여간 요지는 돈을 돌려받으려면 백만 원을 다시 다른 계좌에 넣어 신규를 터야 한다는 거였다. 승우가 사정을 하면서 돈 절반만이라도 돌려 달라 하자, 그걸 받으려고 해도 규정상 불가능하다는 얘기뿐이었다.

승우가 돈이 없다고 하자, 그럼 아는 대부업체를 소개해 준다면서 이름과 주민등록번호를 캐물었다. 승우는 당혹스러우면서도 어쩔 줄 몰라 하다가, 결국 또 돈을 부쳤다.

새벽까지 일어난 일들로 승우는 천만 원 조금 넘는 돈을 뜯겼다. 그런데 이 사건을 경찰에 바로 신고할 수가 없었다. 불법적인 성매매를 하려다 벌어진 일이었기 때문이다.

그는 며칠간 방에 누워 절망하다 차마 지방 계신 어머니에게도 말하지 못하고, 지금까지 신고도 하지 못한 채 끙끙 앓다가 지금, 스타벅스에서 이 일을 회상하고 있었던 것이다.

창피해서 친구들에게도 묻지 못하고, 중고차를 파는 사이트 익명 게시판에 물으니 일명 '출장마사지 피싱 사건'이라는 신종 사건이라는 댓글이 달렸다. 아는 사람도 당했는데 신고 후 수사 결과를 기다린다는 글이었다.

그는 고민했다. 신고를 할 것인가, 말 것인가. 그렇게 머리를 쥐어뜯는데, 어떤 여자와 남자가 그 앞으로 다가왔다.

"강승우 씨 맞으시죠?"

승우는 그들이 내미는 경찰 신분증을 보고 화들짝 놀랐다.

"무슨 일이시죠?"

"지금 사시는 드림 빌라 주인 이주연 씨가 실종돼서 남편분 의뢰로 수사 중입니다."

“저, 제가 여기 있는 줄 어떻게 아셨어요?”

“남편분이 사안이 시급해 일단 부동산 서류 찍은 사진을 보내서 우리가 입주자 정보를 파악해 찾는 중입니다. 강승우 씨가 전화를 받지 않아 어머니께 전화 드렸더니, 집 근처 여기에 자주 온다고 하셔서요.”

승우가 그제야 폰을 확인해 보니 부재중이 와 있었다.

“기분 나쁘네요. 이거 개인정보 함부로 이용해도 돼요?”

“그럼 안 되는데, 실종은 길어지면 위험할 수 있어서요. 양해 부탁드립니다.”

남자 형사가 물었다.

“이주연 씨 최근에 보시거나 연락한 적 있으십니까?”

“아니요. 아, 한 달 전에 집 내놓는다고 했는데 알았다고는 다시 연락이 없어서 그냥 잊고 있었어요. 일이 바빴거든요.”

여자 형사가 응수했다.

“그러시군요. 연락이 한 달 전 이후에는 없었다고요.”

“네.”

남자 형사가 날카롭게 물었다.

“이사는 중요한 일인데 왜 연락 없어도 가만히 계셨죠?”

“일이 바빠서요. 그리고 돈도 쓸 데가 있어 그냥 접었어요.”

“알겠습니다. 그럼 혹시 기억나는 거나 하실 말씀 있으시면 여기 명함으로 전화 주세요.”

승우는 형사들이 돌아가고 나서 커피를 마저 마시고 일어났다. 일할 마음이 안 들었다. 피싱에 사기당한 돈에, 집주인의 실종에…. 도무지 일할 정신이 아니었다.

승우는 한숨을 내쉬고, 당장 형사들 명함으로 자신이 당한 사건을 말해 볼까 결심을 해 보았다.

1층 사는 추리작가

"안녕하세요, 강동경찰서 강아람 형사입니다. 김상희 작가님 맞으시죠? 아, 지난번에 강동경찰서로 취재 오셨죠?"

추리작가는 여자 형사의 손을 잡고 인사를 했다.

"네. 맞습니다. 무슨 일로 오셨는지요?"

추리작가의 작업실은 빌라 1층이었다. 작가가 그들을 안으로 안내했다. 작업실에는 두 개의 책상이 있었는데, 책상 뒤로는 역사책이나 추리소설, 범죄학 등 수백 권의 책이 꽂힌 서가가 있었다.

특이하게 몸을 거꾸로 해서 척추를 늘려 주는 헬스 기구 거꾸리가 방 한가운데 있었다.

작가는 긴장된 얼굴로 작은 꼬마 의자를 권했다.

"앉으시죠. 차 한 잔 드릴까요?"

"괜찮습니다. 들르길 잘했네요. 아까는 안 계셨죠?"

남자 형사가 물었다.

"잠시 나갔다 왔어요."

여자 형사가 물었다.

"여기 꼭대기 사시는 주인 이주연 씨의 실종 신고가 들어와서 입주자들 상대로 알아보는 중입니다."

"혹시 최근에 보신 적 있으세요?"

작가는 고개를 저었다.

"그러고 보니, 본 지 꽤 됐네요. 요즘 집 밖에 나갈 일도 없고 재계약 말고는 그분 만날 일도 없죠."

김상희는 아내와 딸과 별거 중이었다. 작업실을 핑계로 여기에 들어온 지 몇 년 되었다. 아내와는 뜻이 맞지 않아 가끔 얼굴만 보는 정도였다.

"아! 이 책, 선생님이 쓰신 책 맞죠?"

여자 형사가 웃으면서 서가에서 책을 집어 들었다.

작가는 고개를 끄덕이면서 웃었다.

"읽어 보셨나요?"

작가는 내심 자기 작품이 젊은 여성이 읽는 책이길 바랐다.

"아니요? 엄마 방에 꽂혀 있어요."

"그러시군요."

작가는 잠시나마 들떴던 마음을 잡으며 며칠 전을 회상했다.

그는 이틀 전, ○○문고로 향했다. 그는 일주일에 한 번, 집 근처 서점에 가서 추리작품 중 어떤 작품이 번역됐는지, 한국 작가는 어떤 작품을 냈는지 살펴본다. 예전에는 그보다 많이 방문했는데 지금은 좀 뜸하다. 무엇보다 글 쓰는 게 심드렁하고, 재미도 없고 성과는 그저 그렇다. 예전 같으면 초판을 낸 지 얼마 안 돼 2, 3쇄를 찍었는데 요즘은 그게 힘들다.

아니, 그런 책들도 있긴 한데 거의 2, 30대 젊은 작가들이나 핫한 이슈가 있는 연예인 작가, 아니면 신인급 작가들이 대세였다. 인스타그램에는 그런 작가들의 책 사진들이 주로 올라온다.

추리 쪽은 더더욱 외국, 특히 일본 작가나 신인 작가들이 대세였다. 아니면 넷플릭스나 왓챠 등의 OTT 서비스에 드라마화된 작품들이 인기를 끌고, 서점 한가운데 가판대에 엄청난 책탑을 쌓아 전시돼 있다.

하지만 작가의 작품은 구석의 서가에 꽂혀 있거나, 없는 작품은 '품절', '직원에게 문의 바람' 등으로 나온다. 한마디로 갖다 놓지 않았거나, 그나마도 창고에나 있다는 얘기다.

작가는 화가 났다. 하지만 어쩔 수 없다. 대형서점의 평대나 눈에 잘 보이는 서가는 모두 신간이거나 출판사가 광고 진행하는 대로 그리고 잘 팔리는 순서대로 점령한다.

작가의 작품은 최근에 신간이 없었고, 게다가 잘 팔리지도 않았다. 작년에 라디오 드라마화된 작품은 사람들이 잘 알지도 못

한다.

그는 더 열심히 작품을 써서 팔아야 했다. 하지만 이제 출판사가 직접 찾아오는 일도 드물고, 자신이 써서 직접 투고해야 한다. 그것도 신입사원 에디터한테. 그가 일하던 에디터들은 대부분이 이직한 데다, 업계를 떠나 다른 일을 하는 사람도 많았다.

출판사에서 찾아오면 일이 쉽게 해결되지만, 그가 찾아가면 문전박대당하기 일쑤고, 투고 원고를 잘 읽지 않는 경우도 있었다.

'50대 남자 중견 작가의 작품을 20대 여자 에디터들이 좋아하지 않는 모양이군.'

그는 자조적으로 생각했다.

넷플릭스 원작 소설 《사랑도 이별도 저 영원히》라고 POP 배너가 붙은 서가를 당장이라도 발로 뻥 차고 싶었다. 맘 같아서는 서점 문 닫으면 몰래 침투해 이 서가를 자신의 책으로 점령해 책탑을 쌓고 싶었다.

신인 추리작가가 낸 이 책은 정말로 말만 드라마 원작 소설이지, 추리의 기본도 모르는 소설이었다. 반 다인의 '공정한 미스터리를 위해 필요한 20원칙'에서 단 한 가지도 제대로 지키지 않은 작품이었다.

다만, 요즘 페미니즘의 물결대로 여성들의 입장에서 공감할 만한 내용을 추리소설에 응용해 대박이 났고, 작가가 외모가 젊고 예쁜 데다 청년 직장인들의 결혼과 사랑에 대한 마음을 잘 읽어 냈다고 해서 주목받은 것이었다. 드라마에서도 한창 핫한 배우가 주연을 맡아 인기를 끌었다.

솔직히 말해 신인 후배작가의 작품을 까 내리고 싶지는 않았지만, 반 다인은커녕 녹스의 10계 원칙을 알지도 못하는 추리작가의 작품이 이렇게 대박을 내다니 어이가 없었다. 게다가 자신은 20년 넘는 경력도 무시당하고 인기 없는 길로 들어서는데 말이다.

솔직한 심정으로 넷플릭스 원작 소설 진열대를 발로 확, 차 버리고 싶었다.

하지만 그럴 수 있나.

작가는 《사랑도 이별도 저 영원히》 서가를 돌아서 가려던 순간, 손에 쥔 커피가 넘실거렸다.

"앗, 뜨거!"

손등이 뜨거워지자, 그만 커피가 안 쏟아지게 한다는 게 중심을 잃으며 넘어지고 말았다.

우당탕탕!

그는 바닥에 쏟아진 커피를 보며 망연자실했다. 얼마 전, 문화센터 중년 남성 요가반에서 운동하다가 발목을 접질리는 바람에 시큰거리고 부실했었다.

《사랑도 이별도 저 영원히》 책탑이 무너져 바닥에 쏟아지고, 그 옆에 세워 둔 배너마저 넘어졌다. 매일 클래식만 흘러나오는 서점에서 이런 한바탕 소란이 일어나니, 직원들이 달려와 물었다.

"어머나, 고객님! 안 다치셨어요?"

"저, 저, 허허. 괜찮습니다…."

안쪽에서 니트 정장을 입은 중년의 키가 큰 여자가 성큼 걸어와 손을 내밀면서 말했다.

"어? 추리작가 선생님 아니세요? 괜찮으십니까? 일어나시죠."

작가는 여자의 손을 붙잡고 일어났다. 그리고 여자가 안내하는 서점 뒤쪽의 사무실로 이동했다.

예전에 서점에서 북토크를 할 때 인사를 주고받았던 서점의 지점장이었다.

"커피 좀 드시죠."

"아, 네. 서점에 소란을 일으켜 죄송합니다. 허허, 참…."

"괜찮습니다. 저희가 오히려 동선에 책탑을 쌓은 잘못도 있는데요. 선생님, 작품 활동은 잘되십니까?"

"네, 그럼요."

그는 속으로 자기 책들을 모조리 창고에서 꺼내 서가에 꽂아달란 말을 하고 싶었지만 차마 할 수 없었다. 여러모로 중견 작가의 체면이 말이 아니었다.

그날은 그렇게 지점장이 건네는 커피 한 잔을 마시고 덕담을 주고받다 집으로 돌아왔다. 알고 보니 자신이 지점장보다 나이가 다섯 살이나 더 많았다. 어딜 가도 젊은 사람들이 요직을 차지하는데 자신은 아직도 듣보잡 작가 같았다.

그는 컴퓨터를 켜고 인터넷을 연결했다. 혹시나 '○○○ 작가 서점 홀에서 넘어져, 《사랑도 이별도 저 영원히》 작품 책탑을 무너뜨리다'라는 내용의 기사가 나올까 겁났다.

그러나 기우였다. 다행히도 그런 기사는 없었다.

'하긴, 단순한 해프닝이고 사고였으니까.'

아, 그런데 만약 더 큰 사고가 일어나면 혹시 이슈가 되지 않을까.

그는 다음 달에 《형사 이택동》 시리즈 6권이 나온다. 계약도 오래 전에 한 것인데 출판사가 묵혀 두었다 털어 내는 작품이다.

그 작품 홍보에 도움만 된다면 뭐든 좋은 일이다. 이 시리즈는 한때 엄청나게 잘 팔리고 드라마 판권도 팔렸었는데, 최근에 신인 작가들이 많이 나오면서 '중년 아재 꼰대가 쓴 스릴러'라는 평이 블로그에 뜨고 잘 안 팔렸다.

50대 남자는 민폐남, 핵꼰대, 아재로 불리는 시대이다. 젊은 신입사원들이 욕하는 부장들도 많다. 그러니 20여 년 경력의 중년 남자 작가의 작품은 인기가 떨어져도 할 말이 없다.

하지만 그간 지나온 세월이 아깝고 서운한 건 사실이다. 그는 이 작품을 쓰다가 치질로 방석을 피를 물들인 적도, 엉덩이 색이 검게 변한 적도 있었다. 하도 오래 앉아 있어 피부가 괴사 지경

에까지 이른 것이다.

'이 작품 시리즈를 살려 전 국민적 바람을 일으키면 인생이 달라질 텐데….'

한때 잘나가다 폭망한 추리작가에서 국민 작가로 우뚝 서서 한국의 최고 작가로 서게 될지 모른다. 뭔가 기회가 될지도 모른다 여겼다.

그래서 며칠은 한참 집필에 열을 내다가 잘 안 풀리면 간간이 2층의 혼자 사는 프리랜서인가 하는 남자의 발소리에 층간 소음을 항의하러 올라가곤 했다. 그가 문을 열어 주지 않았던 것은 기억난다. 안에는 있었던 것 같았지만.

하지만 주인아주머니는 최근에 통 보지 못했다.

작가는 상념에서 빠져나와 현실에서 두 형사를 마주했다.

"이상한 일이 있으면 전화 드릴게요. 그나저나 이런 일은 제 소설 속에서나 볼 법한 일인데, 걱정입니다."

작가는 의아한 얼굴로 질문했다.

"참, 그런데 처음부터 제가 작가라는 것 밝히지 않았는데 어떻게 아신 거죠? 인스타 팔로우해서 아셨습니까?"

여자 형사가 씩 웃었다.

"아까 말씀드렸는데! 지난번에 경찰서에 취재 오셨잖아요."

작가는 아차차 했다. 요즘은 기억도 가물거린다. 20분 전 대화를 까먹다니.

"유명하시지 않아요? 후후, 작업실이 참 멋져요."

"흠흠, 여기서 최근 작품들은 탄생했죠. 이사 온 지 꽤 됐거든요."

"그러시군요."

형사들은 작가에게 몇 번 더 질문을 하고는 명함을 건네고 갔다.

형사들이 가고 나서 숨을 고르는데, 모르는 번호로 전화가 왔다. 작가는 가슴이 철렁했다가 벨이 길게 울리자, 받았다. 누군가 일을 줄지도 모른다.

"여, 여보세요?"

"안녕하세요, 선생님. ○○출판사 편집팀입니다. 전임 에디터님이 관두셔서 제가 인사드립니다. 저는 새로 온 에디터 방현인입니다."

"아, 네. 반가워요."

작가는 혹시나 원고 청탁 전화인가 싶어서 귀를 핸드폰에 가까이 대고 주의를 기울였다. 나이가 들어서인지 전화 목소리가 잘 들리지 않기도 했다.

"선생님, 실은 저희가 지난 달 마감으로 공모전을 열었는데, 예선과 본선 심사를 봐주실 선생님 한 분이 급하게 입원하셔서요. 혹시 심사를 봐주실 시간이 되는지 여쭤봅니다. 정말로 죄송해요. 하지만 추리소설 공모전에서 선생님 클래스 되는 분이 심사를 보셔야 모두 납득을 하고 당선된 작가도 인정을 받기에 부탁드립니다. 정말 죄송합니다."

작가는 남의 심사를 대타로 들어가는 게 마뜩하지 않았다. 하지만 심사비는 탐이 나기도 했다. 그러나 이내 마음을 다잡았다.

"죄송하지만, 제가 지금 새 작품에 들어가서요. 《사랑도 이별도 저 영원히》를 쓴 신서나 작가 엄청 잘나가잖아요. 그분을 추천합니다."

"아, 후배작가님 되세요?"

"직접 후배는 아니고 추리작가로서 선배이겠죠?"

"사실 그 작가님 고려해 봤는데, 너무 젊으셔서 심사위원에 안 어울릴까 했거든요. 그런데 이렇게 선생님이 추천해 주시니 컨택해 볼게요."

작가는 내심 자기가 심사에서는 앞서겠거니 하는 우월감도 들었다. 하지만 이렇게 추천하는 데는 이유가 있었다. 솔직히 심사위원을 하면 몇 백 만원의 심사비를 받는다. 그 돈도 인세와 비교하면 큰돈이다.

하지만 한 달간 백 편에 가까운 소설을 읽고 심사표를 작성하고, 본선도 의논한다. 투자되는 시간이 어마어마하다. 게다가 대충 읽고 심사 소감을 적었다가는 나중에 혹시 뭔가 불미스러운 일에 걸려들지도 모른다. 한마디로, 신인들의 피 같은 원고를 소홀히 읽을 수는 없다.

그리고 읽다가 괜찮은 아이디어에 홀려 나도 모르게 표절할지도 모를 일이다. 정말 잊고자 해도 어느 순간 좋은 아이디어가 없으면 무의식 속에서 마치 내 아이디어인 듯 떠오를지도 모른다.

'표절'이라는 꼬리표가 붙으면 작가로서는 정말로 큰 타격을 입고 작품 활동에 지장을 입는다. 그리고 혹시 지금 쓰는 소재와 비슷한 소재의 작품을 접해도 큰일이다. 예전에 작가 지망생의 원고를 보았는데, 자신이 쓰던 소설과 모티프가 비슷했다. 그는 표절 의혹에 시달릴까 봐 쓰던 원고를 파기했다.

이래저래 심사는 까다로운 일이다.

그렇다고 해서 내심 질투하던 그 신서나 작가가 심사하다 표절 시비에 휘말렸으면 하고 바라면서 추천한 건 절대 아니었다.

실은 그 공모전에 자신의 작품을 가명으로 이미 냈다. 신인과 기성을 가리지 않고 뽑는다기에 작품을 냈지만, 상금이 몹시 탐났다.

책이 잘 팔리지 않아 인세가 시원하게 들어오지 않고, 1쇄에 그치는 책도 많았다. 드라마 판권이라도 팔려야 몇 천만 원이 들어오는데, 그것도 거의 로또에 가깝다. 결국 신인들이 도전하는 공모전에 눈을 돌릴 수밖에 없는 형편이었다.

뭐 당선작을 나중에 보면 거의 신인이 당선되기는 하지만, 혹시나 하는 마음에 낸 거였다.

물론 가명으로.

문체나 소재가 신인들에 밀리는 건 어쩔 수 없지만, 구성이나 추리 트릭은 자신 있었다.

하여간 자신이 작품을 낸 공모전에 심사를 볼 수는 없다. 작가는 형사들의 방문과 심사위원 대타 초빙 전화를 받고 일을 잠시 쉬기로 했다.

'에휴, 이번에 출간되는 《형사 이택동》 6권으로 시리즈를 끝내고, 대세에 맞게 여성 형사를 주인공으로 작품을 구상해야겠다. 아니면 웹소설로 뛰어들어야 하는데, 역시 신인들에게 기발한 아이디어나 톡톡 튀는 문체는 밀린단 말이야.'

작가는 눈을 감고 그대로 작업실 책상에 엎드려 이 생각 저 생각하다 일어나 신문 기사들을 스크랩해 놓은 파일을 들췄다. 신문의 여러 강력 사건이나 형사 인터뷰 기사들은 아침마다 꼭 스크랩해 둔다.

작가는 문득 요즘은 신문도 잘 안 읽던데, 하는 생각을 하면서 작가 자신도, 자신의 책도 이처럼 잊히는 게 아닐까 하는 두려움이 몰려왔다.

그때 2층 남자가 들어왔는지 쿵쾅거리는 게 몹시 신경 쓰인다.

'저 젊은 녀석은 발바닥에 망치를 달고 다니는 거야?'

그러다가 이내 자신의 기분이 안 좋아서 윗집을 탓하나 싶었다.

작가는 노트북을 열고, 신서나 작가의 인터뷰 기사에 단 댓글을 지웠다.

며칠 전에 인터뷰 기사를 보다가 댓글을 달았었다. 악플은 아니었지만, '작가님 이름 생소하네요.'라는 글이었다.

그리고 패피생활 사이트에 접속해서 '현이 사랑' 닉으로 올린 글들을 지웠다. 딸아이 이름을 부끄럽게 사용한 것 같아 늘 죄스러웠다. 댓글까지 지워지는 건 어쩔 수 없지만, 당분간 활동하지 않을 계획이었다.

사실 결혼을 앞둔 여성을 주인공으로 소설을 구상하다 읽은 자료들로 재구성해서 재미 삼아 올린 글들이다.

인터넷상에서 그는 결혼을 앞둔 젊은 여성이었다. 그렇게 글을 올리면 댓글도 많이 달리고, 관심도 걱정도 위로도 받았다. 자신의 상황과 전혀 관계없는 댓글이지만, 게시판에서 인기를 얻었다는 즐거움이 있었다.

작가는 고개를 도리질했다. 카페에서 테이크아웃으로 사 온 파나마 보케테 맛은 그윽하고 향이 짙다. 그런 작가가 되고자 반평생 노력했지만 아직도 멀었다.

그리고 지금 안온하게 글을 쓸 수 있는 시간은 자신이 아직은 듣보 작가이기 때문임을 감사했다.

신서나 작가는 젊어 체력이 되니까 여기저기 불려 다녀도 감당하는 거지, 자신은 그렇게 되면 아침에 불안하고 짜증이 날지도 몰랐다.

그리고 가상이긴 하지만 결혼을 앞둔 여성이라…. 정말 그렇게 된다면 너무나 큰 스트레스일 것이다. 지금은 결혼과 육아를 감당할 능력이 안 된다. 일단 체력부터 안 되니까.

작가는 천천히 커피를 마시면서 다음 작품의 탐정 캐릭터를 만드는 데 몰두했다.

두 형사

형사들은 잠시 카페에서 커피를 마시면서 의논을 했다.

"강 형사, 어떻게 생각해? 방금 전 만났던 입주자들 말이야. 다른 입주자들은 다음에 만나기로 했으니까 논외로 하고."

"근데 이주연 씨 뭐, 단순한 가출일 수 있는데요. 선배는 강력범죄 의심하시는 거예요?"

"가출할 이유는 없잖아. 아들도 군대 간 지 1년 넘게 안 들어와. 코로나 때문에 휴가도 못 쓰고. 남편은 해외 발령에. 가출은 갈등하는 가족이 있어야 하는 거지."

"그럼 지금 납치 가능성도 보시는 건가요?"

"아직 정확하지는 않지만, 그럴 가능성도 있지. 남편분 말에 의하면 이주연 씨 사회생활이 거의 없다고 하니, 갈등을 빚었다면 입주인들이 아닐까 하는 마음에 탐방한 거지."

여자 형사가 물었다.

“그럼 주인집은 어떻게 하실 건가요? 영장 없이 들어간다는 게, 영….”

“이미 119도 문을 열고 들어가서 빈집이란 걸 확인해 봤고, 우리도 남편에게 비밀번호를 받았으니 괜찮아. 컴퓨터도 필요하면 가져가 검사해 보라는데? 내가 요청하긴 했는데 흔쾌히 허락하더라구.”

남자 형사는 커피를 한 모금 마셨다.

“그나저나 음, 커피 맛 괜찮은데? 저기 사장님, 이 커피 참 맛있네요.”

30대 정도로 보이는 청년 사장이 다가와 웃으면서 손바닥에 동그란 원두 몇 알을 보여 주었다.

“어제 들여온 파나마 보케테 원두로 내린 겁니다. 민트처럼 강한 허브향인데, 와인 같은 깊은 맛도 나죠.”

여자 형사는 남자 형사의 커피를 잠깐 맛보고, 콘다드칸이라 적힌 자신의 커피 컵을 들었다.

“난 오늘의 커피, 이게 맛이 더 나은데요?”

“그건 다크한 맛이 일품이죠. 한번 시음해 보시죠. 이건 핸드드립으로 내린 건데요. 같은 원두도 내리는 방식에 따라 맛이 달라지죠.”

남자 형사는 그가 건넨 커피를 음미하면서 말했다.

"흠, 다크하면서도 산미가 있네요."

"네, 커피콩 자체가 과일이니까요. 다크한 맛을 내려고 긴 시간 로스팅한 건 제 취향이 안 맞아요. 산미를 고집합니다."

"네, 감사합니다. 자, 그럼 가 보자구."

카페를 나와 형사들은 드림 빌라로 걸어갔다. 하얀색 벽돌의 빌라 외벽에는 '드림 빌라'라는 이름이 예쁜 캘리 글씨체로 쓰여 있었다. 지은 지 5년 정도 된 아담한 건물이다. 아까 탐문할 때는 급하게 들어가느라 바깥을 못 살폈는데, 지금 보니 꽤 외벽에 신경을 쓴 듯 보였다. 1층부터 4층까지 서너 가구가 층마다 살고, 5층은 주인 혼자 산다고 했다.

형사들은 5층으로 올라갔다. 남자 형사가 숨이 찼다.

"평지는 괜찮은데 계단이 좀 힘들다니까. 학학."

"선배, 저랑 산 같이 타자니까요."

"2년 전에 피의자 추적하다 다쳐서 그래."

"핑계는요."

남자 형사는 톡 창을 열어서 남편이 보낸 비밀번호를 확인하고는 디지털 도어락을 열었다.

들어가니, 너른 50여 평 되는 공간에 화이트 톤의 벽지와 심플한 가구가 보였다. 집은 잘 정돈되어 있고, 60인치 TV나 오래된 앤티크 가구 등이 있었고, 수납장에 물건을 두는지 나와 있는 물건도 별로 없었다.

안방으로 들어가니 하얀색 침대에 레이스 침구가 있고 벽에는 대형 액자가 눈에 띄었다.

"우와, 에고가 강하신 분이네."

남자 형사가 감탄했다.

대형 액자 속에서는 이주연이 화려한 화장과 하얀색 드레스를 입고 시선을 응시하면서 앞을 보고 있었다.

"리마인드 웨딩인가? 젊을 때 사진 같지는 않은데요?"

"여러 가지 찍으셨는데?"

남자 형사는 침대 협탁의 사진 액자를 집어 들었다. 이주연이 레깅스와 스포츠 브라를 입고 찍은 바디 프로필서부터 얼굴을 클로즈업한 사진 액자도 있었다.

"이렇게 꾸미고 찍으니까 40대 여성으로는 안 보이는데요?"

"입주자들 말로는 평범한 분 같잖아. 사진 찍으실 때만 이러신 건가."

여자 형사가 옷장을 열어 보았다. 잘 정돈돼 있는 옷장의 맨 아래 칸에 색색들이 속옷들이 개어져 있는 게 특이했다.

책상이 있는 방으로 가서 수첩 같은 걸 찾았지만 아들이 공부한 교재나 노트만 있었다.

컴퓨터를 켜자, 암호 창이 떴다. 이주연의 전화번호를 조합해 눌렀지만 열리지 않았다. 일단 노트북을 들고 일어섰다.

그들은 카메라로 방의 곳곳을 사진으로 찍었다. 그리고 이주연의 남편에게 집을 둘러보고 노트북을 가지고 간다는 톡을 남기고 나섰다.

그 여자가 만난 남자들

형사들은 남편에게 받은 여러 가지 비밀번호로 의심되는 숫자들을 조합해 실종자 이주연의 노트북에 남겨진 카톡이나 메신저 채팅 창을 열어 볼 수 있었다.

카톡에서 만난 사람들의 단서를 찾아내 그들을 만났다.

"강동경찰서 여청과 서선익입니다."

"저는 같은 팀 강아람입니다."

하민진은 도서관 열람실에서 근로장학생으로 근무하고 있었는데, 두 형사의 방문을 받고 아연실색했다.

그들은 과사무실에서 물어보고 이리로 왔다고 했다.

"이주연 씨 아시는지요?"

남자 형사가 내민 사진에는 어깨까지 오는 펌 머리에 무표정한 얼굴의 중년 여성이 있었다. 주민등록증 사진을 크게 확대한 듯 보였다. 남자 형사가 이번에는 레깅스를 입은 이주연의 사진을 보여 주었다. 노트북에서 발견한 사진 파일이었다.

"저, 잘 모르겠는데요."

민진은 그렇게 대답했지만, 점점 기억이 났다.

"이주연 씨와 채팅하고 만나자 한 흔적이 있던데요."

민진은 뒷골이 서늘해지면서 몹시도 당겼다.

지난봄이었다. 제대하기 한 달 전, 애인이 고무신을 거꾸로 신었다는 확실한 소문을 접했다. 메일을 보내고 전화를 해도 그녀는 읽지도 받지도 않았다. 마음이 돌아섰다는 것을 확인하고, 그는 제대 전에 마지막 휴가를 나와서 데이팅앱에 접속했다. 군복을 입은 채로 그날 채팅으로 응하는 여자는 무작정 만나려고 했다.

한 여자가 채팅에 응했다. 나이는 35살로 되어 있었고 레깅스를 입고 찍은 모습도 그 정도 나이로 보였다. 하지만 데이팅앱이나 인스타그램 사진을 포토샵하고 나이를 속이는 경우는 정말 많았다. 여자가 적극적으로 만나자고 했다.

- 심심하다고요? 그래서 지금 어디신데요?

- 동서울터미널 근처 던킨 도넛이요. 집에는 버스 타고 내려가기도 싫고 갈 데도 없네요. 친구들도 다 바쁘고요. 저 혹시 시간되시나요?

여자가 잠시 망설인다. 민진이 10분이 넘어가 채팅을 포기하려는 순간, 챗이 왔다.

- 저 ㅈㄱ인데 괜찮으시겠어요?

민진은 망설였다.

'그럼 그렇지.'

'ㅈㄱ'은 조건만남을 뜻하는 성매매 암시 은어였다. 앱을 닫으려다 물어나 보았다.

- 얼만데요?
- 3만 원이요.

말도 안 되는 금액이었다. 민진이 유흥업소에 많이 간 것은 아니지만, 그래도 저 금액은 있을 수 없었다. 그동안 인터넷 사이트에 떠도는 말로 최소 15만 원은 돼야 했다.

- 만나요. 근데 저 군복 입었는데 괜찮은가요?
- 상관없어요.

민진은 애인에 대한 허무감으로 누구든 만나고 싶었다. 어차피 여자 친구를 만들지 못할 바에야 일시적인 사랑이라도 나누고 싶었다. 여자가 택시를 타고 온다고 했고, 민진은 터미널에서 기다렸다. 여자는 집이 가까워 30분 내로 온다고 했다.

민진이 도넛을 입에 넣고 가루를 손으로 털어 내는데, 여자가 들어왔다. 미니스커트를 입고 딱 붙는 하얀 티셔츠에 시스루 카디건을 걸친 여자는 35세는 넘어 보였다.

그렇지만 묘하게 눈 끝과 입꼬리가 올라간 것 하며, 눈이 망연한 빛을 담은 게 시선을 끌었다. 그리고 육감적인 몸매가 그렇게 싫지 않았다. 여자가 이끄는 대로 아주 허름한 인근 여인숙에 들어가 관계를 치렀다. 민진이 마구 애무를 하며 거칠게 여자를 다루었지만, 그녀는 순순히 응했다.

그리고 3만 원을 주고 민진이 방을 나서려는데, 여자가 그의 등에 매달렸다.

"좀만 있다 가요."

"네?"

이건 예상 외였다. 성매매를 두 번 해 본 민진은 여자들이 돈 받자마자 냉정하게 돌아서는 것에 상처도 받았다.

"커피 같이 마실래요? 제가 살게요."

여자는 민진과 여인숙을 나와 근처 스타벅스로 갔다. 오후 4시 정도였다. 여자는 민진이 건넨 3만 원으로 프라푸치노, 커피 두 잔, 그리고 뉴욕치즈 케이크와 샐러드를 사 와서 모두 써 버렸다. 아니, 카드를 꺼내 차액을 계산했다. 그러고 보니 여자의 신발과 가방이 무척 고급스러워 보였다.

"저어, 돈 다 써 버리면…."

민진은 정말 조금은 걱정이 됐다.

"괜찮아요. 또 만나면 돼요."

여자는 그렇게 말하면서도 정말 무표정했다. 민진이 케이크를 맛있게 먹자, 그제야 조금 미소를 지어 보였다.

"저 어땠어요?"

"네?"

"괜찮았어요?"

민진은 이 여자가 점점 미친 게 아닐까 걱정되면서 슬금슬금 나가고 싶어졌다. 잘못 물리면 정말 큰 코 닥치고, 성폭행 무고죄라도 걸고넘어지면 합의금이 엄청나고 실형을 살지도 모른다. 게다가 성범죄 알림e 사이트에 남게 되면 인생은 그길로 끝이다. 실제 그런 일에 연루된 학교 선배도 보았다.

"군대 언제 제대해요?"

"저어. 그게 아직 많이 남았어요."

여자는 고개를 저었다.

"머리 기른 거 보면 아닌 것 같은데?"

"흠흠."

"제대하고 시간 나면 종종 이렇게 만나요. 집이 어디예요?"

"대전에서 학교 다녀서 시간 안 날 것 같습니다. 이만 버스 시간 되어서요."

민진은 그렇게 마무리하고 일어났다. 군용배낭을 짊어지고 일어서 나가는데, 문가의 거울로 그 여자의 얼굴을 보았다. 이름도 모르는 여자의 얼굴이 무척이나 서글퍼 보였다.

그녀는 세상을 다 잃은 표정으로 남아서 커피를 들이켜듯이 마셨다.

굉장히 쎄한 경험이었다. 민진은 그 후로 데이팅앱을 지우고, 혹여나 헌병대나 경찰서에서 연락이 오지는 않을까 노심초사했지만 아무 일도 없었다. 그런데 결국 이렇게 형사들이 찾아온 것이다.

"이 여자분 어떻게 되었어요? 왜 갑자기 저를 찾으신 거죠?"

"실종되었습니다."

민진은 머리 전체가 시리면서 온몸에 소름이 돋았다. 시사 프로그램에 나오는 실종 여성들은 거의 죽은 걸로 추정되던데…. 한기를 느꼈다.

'여자도 죽은 거 아닐까?'

왠지 그럴 것 같았다. 여자 형사가 그의 마음을 읽었는지 고개를 저었다.

"아직 수사 중입니다."

이 말을 건네면서 두 형사는 민진의 표정을 아주 자세히 떠보듯이 살폈다.

'간보는구나.'

책을 든 민진의 두 손이 덜덜 떨렸다. 짬을 내서 공부하고 있던 회계학 책이 무척 무겁게 느껴져 하마터면 떨어뜨릴 뻔했다.

"정, 정말 모르는 사람입니다. 앱도 삭제했어요. 몇 명 하고 채팅 나눴지만 만나 본 사람은 없어요. 그, 그리고 그 나눴던 말들 모두 농담이고 아무 뜻 없, 없어요. 돈은커녕 만난 적도 없다니까요."

여자 형사가 눈을 크게 떴다.

"돈이요? 우린 돈 얘기 안 꺼냈는데요?"

민진이 덜덜 떨면서 답했다.

"뭐, 뭐 그런 이상한 관계 전혀 없다구요. 다 농담이라구요."

"네, 그건 조사를 해 보면 나오겠죠. 더 아시는 거 있음 말씀 좀 해 주세요. 경찰서 부르면 나오시기 힘들잖아요."

남자 형사가 씩 웃으면서 말했다.

"죄송합니다, 형사님. 저 사실 그날 만나려고 했는데 그분이 나오지 않아 바람맞았어요. 그게 다입니다."

민진은 거짓말을 했다. 형사들이 터미널 근처 CCTV를 뒤져 볼까 걱정됐지만 이렇게 이상한 사건에 연루될 수는 없었다.

"일단 알겠습니다."

형사들은 명함을 내밀고 돌아갔다. 민진은 한숨을 내쉬었다. 근로 시간이 끝나자마자 일어나 강의실로 향한 민진은 설마 과 후배들이 이 사실을 알까 몸서리치면서 발걸음을 바삐 옮겼다.

백화점 커피숍에서 일하는 해원에게 형사들이 찾아왔다.

그들은 조용한 사무실로 옮겨서 이야기하고자 했지만, 해원은 혼자서 일하느라 그럴 수 없었다. 잠시 구석 자리에 앉아 대화를 나누기로 했다.

"무슨 일이시죠? 형사님들께서요."

"이주연 씨 아시죠?"

해원은 두 형사의 물음에 복잡한 표정으로 기억을 떠올렸다. 주연과의 만남은 손님과 바리스타로서 그전부터 있었지만, 직접적으로 만나 사귀게 된 건 지난여름이었다.

고객들이 코로나바이러스로 마스크를 쓰고 사러 와도 해원은 눈빛이나 차림새만 보고 단골들을 알아볼 수 있었다. 그의 눈썰미 덕이기도 했지만, 영업하는 사람들은 대체로 고객들을 잘 알아본다. 손님들은 그럴 때마다 깜짝 놀란다.

해원은 주연이 클리비지가 보이는 니트를 입고 와서 기억했다. 통통한 중년 여성이었는데 배는 나오지 않았고 가슴이 크고 힙이 커서 볼륨 있어 보였다.

5월이었던가, 처음으로 아이스아메리카노를 샀는데, 이후 그녀가 이틀에 한 번 정도 백화점 식품부를 돌면서 메뉴를 바꿔 식사를 하고, 꼭 해원이 일하는 커피숍에서 커피를 사서 나갔다.

커피숍의 위치가 백화점 정중앙에서 약간 뒤쪽에 있어 매장이 두루 보이는데 그녀가 자주 눈에 띄었다. 해원이 어느 날은 과일 주스를 권해도 봤다. 하지만 그녀는 흔들리지 않고 아이스커피만 사서 갔다. 다음 날도 왔기에 다른 주스를 권했다.

"이 신제품 주스는 비트 30퍼센트 이상, 바나나 그리고 케일과 셀러리를 갈아 넣어서 비타민도 많고 피부 미용에도 좋은데요."

"별로요. 살찔 거 같아요."

"저희 커피 맛은 어떠세요? 거의 여기서 식사하시죠? 낮에."

"제가 눈에 띄었나 보네요. 여기 커피가 밖보다 비싸도 마시게 돼요."

이런 대화가 주연과의 첫 사적인 대화였다. 해원은 그녀의 시선이 꼭 자신의 반팔 아래로 드러난 문신에 머무는 것을 눈치챘다. 호기심 있어 보였지만 묻지는 않았다.

그러다가 여름 초입에 들어선 날, 그녀가 백화점 지하 출입구와 연결된 지하철역에서 옷을 보면서 서성이는 모습이 눈에 들어와 다가가 인사했다.

"안녕하세요?"

"어? 백화점서 커피 파는 분 맞죠?"

"네, 맞습니다. 이제 퇴근하려구요. 어디 가세요?"

"직장하고 집이 이 근처예요. 일은 월차 내서 쉬는 중인데, 후후. 점심은 줄곧 백화점서 먹은 거거든요."

그녀가 살짝 웃었다.

"그럼 이만."

해원이 가려는데 그녀가 잡았다.

"배 안 고파요? '오징어나라'라고 횟집 있는데 괜찮아요."

해원은 1초 망설였다. 지하철을 탈까, 거절할까.

사실 작년에도 중년 부인이 이렇게 만나자고 제안한 적이 있었는데 거절하니 다시는 그 백화점에 오지 않았다. 아니, 한 번인가 오긴 했는데 해원과 눈이 마주치자 그 고상한 풍모의 사모님이 허겁지겁 도망치듯이 달려 나갔다. 그 일이 있기 전에는 백화점 매장과 식품부에 거의 매일 오던 분이었다.

"어딘데요?"

해원은 작년의 그 고상한 사모님보다는 지금 이 여성이 그래도 맘에 들었다. 딱히 집에 가도 할 일이 없었다. 그는 조용히 그녀를 따라서 지하철역을 나갔다.

로데오거리 번화가 한가운데 있는 '오징어나라'는 노상에 테이블을 두고 회를 파는 집이었다. 8시가 채 안 되었는데, 손님이 제법 있었다.

"이름이 어떻게 돼요?"

"성해원이요."

"난 이주연, 후후."

그녀는 어색하면 뒤에 자그마한 웃음소리를 붙였다. 그게 매력적이었다.

"내가 계산할게요."

주연이 선금으로 계산하자 광어회 접시와 여러 가지 반찬, 초밥 등이 나왔다.

"이슬 하나 시킬게요."

주연은 소주를 해원에게 따라 주고 자신의 잔에도 자작했다. 조용히 한 잔씩 마셨다. 둘 다 술을 그다지 마시는 편이 아닌지 술은 한 병이 거의 그대로 있었다.

"오늘은 뭐 먹었게요?"

"네?"

"오사카 우동. 백화점에서 난 그 집이 좋더라. 해원 씨 바리스타 일하는 것도 제대로 잘 보이는 위치고요."

"나 맨날 살폈구나."

"응, 후후. 아는 사람 없으니까. 백화점에서 혼자 밥 먹으면서 폰 보는 것도 지겹고. 오랜만이네, 이렇게 누군가와 식사하는 거. 사실 내 딴엔 모험이었는데…. 여자들은 거절당하는 거 싫어하니까. 근데 내가 커피 사러 가면 마스크 위로 해원 씨 눈이 웃고 있더라구."

"그랬나요?"

"응, 가식적이면 입꼬리는 올라가도 눈꼬리는 절대 안 올라가. 눈꼬리 올라가는 거 보고 나에게 맘을 열 수도 있겠다 싶어서 오늘 던져 봤지. 후후."

그날은 그런 대화를 나누고 헤어졌다.

그로부터 3일 후, 주연이 톡을 보내왔다.

- 만날래요?

- 어디서요?

- 그냥 퇴근하면 톡 줘요. 나 오늘 토요일이라 일 안 나가요.

- 오키!

둘은 해원이 퇴근 후 지하철역에서 만났다.

해원은 자연스럽게 주연의 손을 잡았다. 주연은 살포시 웃어 보였다.

"영화 볼래요? 요즘 아무도 없어요."

코로나바이러스 확진자가 세 자릿수로 늘어 그런지 극장 안엔 사람이 별로 없었다. 해원은 액션 영화를 골라 표를 두 장 샀다.

"손 줘 봐요."

그는 팝콘을 사서 콜라를 주연에게 들렸다. 콜라 하나에 빨대 두 개가 꽂혀 있었다. 주연이 웃었다.

둘이 나란히 극장 문 앞에서 상영 시간을 기다렸다.

"문신 뭐예요? 팔."

"닻이요."

"닻?"

"배에 달린 거요. 선원들이 하는 문신인데 변치 않는 마음을 뜻한대요."

주연은 손가락으로 콜라잔을 부드럽게 쓰다듬으면서 나직하게 말했다.

"만져 봐도 돼요? 문신 우툴두툴할 거 같아."

"부드러워요. 얼마나 잘하는 데서 받았는데요. 타투 장인이 해 준 겁니다. 보통 문신하면 일진 아니냐 오해하는데, 전혀요. 생각해 봐요. 범죄를 저질러 CCTV에 문신이 잡혀 봐요. 바로 특정되잖아요."

"닻 밑에 1109는 뭔데요? 여친 생일?"

"아뇨, 내 생일이요. 그때 여친은 자기 생일 새겼죠. 범선 모양하고. 잘한 선택이었어요. 헤어졌으니까."

주연은 후후, 작게 웃으며 눈웃음을 지어 보였다.

해원은 주연의 손을 당겨서 자신의 왼 팔뚝에 대게 했다.

"흔들리지 않는 마음 나한테 일단 정박해요. 그럼."

주연은 웃으면서 손가락으로 그의 왼팔을 꽉 쥐었다. 문신이 일그러졌다.

극장 로비에 딸린 카페의 열린 문틈으로 〈let's go picnic〉 음악이 흘러나왔다.

"이 노래 알아요? 지금처럼 좋은 날이면 여친과 피크닉을 가라고 하는 노래인데…."

주연이 고개를 흔들었다.

"지금은 더운데, 소풍가기에. 후후."

관객은 그들 외에 없었다.

영화가 시작되고, 화면 속에서는 첫 장면부터 포화가 퍼부어지는 전쟁터에서 마블 히어로가 사람들을 구했다. 히어로가 활약을 하는 클라이맥스 장면이 먼저고 뒤이어 과거로 돌아가 왜 그런 상황에 처했는지 보여 주는 것 같았다.

해원이 팝콘을 반 주먹 쥐어서 주연의 손에 건넸다. 주연은 고개를 저으며 작게 그의 귀에 속삭였다.

"안 좋아해요, 팝콘. 이에 끼어서."

"얼굴이 보드라워 보여요."

해원은 속삭이다가 주연의 고개를 손으로 살짝 돌려 마스크를 내리고 보았다. 해원은 그녀의 민소매 니트 아래로 나온 팔을 붙잡고 부드러운 살결을 손가락으로 더듬으면서, 왼손으로 주연의 어깨까지 내려오는 굽이치는 머리카락을 뒤로 넘기면서 키스를 했다. 입술을 가볍게 입술로 터치하는데 주연이 움찔, 하는 게 느껴졌다.

얼마만의 키스인가. 3년은 흐른 것 같았다.

데이팅앱으로 혹은 클럽이나 포차에서 친구들과 부킹이나 헌팅을 시도했다. 여성들과 잘 이어지지 않았다. 식사하고 술이나 커피를 마시는 게 다였다. 해원이 적극적으로 나서지 않으면 만남이 흐지부지되었다. 그마저 코로나 이후로는 잘 나가지 않았다. 여자 친구 없이 산 지 꽤 되었다.

영화는 무슨 내용인지 모르게 그 둘은 키스에 탐닉했다. 그리고 주연이 지쳐서 그의 어깨에 머리를 기대고 영화로 시선을 돌렸다. 그러고는 해원의 왼손을 주연이 두 손으로 꼭 붙들고 자신의 가슴 사이에 끼워 넣었다.

"닻을 내가 감쌌네? 후후."

그렇게 30분이 흘렀다. 영화는 히어로의 압승으로 끝났다.

영화가 끝나고 둘은 극장을 나왔다. 어둑어둑했다.

"내 방으로 피크닉 갈래요? 샌드위치랑 초밥 싸 들고."

주연은 브레드 카페에서 샌드위치와 커피를 사서 해원이 이끄는 대로 택시를 타고 이동했다. 그는 백화점에서 몇 정거장 거리의 빌라에서 살았다. 거실에 딸린 방 두 개, 25평 정도의 빌라는 아늑해 보였다. 하나는 옷과 컴퓨터가 있고, 다른 방은 침실이었다.

"깨끗하다."

"내 직장 커피숍 봤잖아요. 더러운 거 질색이야. 손 씻고 앉아요. 샤인 머스캣 좋아해요?"

해원은 포도와 핸드드립 커피를 식탁에 내왔다. 그리고 주연이 건네는 샌드위치를 하나 정도 먹고 그녀에게 손을 뻗었다. 주연의 어깨에서 부드럽게 손을 내려 가슴으로 스치듯 내려왔다.

손끝이 아슬아슬하게 닿다가 서로 깍지를 끼웠다. 해원의 입술이 주연에게 뺨에 가 닿더니 그녀의 입술을 터치했다. 정적 속에 죽음 같은 시간이 오래 흘렀다.

부드러운 키스 후에 둘이 고요하게 있었다. 해원이 나직하게 말했다.

"괜찮아요? 나와 시간 보내는 거. 침대방으로 갈래요?"

"팬티와 브래지어 색 안 맞춰 입고 나왔는데, 후후."

주연이 부끄럽다는 듯 두 손을 크로스해서 가슴을 가렸다.

"무슨 상관이죠? 어차피 벗을 건데."

"누가 벗는데요?"

"싫으면 왜 여기서 나랑 손잡고 입 맞춰요?"

"아직 허락 안 했어요."

"할 거면서."

주연이 먼저 해원의 손을 잡아끌고 침대방으로 들어갔다.

"불 끄고 TV 켜요. 환한 거 싫어."

해원은 주연이 원하는 대로 해 주었다.

"나 뚱뚱한 여자 싫어해요."

해원이 말했다. 주연은 미소 지었다.

"나도 별로야, 내가."

"근데 살결 부드러운 건 좋아요. 하얀 것도. 눈 같아."

해원은 주연의 손을 잡았다. 그리고 왼손으로 주연의 허벅지에 눈길을 걷는 모양을 손가락으로 만들어 작은 발걸음을 흉내 냈다.

"뽀드득 뽀드득."

해원은 입술을 허벅지에 가볍게 댔다가 떼었다.

"그리고 또…, 손 작은 여자 좋아해요. 가슴보다 손이 작은 여자."

해원은 손가락을 만지작거리다 일일이 입술로 키스했다.

하얀 아사면 침대보가 스치는 감촉이 바스락 소리를 내며 느껴졌다.

주연의 브래지어를 내려 가슴을 만졌다.

"아, 부드럽다."

해원은 유두를 입으로 빨고 주연은 해원의 머리카락을 아기처럼 쓰다듬었다.

해원은 부드럽게 그녀의 허리를 붙잡았다. 얼굴에 키스를 퍼부으면서 손가락으로 주연의 허벅지 안쪽을 만졌다. 그리고 자신의 몸을 밀착시켜서 그대로 부드럽게 들어갔다.

주연과 해원은 땀을 흘리면서 부드럽게 섹스를 끝마쳤다.

주연이 먼저 씻고 옷을 입는데, 해원이 전자 담배를 피면서 물었다.

"낮에는 백화점 와서 점심 먹고 우리 커피숍서 커피 한잔 마시고… 오후에는 뭐 해요?"

해원이 물었다.

"나? 서빙해요. 알바. 호프집에서."

"거기가 직장이구나? 어디? 역 근처라면서."

"후후, 비밀. 프랜차이즈 치킨집인데 맥주잔 나르고, 가끔은 주방 일도 돕고 화장실도 청소하고 그러죠."

해원이 빙그레 웃었다.

"부잣집 사모님인 줄 알았는데. 남편은 의사이거나 변호사 아님 대기업 부장. 자녀는 다 컸고 심심해서 낮마다 나오는 사모님."

주연의 눈동자가 살포시 떨렸다. 걱정하는 빛이 어렸다. 벗어 둔 니트를 집어 입었다.

"왜? 실망했어요, 가난해서? 낮에 백화점에서 점심 한 끼, 커피 한 잔 내 1시간 반 알바 가격인데 그 정도 투자는 해도 되잖아요. 그러다 맘 내키면 지하철역에서 만 원 짜리 니트 한 장 사서 입고 그래요. 서빙 일 보러 나가고."

"남편은? 결혼 안 했어요?"

"아들 군대 갔어요. 남편은 멀리 있고…."

해원은 거기서 사생활은 더 이상 묻지 않았다.

"헤에? 아줌마 나이가 대체 몇이에요? 첫인상 그렇게 나이 많게 안 봤는데."

"후후. 마스크 써서 그런가? 나 마흔다섯이에요."

"아, 몰라. 나보다 열 살도 넘게 많아. 난 서른셋인데."

"싫으면 안 만나면 되지, 뭐."

"아니, 만나요. 대신에 나 여친 사귀면 쿨하게 인정해 줘야 돼. 알았죠? 그리고 아줌마 남편이 뭐 나 때리러 오는 일 만들면 안 되고."

"그럴 일 없어. 후후."

주연이 편하게 말했다.

"나한테 커피 사러 올 때부터 관심 있었죠?"

"그건 그쪽도 마찬가지야. 마스크 해도 눈은 웃고 있던걸. 내가 가면."

"그거야 단골손님이니까."

"하아, 그 정도? 하지만 지금은?"

주연은 해원에게 가볍게 키스하면서 손가락으로 그의 가슴을 만졌다. 그리고 해원의 닻 문신을 집게손가락으로 빙그르르 돌렸다.

"일단 내 안에 정박해."

주연은 니트에 팬티 차림으로 다리를 벌리면서 해원을 끌어

안고 깊숙이 안았다. 그리고 키스를 했다. 해원은 주연의 가슴을 입으로 애무하면서 깊게 향을 들이마셨다.

어릴 적 엄마가 집을 떠나 해원은 아버지와 둘이 살았다. 이상하게 가슴이 큰 연상의 여인에게 끌렸다. 예쁜 알바생이 대시를 해도 그때뿐, 백화점에 커피를 사러 오는 중년 여성들에게 마음이 갔다. 세련된 외모에 곱게 손질된 눈썹과 헤어, 단정한 네일케어를 받은 손가락을 가지고 명품 미니백을 든 여성을 보면 멋져 보였다. 성인용 영화에도 나이 많은 여성들과 즐기는 판타지를 다룬 소재가 제법 있는 걸 보면 자기만 그러는 건 아니지 싶었다.

그렇게 나이 많은 여성들에게 바리스타로서 호의와 친절을 베풀었다. 그들이 단 한 번의 커피를 사러 오는 그 시간에도 최선을 다했다. 번화가 로드숍에서 지점장으로 일하라는 승진 제의에도 계속 이 백화점 매장을 고집한 이유다.

그렇게 시작한 주연과의 관계는 이후에도 지속됐다. 하지만 어느 날 서서히 연락이 뜸해지더니, 최근엔 톡이나 전화도 없었다. 백화점에도 오지 않았다.

기억에서 빠져나와 현실로 돌아온 해원은 고개를 저었다.

"저 잘 모릅니다. 이주연 씨. 그분 우리 커피 자주 마시러 오시긴 했는데 조용히 드시고 가거나 테이크아웃만 하셨고 잘 몰라요."

"백화점에서 카드 사용 내역이 주로 있어 CCTV 확인하고 왔습니다. 그럼 개인적으로 따로 만난 적은 없습니까?"

"네, 그렇다니까요."

여자 형사가 날카롭게 물었다.

"이름을 알고 계시네요?"

"네. 이, 이름도 그분이 어쩌다 알려 주신 거지 별다르게 만난 적 없, 없습니다."

해원은 부인했다. 이상한 일에 얽히기 싫었다. 지금 커피숍 본사에서도 인정을 받고 있다.

"혹시 이상한 일 떠오르시면 여기 명함으로 연락 주십시오."

경찰청 로고가 그려진 명함을 들고 해원은 잠시 멍하니 앉아 있었다.

"여기 아메리카노 한 잔 주세요."

"네, 잠시만요."

해원은 형사들에게 양해를 구하고 손님에게 다가갔다. 그들이 뭔가 의논하면서 나가는데, 그는 다리에 힘이 풀려 휘청거렸다. 그러면서 갑자기 다급하게 형사에게로 걸어갔다.

"저어, 형사님. 무척이나 외로워하던 여자분 같았습니다. 잠시 사귄 건 맞는데, 아, 아니 아닌데…, 따로 만나기는 했어요. 특별한 관계거나 한 건 아, 아닙니다."

해원은 머릿속으로 영화관이나 지하철역, 백화점 CCTV를 조사하면 자신과 그 여자가 만나 같이 다닌 걸 알아낼 거라는 계산을 몇 초간 하고 말한 거였다.

“그러신가요? 그럼 내일 중에 경찰서 잠시 나오실 수 있습니까? 잠시면 됩니다.”

해원은 고개를 끄덕이며 약속을 잡았다.

“그런데 대체 이주연 씨한테 무슨 일이 일어난 거죠?”

“실종됐습니다. 마지막 행적이 발견됐는데, 인천 삼목선착장입니다. 거기서 만난 적 있나요?”

해원은 고개를 저었다.

“저 혹시…, 무슨 일이 일어났는지 물어봐도 되나요?”

형사들은 고개를 저었다.

“아직은 말씀드리기 그렇고, 일단은 실종신고가 들어온 상태입니다. 수사 중이라 우리가 참고인 조사로 몇 번은 부를 수 있는데, 서에 오실 수 있죠?”

해원은 걱정스러운 얼굴로 고개를 끄덕였다.

형사들이 돌아가고 손님 몇에게 커피를 팔고 나서, 손님이 나간 자리를 정리하던 해원은 의자에 털썩 앉았다.

외간 남자에게 말 걸고 접근하다가 죽임당한 걸까. 자신처럼 만나던 남자가 또 있었던 걸까.

해원은 그녀와 연락이 뜸해지기 전에 마지막으로 자기 집에서 만났던 기억을 떠올렸다.

그날은 섹스하고 싶지 않다고 해서 그냥 넷플릭스만 봤다. 의미 없이 매력적인 남녀들이 나오는 로맨스 영화만 이것저것 보다가 주연이 물어보았다.

"만약 나 백화점에 모습 안 드러내면 어떤 생각해?"

"그런 적 있지 않나? 저번에도 일주일 안 온 적 있잖아요."

"그러니까 무슨 생각 하냐구?"

"가끔 안 오면 걱정해요. 어떻게 우리 백화점만 오겠어요. 다른 날은 다른 게 먹고 싶겠지, 마트 갔겠지 해요. 하지만 밥 먹고 커피는 나한테로 와요. 항상 준비해 놓을게요."

"그럴까. 근데 우리의 관계는 무얼까?"

해원이 씩 웃었다.

"정거장 같은 거? 어차피 나도 여친 생기면 다시는 못 볼 수 있잖아요. 당신도 그렇고."

해원은 '아줌마'라고 부르지도 '주연 씨'라고 호칭을 부르지도 않았고 반말을 하지도 않았다.

"나 해원 씨 매장에서 알바나 할까?"

해원은 고개를 저었다.

"노우. 난 알바 30세 이상 안 뽑아요. 최대로 잡아도 내 나이 이상은 안 돼요. 젊은 알바생을 고객들이 편하게 여기니까."

주연은 한숨을 쉬었다.

"그렇겠지? 아무리 나이 무관이라고 적혀 있어도 내 나이는 안 뽑겠지? 그러니까 내가 이 나이에 누군가에게서 진심으로 사랑받고 사귀는 것도 무리겠지?"

해원이 픽 웃었다.

"지금 우리는?"

"끝날 걸 알고 시작하는 관계는 사귀는 거 아닌 거야. 그냥 만나서 즐기는 거지. 당장은 외로우니까."

그 말을 하면서 주연은 해원과 눈을 마주쳤다. 해원은 슬며시 고개를 돌려 폰을 보는 척했다. 그게 마지막으로 같이 있던 때다.

"아메리카노 한 잔 주세요."

고객의 음성이 해원을 현실로 오게 했다.

"차가운 걸로 드릴까요?"

해원은 주문에 얼른 응대를 했다.

5층 주인아주머니

잠실 롯데월드타워의 자라 매장은 늘 손님들로 붐빈다. 그곳을 이틀에 한 번 쇼핑하러 가는 사람이 있다. 그는 늘 매장을 둘러보기만 하고 탐색한다. 물건을 사는 건 한 달에 한 번이나 있을까.

매장은 여러 손님들로 붐빈다. 어떤 사람은 손에 가득 옷을 들고 탈의실로 들어가지만, 모두 나와서는 던지듯이 직원에게 옷을 건넨다. 그리고 다시 물건을 짚는다.

여러 사람들이 있다. 남친을 뒤에 핸드백 들고 따라붙게 하고 옷을 유유히 보는 사람, 꼼꼼하게 라벨을 보면서 캐시미어가 몇 프로 있는지 살피는 사람, 네크라인이 훅 파여 한참 고민하는 사람, 시스루를 만지작거리는 사람, 그리고 둘러보고 빈손으로 나오는 사람.

마지막 사람이 바로 주연이다.

그녀는 오늘도 빈손으로 매장을 샅샅이 훑으면서 사람 구경을 한다. 여러 옷을 입었다 벗었다 하는 사람은 변덕이 심할 것 같고, 쇼핑을 가득 하고도 또 둘러보는 사람은 욕심이 많을 것 같았다. 라벨을 뒤집어 보는 사람은 까다로울 것 같고, 남친을 데리고 다니는 사람은 그냥 데이트 나온 것 같았다.

주연은 자신과 같이 하릴없이 다니는 두 손에 쇼핑백을 가득 든 중년 여성을 한참 지켜보았다. 아까 나란히 서서 같은 디자인의 옷을 둘러보다 주연에게 말을 건 여성이다.

"어때요? 이 라일락색, 나한테 어울려요?"

주연은 고개만 끄덕였다. 그 여성은 재빨리 옷을 집었다. 주연은 매장 내에 가득 찬 여성 고객들을 오늘도 지켜보다 옷을 사지 않고 나왔다.

심심했다.

주연은 밤새도록 문신한 바리스타와 섹스하는 꿈을 꿨다. 그는 침대 위 주연을 애무하고 삽입하고 괴롭혔다. 주연은 다리가 꼬이고 구부러졌고 경련했지만 모든 건 상상이었다.

다만, 그의 팔에 있는 문신은 생생히 기억났다.

뭘까. 무슨 무늬일까. 오늘도 백화점에 가서 커피를 마실까. 그는 매일 벙거지를 쓰고 흰색 반팔 티에 엉덩이와 허벅지가 피트되는 청바지나 카고팬츠를 주로 입었다. 어떤 때는 룰루레몬의 카키색 조거팬츠를 날렵하게 입었다.

주연이 연애하던 시절에 절대로 사귀지 않을 스타일이었다. 위험해 보이고, 날라리 같은 남자. 잘 놀 것 같고, 여자가 자주 바뀔 것 같은 남자.

그런데 지금은 그런 남자에게로 눈길이 갔다. 같이 헬멧을 쓰고 오토바이 뒤에 타 보고 싶고, 전동 킥보드도 타 보고 싶었다. 그리고 무엇보다 잠자리에서는 어떨까 하는 상상이 들었다.

밤마다 그와 함께 사랑을 나누는 상상으로 잠을 설쳤다.

'몽마가 나의 음란한 상상을 눈치채고 괴롭히는 걸까.'

주연은 갱년기를 맞으면서 호르몬 불균형으로 성욕이 솟으면서, 뜬금없이 레깅스와 드레스를 구입해 스튜디오에 가서 바디 프로필을 찍고 오는 등 여러 안 해 본 일들을 해 보았다.

아들은 군대 간 지 1년이 넘었고 남편도 해외에서 못 들어온 지 2년이 넘었다.

어느 날 주연은 그레이 아디다스 레깅스를 입고 위에 쑥색의 윈드재킷을 걸치고 나섰다. 손에는 카드와 폰만 쥐었다. 맑게 갠 푸른 하늘이 드높았다.

천천히 걸어 나가는데 15분을 걷자, 저만치 올림픽공원과 성내천 사이의 유수지 공원이 나왔다. 갈대숲이 가득 있는 공원은 축구장과 크리켓연습장이 붙어 있었다. 횡단보도만 건너면 공원이다.

베이지색 슈트를 입고 곱상하게 생긴 30대 초반의 키 큰 남자가 저 멀리 횡단보도 맞은편에서 잠시 주연을 보았다. 그는 횡단보도에서 주연과 스치듯이 반대편으로 건너갔다. 주연은 유수지 공원으로 향하는 나무계단으로 내려왔다.

방금 그 남자는 주연이 마스크를 쓰고 레깅스를 입어 그런지 젊은 여성으로 착각한 것 같았다. 주연은 남자를 꼬실 수 있을지도 모른다고 생각했다.

'어깨까지 오는 세팅펌 머리를 풀고, 얼굴에 미소를 지으면서 다가가면 남자는 어쩌면 상대해 줄지도 몰라.'

지금은 월요일 오전, 그는 출근하는 중이지만 연락처를 받을 수 있을지 몰랐다. 하지만 그뿐, 그 후 주연은 언젠가 자신의 나이를 말해야 한다.

40대 중반을 넘어서는 나이에 지금 생리가 끊긴 지 4개월째이다. 올해 폐경할 거 같았다. 벌써 갱년기다.

주연의 손에는 종량제 봉투 속에 고구마칩이 들려 있다. 공원 오기 전에 마트에 들러 카드 포인트로 산 과자이다.

주연은 크리켓 운동을 하는 할머니들을 보면서 천천히 걸어 갈대숲을 지나 넓은 돌바닥에 있는 벤치에 앉았다. 주변에 아무도 없었다. 저만치 축구를 하러 들어오는 사람들의 차가 보였다. 붉은 유니폼을 입은 시니어들이 내려서 축구장으로 들어갔다.

주연은 천천히 유수지에서 들려오는 펌프 소리에 귀를 기울였다. 발꿈치에 말라비틀어진 지렁이 몇 마리가 눈에 들어왔다. 다리를 들어 올렸다. 이상하게 40대 중반부터 지렁이가 못 견디게 징그러웠다. 뱀은 아마 직접 눈으로 보면 소스라칠 것이다. 20센티가 넘는 지렁이가 꿈틀거리는 걸 보면 소름이 끼쳤다. 다리가 절로 오므라진다.

폰을 열어서 페이스북을 열어 보는데 〈let's go picnic〉이란 케이팝 노래가 흘러나왔다. 주연은 방금 전 횡단보도에서 마주친 출근하던 남자와 피크닉 가는 상상을 했다. 이룰 수 없는 꿈이다.

아주 오래전, 아이를 임신하고 만삭일 때 겨울에 주연은 종종 이런 상상을 했다.

한겨울 아주아주 눈이 많이 쌓인 화단에서 죽은 임산부의 모습. 그게 자신일 것 같았다. 동사한 임산부. 벌거벗은 채 추운 겨울날, 배를 부둥켜안고 누워 있다.

주연은 애를 낳고도 무척 괴로웠다. 한밤중 자는 아이를 보면서 대학병원 응급실에 전화를 걸어 자신이 처방받은 약이 잘못됐다면서 엉엉 울었다. 페니실린 알레르기가 있는데 왜 그 계통의 약으로 처방했느냐고 물었다. 잠이 안 오고 힘들고 괴롭고 아프다고 했다.

하지만 병원 약제실 당직을 서던 여성 약사는 친절하게 세파계열 항생제로 처방받았다며 걱정 말라고 했다.

주연은 그때 자신이 산후우울증으로 호르몬의 변화 때문에 밤마다 불면을 앓는다는 걸 깨달았다. 그 후엔 육아로 힘들었지만, 아이를 초·중·고등학교까지 계속 쫓아다녀 대학 보내고 지금은 군대에 가 있다. 남편은 외국에 나가 중국계 회사에서 일하고 있다.

자신은 이렇게 무료한 하루를 산책으로 시작한다. 아주 드물게 남편에게서 전화가 왔고, 아들은 간간이 메일을 보냈다.

주연은 미치도록 사랑이 하고 싶었다. 사랑받고 터치를 받고 싶었다. 밤마다 인큐버스에 시달린다.

30대 중반에 백화점 문화센터에 다니면서 남편이 아닌 이성을 미치도록 사랑한 적이 있었다. 글쓰기 강좌에 오는 소설가 선생님은 대학교의 전임강사면서 문화센터에 강사로 다녔다.

주연보다 두 살 어렸는데, 다른 회원들도 무척 좋아해서 수업 시간마다 커피나 선물은 기본이었다. 주연은 그 틈바구니에서 이렇다 할 대시를 못하고 밤낮으로 그 선생님과의 애정망상에 시달렸다.

그 선생님이 자신을 좋아해서 집을 알아내 근처에서 기다리는 상상, 선생님과 데이트하는 상상, 영화를 보고 영화관에서 손을 잡고 깍지 끼고, 낙엽 지는 공원에서 키스하는 상상을 했다.

모두 다 망상이었고, 그 선생님과 둘이서 만난 적은 없었지만, 그 시간만큼은 행복했다. 아들은 초등학교 다니던 시절이었고, 자신은 남편과 애정 표현 없이 무미건조한 주부로서의 삶을 보내던 시절이었다.

엄마가 일찍 치매를 앓아서 주말마다 찾아뵈었던 시기이다. 그 선생님과의 데이트를 상상하고, 심지어 섹스나 스킨십하는 모습을 밤마다 떠올리면서 행복했다.

애정망상에 걸린 여자들이 스타들을 스토킹하는 걸 볼 때마다 저렇게 되면 큰일이다 싶기도 했었다. 하지만 누군가 나를 그리워하고 좋아한다는 그 상상만으로도 몹시 행복하고 즐거웠다.

기억에서 나와 유수지 공간으로 돌아왔다.

주연은 걱정이 됐다. 자신이 이렇게 늙어 죽는 건 아닐지. 미치도록 임신이 하고 싶었다. 폐경 전에 임신해서 여성임을 확인받고 싶었다. 남자들이 시선 주지 않고 돌아서는 노파가 되기 싫었다. 아직도 싱싱한 가임기의 육체임을 인정받고 싶었다.

그러나 현실은 '다가오는 50세 여성을 위한 암보험', '갱년기 여성을 위한 생명보험' 등등의 스팸 메일만 받는 신세였다.

며칠 전에 폭스바겐 차 백미러에 오줌을 갈기는 노인을 보았다. 80대 정도의 할아버지로 보였는데, 주연은 그 자리에서 잠시 멈춰 눈살을 찌푸렸다. 만약 저게 남편의 차이고 남편이 저걸 목격했다면 그 노인을 밀쳐 다치게 했을지도 모른다.

'치매일까.'

주연은 무서웠다. 노인이 주섬주섬 바지를 추켜올리고, 지갑과 폰을 잘 주머니에 깊숙이 밀어 넣는 걸 보고 자신도 저렇게 될지도 모른다는 공포가 엄습했다.

주연은 갈대를 보며 여러 생각에 멈춰 있다가 갑자기 요의를 느꼈다. 축구와 크리켓을 하는 사람들은 100미터 밖이다. 잘 안 보일 수 있다.

이때 갑자기 포메라니안을 끌고 가는 덩치가 무척 큰 선글라스를 낀 남성이 지나갔다. 개는 고구마칩이 든 봉투에 코를 한번 대었다. 주연은 소스라치게 놀랐다.

남자가 멀리 간 다음, 주연은 레깅스를 내리고 오줌을 쌌다.

그 할아버지처럼 노상 방뇨이지만, 조심스럽게 숨어서 쌌다.

기분이 그냥 그랬다. 하지만 시원했다. 주연은 생각에 생각에 거듭한 끝에 결론을 냈다.

'다시 시작한다. 인생을 리셋하자. 다시 태어나자. 그럼 할 수 있다.'

대학교 다닐 때 남자 천 명과 섹스해서 아들 천 명을 낳아서 북한을 이기게 해 주겠다며 호언장담하던 여학생이 떠올랐다. 무척 넉살맞은 동기였는데, 그때 얼굴을 붉히면서 웃어넘겼다.

후후, 그때가 떠오르는 건 왜일까.

주연은 백화점 바리스타와 말을 나눈 적이 있었다. 어느 날, 그가 보이지 않아 잠시 기다렸는데, 갑자기 몸을 일으킨 그와 눈이 마주쳤다. 카운터 하단의 냉장고에서 오렌지를 꺼내고 있어 안 보였던 것이었다.

"오늘은 아이스로 안 드세요?"

그가 묻자, 주연은 작게 답했다.

"비 와서 쌀쌀해서요."

"주스 신제품 한번 드셔 보실래요?"

주연은 고개를 저었다.

주연은 팔목의 하얀색 니트를 끄집어 내렸다. 여름이어도 긴팔을 주로 입었다.

하지만 그와 말을 터놓게 되면서 옷차림이 과감해졌다. 전철역에서 민소매 니트나 반바지도 사 입었다. 그리고 앱으로 남자들과도 몇 번 만났다.

그와 전철역에서 마주치고 횟집에서 술도 마시고 영화도 보았다. 잠도 잤다. 사랑을 주고받았다. 만족스러웠다.

하지만 그는 주연의 나이와 신상정보를 듣자, 그 이상 맘을 주지 않고 몸만 주었다.

주연은 바리스타와 연애를 하는 줄 알았다. 하지만 그의 마음은 달랐다.

"솔직히 우리는 그냥 섹파잖아요. 그런데 왜 기념일 같은 걸 챙기죠?"

그가 주변을 둘러보고 조심스레 말했다.

"시원한 향이 산림욕을 하는 듯한 느낌을 준다는데."

주연은 선물을 내민 손이 부끄러웠다. 그린데이라고 연인끼리 손잡고 산림욕을 하며 사랑을 확인하는 날이라기에 사 왔다.

"그, 그런가? 이따 영화나 볼까?"

"오늘은 좀 피곤해요. 집 들어갈래요."

"그, 그래요. 이거 가져가."

"난 그 향 싫은데. 알았어요, 가지고 왔으니까."

주연은 모멸감을 느꼈다. 그리고 그게 전조였다. 해원은 점차 톡을 씹거나 단답형으로 답했고, 불친절했다. 초반의 따스하고 재미있던 그가 아니었다.

톡의 결말은 확실했다. 그와 주고받은 내용 중에 이런 문장들이 있었다.

- 어차피 우리는 미래가 없잖아요.

- 이어질 수 없는 단순한 즐기는 관계니까.

주연은 실연당했다고 여겼다. 그리고 더 이상 그를 찾지 않았다. 예전에는 백화점 카페로 찾아가도 미소 짓던 그이고 데이트하며 다정하게 어깨에 기댈 수 있던 그이지만, 이젠 아니다.

주연은 실연을 당한 걸 느끼고 며칠간 이불 속에서 온열 매트를 켜고 뒹굴었다. 날은 더웠지만 몸은 못 견디게 시렸다.

어느 날인가, 늦잠 자다가 폰을 열어 뉴스를 보았다. 동네에서 감염 환자가 대거 나왔다. 집 바로 옆에 있는 병원에서 코로나바이러스 감염 환자가 나왔다. 주연이 자주 가는 곳이다.

주연은 몸을 일으켰다. 혼자 살고 있고 아들은 군대에, 남편은 멀리 파견 가 있으니 본인만 조심하면 된다.

모든 일에는 직업적 계발도 중요하다.

주연은 이 상태로 밑지는 나이 많은 아줌마로 해원과 만나고 싶지 않았다. 아니, 이미 끝난 거나 진배없다. 주연은 그동안 해원을 사귀면서도 이 집에는 그를 데려오지 않았다. 하지만, 만약 자신이 싱글이라면 이 집은 언젠가 남자가 생기면 데리고 올 기회가 생길지 모른다. 누가 봐도 50평대의 건물 5층 빌라는 싱글 여성이 혼자 사는 곳은 아니다.

주연은 여러 생각을 했다. 단계적으로 이 생활을 유지하면서 새로운 리셋 기회는 만들어야 한다.

예전에 집 근처 작은 카페의 청년 사장이 커피 컵의 뚜껑을 큰 구멍이 달린 것으로 바꿨다. 우연히 그 이유를 물어보았다.

"저희 커피가 로스팅을 갓 해서 내리는 거라, 그 향을 좀 더 음미할 수 있게 하려고 뚜껑을 바꾸어 봤어요."

주연은 지금 가지고 있는 걸 보루로 무언가 발전적 단계로 점프하고 싶어졌다. 핸드폰 하나 더 개통해서 앱을 깔아 남자를 만나는 정도가 아니다. 혁신적인 다른 방법이 있어야 한다. 그 생각에 주연은 며칠을 골몰했다.

주연은 어느 날 한밤에 커튼을 열고 달빛을 보다 발가벗고 온열 매트 위에서 요가 동작인 아기 자세로 다리를 무릎 꿇고 바닥에 이마를 대고 한참 있었다.

시원함을 느꼈다. 옷을 입지 않으니 다리 사이로 바람이 들어가고, 공기가 온몸을 감싸는 느낌이 들면서 다시 태어나는 것 같았다.

주연은 마음을 먹었다. 다시 태어나기로.

그간은 사랑이 아니라 그냥 쾌락과 즐거움에 불과했다. 주연은 몇 번 채팅앱으로 남자를 만나 봤지만 모두 같았다. 자신의 나이, 이름, 환경을 모두 진실하게 밝혀야 새로운 사랑이 가능했다.

인생을 리셋하기로 맘먹은 주연은 남편이 크리스마스 선물로 외국서 보내 준 무지 노트를 꺼내 들었다. 거기에 하나하나 TO-DO 리스트를 적었다.

언젠가 인터넷 기사에서 아무도 모르게 이사를 시켜 주는 비밀이사업체가 있다는 걸 알게 되었다. 빚에 쫓기는 이들, 가족과 불화를 겪는 이들이 연락하면 그들이 원하는 시간에 아무도 모르게 이사를 시켜 준다는 것. 절대로 고객의 가족이 찾아와도 이사 간 장소를 알려 주지 않는다고 했다.

1. 비밀 이사.
2. 나이를 새로이 리셋하기.
3. 폰 번호 바꾸기. 아무도 모르는 번호로.

주연은 2번 '리셋'이라는 단어에 방점을 찍었다. 분명히 있을 것이다. 구글 같은 사이트를 서치하다 보면 신원을 도용해 주고 새롭게 통장을 발급해 주는 업체가 있을 거라 여겼다.

3번 번호 바꾸기.

문자와 수신만 받게 하고, 카카오톡이나 페북이나 인스타 등의 앱을 깔지 않으면 의외로 아무도 모를 수 있다. 전화번호 리스트나 사진도 옮겨 저장하지 않는다면 아무도 모를 수 있다.

듣기로는 선불폰이라는 것은 신분 없이도 개통 가능하다는데, 그런 것도 알아볼 데가 있을 것 같았다. 주연이 사는 동네에도 '신원 비밀 보장', '외국인 즉시 개통', '선불폰', '신용등급 낮아도 개통 가능합니다'라고 적힌 작은 핸드폰 대리점이 있었다.

주연은 이 리스트 세 가지만 실행해도 숨어 살 수 있고, 새롭게 시작할 수 있을 것 같았다.

친정 식구만 해도 부모님이 돌아가시고, 언니가 있지만 미국에서 살고 있어 당장 자신에게 연락할 사람은 없었다. 연락하는 친구들은 거의 없었다. 직장은 애초부터 해원에게 있다고 거짓을 말한 것뿐이었다.

주연은 먼저 낡은 옷가지를 정리하고 입을 것들과 간단한 소지품 등 필요한 것들만 최소한으로 여행용 캐리어에 넣었다. 남편이 버리라고 준 캐리어를 귀찮아 쟁여 둔 것이니 이게 없어졌다고 해서 당장 찾지는 않을 것이다.

주연은 캐리어 하나와 마트에서 산 대형 천 가방에 필요한 것들을 챙겨 넣고 당장 선불폰을 하나 개통했다. 어차피 남편이나 아들 옷 말고 자신의 옷과 소지품만 가져가니 무엇이 없어졌는지도 눈치채지 못할 것이다. 집도 최대한 정리해 놨다.

그리고 '신분 개통', '명의 빌려드립니다' 등의 관련 단어들을 검색해서 뜨는 여러 개의 전화번호 중 한 군데에 선불폰으로 통화를 시도했다.

여자가 받았다. 여자는 잠시 후 전화가 갈 거라고 말하고는 일단 전화를 끊었다.

그리고 1시간 후, 모르는 번호로 전화가 왔다. 웬 남자가 또박또박한 목소리로 주연에게 남의 신분이 필요한 이유를 물었다. 주연은 종교적 갈등으로 잠시 피신해 있기 위함이라고 둘러댔다.

전화 상대방 남자는 강 실장이라 편하게 부르라면서, 5백만 원에 새로운 신분증과 통장 하나와 현금체크카드를 보내 줄 수 있다고 했다. 신용카드는 나중에 만들어도 되지만 불안하면 만들지 말고 현금 위주로 쓰라고 했다. 남자는 만약 누군가 아는 주민등록번호가 있다면 가격을 깎아 주겠다고 했다.

주연은 골똘히 생각하다가 살고 있는 건물의 입주자 서류를 찾았다. 그리고 남자가 원하는 돈과 포토샵으로 젊게 나온 자신의 사진과 입주자의 신분증 사본을 보내 주었다.

남자는 자신의 신분증도 사본으로 보내라고 했다. 주연은 자신의 신분증으로 이 남자가 무슨 짓을 할지 걱정됐지만, 남자는 전화상으로 그녀의 불안감을 읽었는지 서로의 보안을 위해 남겨 두는 것이라고만 했다. 사진도 다시 규격을 불러 주고 도용할 입주자와 비슷한 분위기로 찍으라고 조언했다.

주연은 신분증 사진도 남자가 원하는 규격으로 찍어서 파일로 만들어 남자의 이메일로 보냈다.

그로부터 2주 후, 주연은 편의점 택배로 그 남자가 보낸 통장과 새 신분증을 받았다.

주연의 새로운 나이는 35세였다. 신분증의 주연은 현실보다 열 살이 적었고 새로운 주민등록번호가 생긴 게 신기했다.

'통장은 어떻게 만들었을까? 이 새 신분증을 사용한 건가?'

주연은 입으로 새 이름을 웅얼거렸다.

친정 부모님 유산은 꽤 되었는데, 적금을 들었다. 그중 일부를 해약해 일반 통장에 두었다. 그리고 6천만 원은 따로 빼 두어 새로 얻을 집과 생활비로 사용하려 했다. 이건 새로 얻은 이름의 통장에 넣을 돈이었다.

주연은 메모지의 리스트 2번, 3번에 연필로 그었다. 이제 1번, 비밀 이사를 할 차례였다. 외국에서 근무하는 남편은 2, 3주에 한 번 정도 카카오톡 화상 전화가 올까 말까 했다.

군대에 간 아들도 이메일이 뜸해 지금은 연락도 거의 없었다. 여러 공과금은 모두 남편 명의 통장에서 자동이체로 빠져나간다. 자신이 이 집에서 사라져도 급하게 찾을 사람이 없었다.

방을 빼겠다는 입주자가 있었지만 그 후로 연락도 없고 부동산에서도 연락이 없다. 전기세나 물세도 계량기를 일일이 달아주어 알아서 내게끔 했다.

요즘은 가스 점검 기사도 코로나바이러스로 인해 점검을 거의 몇 달간 미루다시피 했다. 그나마 오던 사람이 택배 기사들. 그들은 주연이 물건을 시키지 않으면 오지 않는다. 공동주택 정화조 수거 작업은 지난달에 했으니 앞으로 1년간은 연락 없을 터였다.

그리고 바리스타 남자 성해원. 이미 그와 연락 끊긴 지 보름은 훌쩍 넘었다. 사라져도 된다. 그는 딱 그 정도의 관계를 맺었던 사람이다. 여친이 생기면 뒤도 안 돌아보고 갈 것이다.

주연은 새로이 시작할 도시를 정해서 그곳에 원룸을 얻어 두었다. 그리고 찍어 두었던 스크린샷 파일을 열었다. 비밀이사업체 이름을 보고 인터넷에서 검색해 연락처를 찾았다. 찾는 게 그리 어렵진 않았다. 업체 대표가 인터뷰한 기사 댓글에 번호가 떠 있었다.

비밀이사업체는 며칠 후, 새벽 6시에 모든 짐을 간소화해서 들고 집 앞에서 100미터 떨어진 어느 지점으로 나오라고 했다. 그 지점은 이사업체가 구글 지도를 보고 찍어 준 곳으로, CCTV가 없는 골목이라고 했다.

그리고 자신들은 이사업체라고 차에 전혀 적혀 있지 않아 잘 알아보지 못할 테니, 허름한 트럭이 와서 헤드라이트를 켰다가 껐다를 세 번 반복하면 그 차로 알라고 했다. 그리고 주연에겐 자신들이 알아볼 수 있게 캐리어나 짐에다 손수건을 두 개 묶어 두라고 했다. D-day는 3일 후였다.

3일 후 새벽, 주연은 새로운 도시에서 짐을 풀었다. 박현진으로 새로운 인생을 시작하게 된 것이다. 이제 알바 자리를 찾고, 이주연을 이 세상에서 사라지게 하면 된다. 주연은 그날은 거기서 잠을 자고, 다음 날 서울의 원래 살던 집으로 갔다.

다음 날, 주연은 5년 이상 살던 그 집이 낯설게만 느껴졌다. 어제 잤던 그 집으로 한달음에 달려가고 싶었다. 하지만 계획대로 움직여야 했다. 주연은 오후에 집을 나섰다. 나서기 전에 가스밸브 확인과 문단속을 몇 번이나 했다.

일부러 CCTV가 있는 곳으로 걸어갔다. 그리고 대로까지 걸어 나와서 지나가던 택시를 잡았다. 잠실역까지 택시를 타고 가서 리무진 버스를 타고 인천공항으로 향했다. 공항에서 내려 다시 운서역으로 공항철도를 타고 갈 예정이었다. 여러 번 갈아타서 행적이 한 번에 잡히지 않도록 했다.

주연은 운서역에서 잡아타고 온 택시에서 내렸다. 이곳에 오기 전에 지갑과 원래 쓰던 폰은 남편 회사로 부쳤다. 집에 부쳐봐야 아무도 받을 이 없다. 남편도 해외에 있지만, 본사에 택배가 왔다는 연락을 받으면 뭔가 싶을 거다.

삼목항은 바다를 면하지만, 파도도 잔잔하고 어선도 몇 척 없었다. 두 군데 큰 건물의 횟집과 카페 등이 유일하게 바다라고 알려 주는 것 같았다.

평일 낮이라 그런지 관광객도 거의 없었다. 인근 섬으로 항해하고 돌아온 여객선이 선착장에 정박했다. 30여 대의 차량이 배에서 내렸다. 그리고 시멘트 등지를 실은 트럭이 몇 대 올랐다. 주연은 섬을 드나드는 차가 그렇게 많은지 몰랐다.

주연은 횟집에 들러 해물 칼국수를 시켜 먹었다. 주변의 식사하던 남자들이 그녀를 힐끔 훑었다. 혼자 온 손님은 그녀뿐이다. 이 선착장에는 관광객 커플이나 여고 동창생들 혹은 식당 직원들 말고 여자 혼자 돌아다니는 건 주연이 유일했다.

주연은 트렌치코트 깃을 올려 세웠다. 그리고 커피를 마시면서 개펄을 내려다보았다. 깊숙이 박힌 삼지창 모양의 닻이 인상적이었다. 배의 닻이 그렇게 큰지 몰랐다.

어딘가에 깊숙하게 들어박히려면 커야 한다. 마음이든, 뭐든. 갯강구들이 제방에 수백 마리 움직이는 게 보였다. 소름 끼쳤다.

주연은 여객선이 떠나고 선착장으로 내려갔다. 바다에 발이 닿을락 말락 하는데 한 남자가 소리 질렀다.

"어어! 위험해요."

여객선 사무소 직원이었다.

"나오세요."

죽으려던 여자가 또 있었나? 주연은 희미한 미소를 지었다.

주연은 바다가 보이는 카페로 들어가 커피 한 잔을 시켰다. 오후가 되자, 선착장에 손님이 드물고 어시장이 문을 닫았다. 주연은 천천히 선착장으로 향했다. 아무도 없었다.

주연은 가방을 내려놓고 그 옆에 트렌치코트를 벗어서 잘 개어 두고, 신발을 놓았다. 그리고 천천히 바다로 들어갔다,

주연은 대학교 때 수영을 배웠다. 자유형만 1년 가까이 배웠으니, 그거 하나는 자신 있었다. 꽤 긴 거리를 오고 갔다.

깊이 바다를 잠수했다가 방둑에 맨발로 올랐다. 주연의 맨발에 갯강구들의 더듬이가 닿았다. 징그러웠다. 주연은 얼른 두 손으로 방둑을 더듬어 올라서 미친 듯이 아무도 없는 풀숲으로 들어갔다. 그리고 급하게 원피스 자락을 들고 허리에 묶은 비닐을 열어서 스포츠 타월로 물기를 닦았다.

그러고는 레깅스와 스포츠 점퍼를 빼서 갈아입고, 머리에는 모자를 눌러 썼다. 누가 봐도 놀러 오거나 운동하다 온 행색이었다. 막상 삼목항을 와 보니 의상이 좀 뜬금없다는 생각도 들었으나, 부피가 작아 택한 옷이었다. 젖은 원피스나 긴 양말 등은 비닐에 넣고 잘 여며 점퍼 안에 감췄다. 일부러 부피가 작도록 얇은 텐셀 재질의 원피스를 입고 왔다.

주연은 선불카드를 사서 개통한 선불폰으로 콜택시를 불렀다. 앱을 사용한 택시는 흔적이 남을 테니 지역 콜택시를 불러 탔다.

"운서역으로 가 주세요."

60대 정도로 보이는 기사가 물었다.

"해변에서 운동하고 오시나 봐요?"

주연은 입을 꾹 다물고 창밖으로 시선을 두었다. 기사가 몇 마디 더 묻다 말았다.

이제 다시 태어나는 일만 남았다. 주연은 폰에 저장한 성형외과 관련 스케줄을 보았다. 모두 천안에 있는 성형외과였다.

주연은 태어나서 처음으로 서울을 벗어났다.

천안에 원룸을 얻었고, 다이소나 마트에서 필요한 주방용품 등을 샀다. 최소한도로 1인용 간편한 것만 마련했다. 전자제품은 원룸에 빌트인으로 있었다.

그리고 새로 얻은 원룸으로 배달될 2, 30대 여성들이 즐겨 입을만한 옷들 쇼핑 목록을 보았다. 모두 비회원 무통장계좌로 입금해 거래 내역이 거의 남지 않게끔 했다.

한 번도 입지 않았던 몸에 붙는 미니원피스나 짧은 크롭티 그리고 미니스커트 등이었다. 요즘은 큰 사이즈로 파는 쇼핑몰이 많아 사이즈를 구하는 게 어렵지 않았다. 주연이 결혼 전만 하더라도 55사이즈만 파는 곳이 많았다. 지금은 66, 77 사이즈도 파는 곳이 꽤 되었다.

이제 일자리를 찾고 '박현진'이라는 새로운 이름으로 살면 됐다. 성형으로 얼굴을 바꾸면 젊어 보이기도 하겠지만, 무엇보다 알아보는 사람도 드물어질 것이다.

주연은 박현진이라고 적힌 신분증과 통장을 보고 숨을 내쉬었다. 새로 들어온 3층 아기 엄마의 신분증 카피본을 신분도용 불법대행업체에 보내 받은 것이다. 정확하게 10년의 나이를 젊게 살 수 있다. 그리고 하고 싶은 일도 하고, 만나고 싶은 이성도 당당하게 만날 수 있다.

친정 부모님이 가면서 남겨 주신 예금으로 월세와 생활비를 아껴 쓴다면 이대로 30년은 너끈히 살 수 있었다. 지금은 그 돈을 일부만 찾고 묶어 뒀지만, 조만간 다 찾아서 어딘가에 보관할 계획이다.

주연은 원룸 정리를 끝내고 나서 잠을 이틀간 푹 자고 난 다음, 인터넷으로 원룸 근처 대형마트나 음식점이나 카페 등지에서 알바 자리를 얻을 수 있는지 알아보았다.

알바천국 사이트를 열었다. 예전에도 서울에서 알바 자리를 찾기 위해 열어 본 적이 있었다. 그때 ○○마트, ○○백화점, ○○패스트푸드점에서 찾는 구인 요건을 세세히 읽었다.

성별 무관, 연령 무관, 학력 무관이었지만 모두 20, 30대를 뽑을 걸 안다. 그나마 마트에서는 주방일 하실 이모를 찾는다 했지만, 주연은 싫었다. 그보다는 카운터를 보거나 서빙을 해 보고 싶었다. 살아오면서 한 번도 해 보지 않은 일이었다.

편의점은 야간 자리만 있었다. 위험한 일도 싫었다.

결국 원하는 일을 하기 위해서는 나이를 줄여야 했다. 불가능한 일.

하지만 지금은 서른다섯이다. 가능하다. 성형외과에 가서 보톡스와 필러, 레이저 시술을 받으니 한결 젊어 보였다. 활기에 차 보였다.

주연은 근처 일자리를 찾아봤고, 박현진 계정으로 인스타를 등록해서 옆모습이나 커피잔 등의 소품을 올려 두었다.

그날 밤, 주연은 오랜만에 컴퓨터로 이력서를 작성했다. 나이는 35세. 이름은 박현진, 그리고 졸업한 학교는 강남의 ㅇㅇ고등학교로 적었다. 알바 경력은 서울에서 ㅇㅇ카페라고 몇 개 적어 넣었다. 설마 카페 체인점에 전화해서 물어볼 것 같지는 않았다.

주연은 식욕억제제를 매일 먹으며 다이어트를 시작했다. 나이에 맞는 몸매로 만들려면 지금보다 살이 빠져 보이는 게 좋을 것 같았다.

주연은 이력서를 넣고 이틀 만에 전화를 받았다. 서점의 마케터가 전화해서 면접을 보자고 한 것이다.

40대 정도의 유 차장은 키가 작고 만만치 않아 보이는 인상의 중년 남성이었다.

"홀을 증축하면서 구석에 도서를 전시하는 공간이 늘어나서 급하게 뽑는 중이에요. 현진 씨라고 불러도 되죠?"

주연은 미소를 지으면서 고개를 끄덕였다.

"참, 일하다 보면 앞으로 편하게 말 놓아도 되죠? 나보다 한참 아래인 것 같은데."

주연은 활짝 웃었다.

"그렇게 하세요, 유 차장님."

유 차장은 주연에게 반말을 섞어서 일을 설명했다.

'내가 이래 뵈어도 50에 가까운 나이야. 후후.'

주연은 속으로 친구하기 좋은 나이라 생각했다.

80, 90년대의 음악을 모티프로 만들어진 '올디스 벗 구디스' 카페는 나무 책상이나, 스탠드, 나무 의자 등의 올드한 소품들로 가득 채워진 공간으로 오래된 영화와 음악이 흘러나오는 곳이다.

주연은 원룸 근처에 있는 이 쇼핑몰에 와 본 적이 있지만, 이 카페에 들어오기는 처음이었다. 마치 20여 년 전의 대학생 시절로 돌아간 것 같았다.

바로 앞의 이 남자와는 소개팅 앱으로 만났다. 그래도 신원도 밝히고 실명도 밝히는 제대로 된 정식 소개팅 어플이었다. 남자 이름은 방도훈. 도훈의 사진과 이력을 보고 주연이 메시지를 보내 만날 약속을 잡은 것이었다.

둘은 사는 곳이 가까웠다. 도훈이 나이를 밝히지 않기에 주연도 가만히 있었다. 그는 직업이 라이더라고 했다.

도훈은 주연이 앉을 의자를 빼 주었다. 매너가 좋았다.

"여기 레고 동호회 친구들과 종종 오거든요. 분위기가 차분하고 이야기하기 좋아서요."

"괜찮은데요?"

"그렇죠. 노래도 발라드라 조용해서 좋아요. 힙합은 신나기는 하지만 조용히 말할 때는 좀 그렇죠."

"커피는 제가 살게요."

도훈은 주연이 일어나는 걸 뜯어말리면서 음료를 사 왔다. 주연은 도훈이 오래된 앤티크 라디오를 여기저기 만지는 걸 보다가 손가락을 올려 스위치를 찾아 눌렀다. 헤드폰으로 음악을 들으면서 도훈이 웃었다.

"현진 씨는 정말 모르는 게 없네요. 놀라워요. 난 스위치 찾아 한참 헤맸는데. 책을 많이 읽어서 그래요?"

"아니요. 그냥 유튜브 같은 데서 봤어요. 앤티크 물건 다루는 법도 나와 있더라구요."

주연은 상황을 잘 넘겼다.

주연은 카페 안에 흘러나오는 음악에 무심코 따라 흥얼거렸다. 바이올린 선율이 강하게 흘러나오는 노래였다.

"어? 무슨 노래예요? 노래 진짜 좋다."

"저, 잘은 모르는데 그냥 들은 것 같아서요."

윤상이 부른 〈이별의 그늘〉이었다. 대학교 때 카페에서 여러 차례 나오던 노래였다. 그가 이 노래를 모른다는 게 신선했다. 그리고 그런 게 매력적인 상황 같았다.

벽에는 스크린이 나오고 전지현과 이정재가 애타는 얼굴로 엇갈리는 장면이 나왔다. 그는 이 영화도 모르는 것 같았다. 〈시월애〉라고 시공을 초월하는 사랑 이야기라고 하자, 그는 역시 놀랐다. 그녀의 해박한 지식을 칭찬했다.

주연은 어깨가 으쓱 올라갔다. 그와 이 공간에서 자주 만나야겠다고 생각했다.

오래전 첫사랑인 대학교 동기를 이런 카페에서 만나 데이트하고 줄 서서 영화를 예매하곤 했다. 연락은 유선전화 사서함이나 삐삐 호출기로 하고, 못 만나면 사서함을 들어 보고 다시 그 장소로 돌아가 기다리곤 했다.

손편지를 써서 주고, 집 전화기로 밤새 통화하던 시절이었다. 버스에 타는 걸 보고 손 흔들어 주고, 대학교 축제에서는 잔디밭에 앉아 밤새 토론하고 막걸리를 마셨다.

주연은 새로운 신분으로 살게 되면 하고 싶은 게 있었다. 남자친구와 대학교 축제도 가 보고, 콘서트며 락페스티벌도 가 보고 싶었다. 코로나바이러스로 다 갈 수 없었지만, 그래도 이렇게 고풍스러운 카페는 와 봤다.

인스타 계정으로 메시지가 오거나, 소개팅 앱으로 만나게 된 남성들은 주연에게 적극적으로 대시했다. 그들은 만나는 도중에도 연하 여성들처럼 칭얼거리거나, 귀찮게 하지 않으면 잘 따라와 주었다.

주연은 음식이나 커피도 잘 샀다. 어차피 따로 돈 들어갈 일이 별로 없었다.

이미 주연이 지나온 시절의 청춘 나이의 남자들을 만나면, 표정에 생각이 드러나 보이는 게 귀엽게 느껴졌다.

그리고 주연의 가장 유력한, 그들을 사로잡는 무기는 바로 '결혼 생각이 없음'이었다. 그들에게 결혼에 얽매이는 듯한 상황 없이 단순하게 옆에 있는 여자 친구 역할을 하는 것.

일반 결혼 적령기 여성에게는 힘든 일이지만 주연은 오히려 그런 상황을 원했다. 결혼에 사심이 없으니 연애에 매달리지 않았고, 따라서 사심이 없으니 늘 갑의 위치였지만 남자들에게 갑처럼 굴지 않았다.

주연은 현재의 상황을 즐기면서 과거를 곱씹어 보았다.

결혼은 있을 수 없다. 그 힘든 시댁, 명절, 남편 내조, 육아의 상황으로 다시 돌아가는 짓은 보통은 어느 여자도 원하지 않을 거였다.

주연은 진화론 관점의 《인간의 섹스는 왜 펭귄을 가장 닮았을까》라는 책에서 여러 동물과 인간의 성생활을 비교한 글을 본 적이 있었다.

수컷은 거의 무한대의 정자 재고량을 보유하고 있어 본성적으로 많은 후손을 보고 싶어 하고, 암컷은 난자 수의 제한과 자녀 양육의 어려움으로 남자의 물질과 정서적인 도움을 절실히 필요로 한다. 남녀 간의 서로 다른 목표로 인해 섹스의 불균형이 이루어진다는 것이다.

주연의 생각으로 해법은 간단할지 몰랐다.

'결혼 생각은 없고 의무를 갖기 싫은 젊은 남성과 다시는 육아 전쟁으로 돌아가지 않는 중년 여성의 섹스는 완벽한 결합이다.'

하지만 여성의 입장에서 굳이 위험을 무릅쓰고 싶지 않다. 남성의 입장에서는 본능적으로 자신의 씨를 보다 더 잘 안착할 수 있는 외모의 여성을 찾다 보니 이 논리도 맞지 않다.

확실한 것은 남성은 양육을 하는 데 있어서 교육의 힘으로 지금처럼 아빠의 자리를 지키는 거지, 본성적으로 씨를 뿌리고 떠나고 싶어 한다고 책에 적혀 있었다.

반면에 침팬지 암컷은 평생 외도를 하지 않는 것처럼 여겨졌으나, 알고 보니 뒤에서 몰래 한 것이라는 사실이 밝혀졌다. 아프리카 어느 지역의 침팬지 유전자를 분석한 결과, 다른 무리의 수컷 핏줄이 절반 넘게 이어진다는 것이다. 성욕은 암수 모두에게 똑같이 일어나는 욕구였다.

주연은 자신이 갱년기에 접어들면서 성욕이 폭발하는 것은 이제 완경으로 생식이 불가능해 마지막으로 그러는 것이라 유추했다. 따라서 남자들과 몰래 즐기는 것은 본성이니 나쁘다는 생각이 들지 않았다. 그리고 한번은 이 지루하고 비생산적인 인생에 베팅하고 싶었다.

새로운 나이에서 새로운 이성을 결혼 마음 없이 사귀고, 젊은 나이에 맞는 일거리를 갖고 싶었다. 새로운 인생을 살기에 필요한 돈이나 건강은 있었다.

도훈은 '오늘만은…' 하는 생각에서인지, 자꾸 주연의 손을 잡아끌었다. 모텔촌이 즐비한 곳 옆의 분식집이나 민속주점, 횟집으로 갈팡질팡했다.

결국 횟집으로 들어가 알탕을 먹었다. 도훈은 소주를 한 병 시켜 몇 잔 마셨다. 주연은 그가 권했지만 마시지 않았다. 도훈이 실망하는 눈치였다. 그러나 주연은 배가 고프지 않았다. 좀 전에 서점 간이 사무실에서 간식을 먹고 나와 그를 만났기 때문이다. 알탕도 먹는 둥 마는 둥 했다.

식사를 마치고 도훈이 풀이 죽은 듯이 뚜벅거리며 걷는데, 주연이 그의 팔을 잡아끌었다. 그의 팔을 자신의 페이크퍼 재킷 속의 원피스 가슴 부분에 대었다. 뭉클한 가슴의 감촉에 그가 화들짝 놀라면서 주연을 보았다.

"그냥 저기 갈래요? 나 좀 피곤한데."

주연은 집게손가락으로 '봄날'이라는 모텔 간판을 가리켰다. 저만치 어두컴컴한 프런트 입구가 절반 정도 커튼이 쳐 있는 게 보였다.

"네?"

도훈이 놀라면서도 웃음이 눈가에 걸리면서 주연 얼굴을 들여다보았다. 프런트에 바삐 가서 대실을 하고 도훈이 카드 계산하려는 걸 주연이 현금을 내서 깎았다.

403호 방에 들어가자마자 도훈이 주연에게 키스를 퍼붓고 가슴을 마구 만지는데, 주연이 응해 주다가 그를 진정시키며 말했다.

"샤워하고 와요. 미안하지만."

주연의 지시에 그는 얼른 바지를 벗어 던지고, 티셔츠를 벗어 젖히고 달리듯이 화장실로 들어갔다.

주연은 그의 바지와 티를 집어서 잘 개어 두었다. 청년과 연애를 하려니 무슨 엄마가 된 기분이었지만, 그래도 풋풋한 연애의 감정을 느낄 수 있었다. 체력으로 딸리는데 그를 잘 받아 줄 수 있을까도 걱정되었다.

도훈의 지갑을 열어 그의 신분증을 보았다.

'이럴 수가.'

애기였다. 87년생. 주연보다 열 살이 어린 서른다섯. 앱에서는 나이가 표시되지 않았고 굳이 묻지 않아 밝히지 않았다.

주연은 신분증을 잘 넣어 두고는 원피스와 스타킹을 벗고 팬티와 브라만 걸친 채 샤워실로 들어갔다. 통유리로 된 샤워실에서 그가 놀란 눈으로 주연을 바라보았다.

주연은 뒤로 돌아 속옷을 벗고 그가 샤워하는 공간으로 들어가 같이 물을 맞았다. 그리고 그의 몸에 바디워시로 거품 칠도 해 주고, 아주 깨끗이 닦아 주었다.

예전 아기 기를 때처럼 부드럽게 매만져 주자, 그의 성기가 부풀어 올랐다. 주연은 손으로 부드럽게 어루만졌다.

"우리 침대로 가요."

수건으로 물기를 닦고 침대로 가서 도훈이 주연의 가슴을 애무하면서 키스를 번갈아 했다.

"피, 피임해야 되죠?"

그가 떨리는 목소리로 말하자, 주연은 고개를 끄덕이면서 시선을 내렸다. 도훈은 지갑을 찾았다. 사실 주연은 그 콘돔을 아까 보았다. 그는 지갑에서 덜덜 떨리는 손으로 콘돔을 꺼내서 껍질을 깠다.

도훈이 주연의 몸속으로 들어올 때, 주연은 아픈 듯 신음을 내면서 몸을 움츠렸다. 사실 아프지는 않았지만 낯설었다. 그만큼 남편과의 성관계가 많지 않았다.

주연은 남편과 결혼 이전에 20년 전에도 두 명의 남자 친구와 몇 번 관계를 맺었다. 남편도 좋아하지 않는 것 같아 거의 각방을 쓰다시피 했고, 그마저도 해외 근무할 때가 많아서 부부관계는 소홀했다. 주연도 갱년기 호르몬 이상을 맞이하기 전에는 그런 걸 즐겨하지도, 원하지도 않았고 야한 동영상을 본 적도 없었다.

그러다 갱년기를 맞이하고, 갑자기 미친 듯이 남자를 원하게 된 것이다. 〈님포매니악〉 영화를 예전에는 하나도 이해하지 못했지만, 이제는 아, 나보다 욕구가 10배 이상 더 치솟는다면 그럴 수도 있겠구나 하며 이해되었다.

소나무가 죽을 때가 되면 솔방울이 무수하게 열린다는데, 생식이 끊이게 되기 전에 마지막으로 기회를 붙잡으려는 본성의 힘인가 싶을 때도 있었다.

"피임 확실히 했으니까 걱정 말아요."

도훈은 생각을 더듬던 주연의 귓가에 말하고, 깊숙하게 들어왔다.

주연은 속으로 픽 웃었다.

'호호, 아이를 낳을 수 있을지나 모르겠네.'

40대 중반에 접어든 주연은 생리를 하기는 했지만, 최근에 거르는 일도 종종 있었다. 50에도 임신이 가능하다는 소리도 예전에 산부인과 의사에게서 들어 봤지만, 아마 힘들 것이다. 이제는 완경 단계이다.

주연은 그 후로도 도훈이 콘돔을 찾거나, 피임을 걱정할 때 그

말을 해 주고 싶은 걸 꾹 참고 그가 하자는 대로 피임을 했다.

주연은 그와 데이트를 종종 즐겼다. 그리고 평일 낮에는 알바를 계속했다. 서적 진열과 판매가 주 임무였다. 시간을 채우면 최저 시급에 휴식 시간도 주어졌다. 30대 나이니까 옷도 저렴한 걸로 사 입었다.

가끔 아들이 보고도 싶고 걱정도 됐지만, 중학교 이후 거의 도울 게 없을 정도로 어른스럽고 바른 아이라 잘 지낼 것 같았다. 가끔 아주 가끔 페북 등에서 실종 전단이 떠다니는지만 검색해 봤다. 없었다. 실종자 명단은 포털에서 검색해 보지 않았다.

이사업체가 문자를 보냈다. 아예 짐을 집에서 모두 빼다 주는 서비스도 시작한다는 것이다. 가끔 주연은 모든 옷이나 소지품을 새로 사려니 힘들었다. 집에 있는 부드러운 캐시미어 옷들이 그리웠다. 그래도 고개를 저었다.

자신이 자살한 것처럼 확실하게 위장하지 않으면, 옷가지들이 모두 없어진 정황으로 언젠가 가족들이 찾아낼 게 분명하다. 주연은 문자에 응하지 않았다.

도훈은 음식 배달 라이더 일을 하면서 간간이 주연의 원룸에 들러 같이 넷플릭스를 보거나, 컴퓨터 게임을 하다 갔다. 섹스하기도 했지만, 키스나 포옹만 하기도 했다.

그도 주연도 결혼 같은 이야기를 거의 꺼내지 않았다.

"전에 사귀던 애는 자꾸 결혼 얘기를 꺼내고 그래서 부담스러웠어.”

도훈은 주연의 머리를 쓰다듬으면서 그렇게 말했다.

“근데 넌 안 그래서 편안해. 구속도 안 해서 좋아. 예전에 사귀던 애는 밤새 톡을 보내 귀찮기도 했지. 친구들하고 술 먹는데 50번도 넘게 부재중 전화 와 있고.”

“결혼은 천천히 하려고 생각 중이야. 그 전에 편한 사이가 좋을 것 같아서. 굳이 뭐.”

도훈의 폰에서 나오던 음악이 코드쿤스트의 〈O〉로 바뀌었다. 이하이의 매력적 음색이 하이톤으로 바뀌면서 도훈은 주연의 카디건 단추를 하나하나 풀었다. 주연은 자연스럽게 도훈의 허리를 붙잡았다. 그리고 오른손을 올려서 어깨에서부터 상박근까지 부드럽게 쓸어내렸다. 그의 단단한 근육이 느껴졌다.

그는 주연의 카디건과 하늘색 얇은 풀오버를 벗기고 청바지 단추를 풀었다. 그리고 자신도 상의와 조거팬츠를 벗었다. 주연은 청바지를 벗고 브래지어와 팬티만 입은 채, 그의 가슴에 가벼운 키스를 했다. 손길로 그의 목덜미를 어루만지면서 침대로 이끌었다.

주연이 침대에 등을 대고 눕고 도훈이 그 위로 올라왔다. 키스를 여러 번 했다. 아주 느릿하고 말랑말랑하게. 입술의 촉촉한 감촉이 혀에 느껴졌다. 껍질을 깐 통조림 속 밀감 같은 느낌이었다.

도훈은 주연의 온몸을 손과 입술로 훑어 내렸다. 감미로운 노래에 따스한 숨결과 눈빛의 오감, 아주 뜨거운 가슴과 가슴이 맞닿고, 그의 피부에서 달콤한 만다린 바디워시 향이 났다. 주연의 피부에 손길을 쓸어내리면서 도훈이 내뱉었다.

"부드러워, 진짜로."

둘은 꽉 끌어안고 그대로 잠시 있었다. 주연의 입가에 충만한 미소가 걸렸다.

이 느낌을 언제 다시 느껴 볼 수 있을까 싶은 행복감이 들었다. 20여 년 전 결혼 초기에는 느꼈을까? 기억이 나지 않았다.

솔직히 남편에게 불만은 없었다. 생활비는 풍족했다. 양가에도 실수하거나 걱정을 끼치는 일은 없었다. 하지만 지금 친정 부모님이 돌아가시고, 멀리 계시는 시아버님만 간간이 연락이 오가고 있다. 아들도 대학교를 다니다 군대에 가 잘 지내고 있다.

그런데 채워지지 않는 마음의 허전함.

지금 여기 천안의 원룸에서 35세의 여자가 되어 남친을 사귀면서 행복을 느끼는 것은 단순히 시간을 역행해 연애하는 감정이기 때문일까.

잊었던 사랑의 욕구. 그건 주연을 리셋하게 해 주었다.

그때 오래전 본 영화가 떠올랐다. 벤자민 버튼의 시간은, 뭐라고 하던 영화였는데 가물거렸다. 나이가 들수록 기억력이 떨어져 간다.

서점에서 책을 하나하나 비닐로 포장하는 래핑 작업을 하는데, 동료 직원이 물었다.

"언니, 나 언니 방 하루만 빌려줘."

"응?"

동료 알바 유하나는 스물여덟이었다. 주연이 속인 나이 35세보다 일곱 살이나 적었다.

"언니는 어디 잠깐 나갔다 와. 영화 보든가. 내가 방 빌리는 값 줄게."

"무슨 일인데?"

"남자 친구 군대 가. 방에서 마지막 시간 보내게. 모텔은 물려. 부탁이야. 걔나 나나 모두 부모님하고 살아."

주연은 잠시 고민했다. 만약 실제 나이의 40대 여자라면 절대 있어서는 안 되겠지만, 지금은 열 살이나 적게 산다. 만약 실제 박현진이라면 어떻게 했을까. 아이 엄마니까 안 된다 하겠지.

하지만 주연은 지금 35세의 싱글 여성이다.

"언니, 제발 부탁이야."

하나가 주연의 두 손을 애달프게 붙잡고 빌었다.

"정말, 이렇게 헤어지면 영영 못 볼 거 같아. 마지막 추억을 근사하게 만들어 주고 싶어."

하나는 집에 놀러 와 주연이 구워 주는 등심 스테이크를 먹고 간 적이 있었다. 그때 하나는 주연이 산 인테리어 소품과 화장실

용품들을 무척 예쁘다고 취향이 세련됐다고 칭찬했다.

"아, 알았어. 언제?"

주연은 책 여러 권을 래핑하다 손톱 하나가 끝이 갈라졌지만, 오늘 내로 2백 부 잡지 래핑도 마쳐야 한다. 하나는 무척 친절하게 굴면서 주연에게 쉬라고 했다. 자신이 다 래핑한다면서. 하나는 곧 날을 잡아 말해 준다고 했다.

4일 후, 하나는 저녁에 4시간 방을 빌렸고, 주연에게 미안하다며 5만 원을 봉투에 넣어 건넸다. 하나의 손에는 재사용 종량제 봉투 안에 여러 음식 재료가 들어 있었다. 남친에게 스파게티를 해 줄 거라고 했다.

주연은 도훈과 밖에서 영화를 보고 식사하고 커피를 마시다 집으로 들어갔다. 집에는 이미 사용 흔적 없이 싹 치워져 있었다.

다만, 메모로 이렇게 쓰여 있었다.

'쓰레기봉투 버리려 했는데 경비 아저씨가 자정 넘은 시간에 버려야 한다네. 그것만 버려 줘. 넘 고마워, 언니.'

그날 밤 자정, 주연은 하나가 남기고 간 쓰레기봉투 밖으로 비치어 보이는 것을 살폈다. 풀무원에서 나온 까르보나라 스파게티 봉투와 향초 작은 것들 여러 개 그리고 미니 케이크 박스와 초, 콘돔 봉지 등이 보였다. 그리고 담배 한 개비가 방에 떨어져 있는 게 보였다.

주연은 쓰레기를 수거함에 버리고 잠시 서서 달을 보면서 생각했다.

퇴행을 했다. 자신은 삶을 역행해 퇴행한 것이다. 방을 빌려달라는 20대 친구가 생기고 방을 빌려주었다.

친정엄마가 치매를 앓아서, 퇴행이라는 게 뭔지 안다. 엄마는 고등학생으로 돌아가서 친구들과 문집을 내고, 교가를 부르던 그 시절을 겪었다. 교가를 부르고, 소설을 얘기했다.

주연은 잠시 하나가 방에 남기고 간 담배에 불을 붙여 태웠다. 대학 시절 잠깐 피우고 처음 피우는 거였다. 하얀 연기가 저 멀리 하늘로 올라가 달빛에 닿았다.

층간별로 인생 리셋

여자는 한 손으로 유모차를 밀면서 다른 손으로 아기 손을 붙들고 경찰서 앞을 서성였다. 보초를 서고 있는 의경에게 물어보고 1층의 민원실로 들어갔다.

민원실의 경찰이 물어보았다.

"무슨 일로 오셨습니까?"

여자가 불안한 얼굴로 말했다.

"저어, 누군가 내 명의를 도용해서 은행에서 통장을 사용하고 있어요."

여자는 그렇게 말하고 민원실에서 안내해 주는 테이블 자리로 이동해 경찰과 대화를 나누었다. 여자는 그간 아이를 키우느라 바깥에 자주 다니지 못했다. 코로나바이러스로 인해 유치원도 문을 닫자, 혼자서 육아를 전담하기로 작정했다. 이혼한 남편과는 밀린 양육비 문제로 싸우고 나서 연락도 잘 안 되었다.

여자는 힘에 부쳤지만, 아이를 유치원 보내던 엄마들과 소소하게나마 어울리면서 지냈다. 하지만 외롭고 힘들었다. 친정도 꽤 떨어진 거리에 있어서 더더욱 힘에 부쳤다. 그리고 그녀가 이혼한 걸 유치원 맘들은 몰랐다. 그걸 말한다는 게 괴로웠다. 감추는 것도 힘들었다.

그런데, 오랜만에 은행 업무를 보다가 은행 직원이 통장에 6천만 원 가까운 돈이 그냥 놀고 있는 게 아깝다면서 적금이나 연금 보험에 가입할 것을 권했다.

여자는 깜짝 놀랐다. 결혼 전에 직장 다니면서 모았던 돈이나 이혼하면서 받은 돈은 거의 다 이 집 보증금으로 들어가 있었다. 보증금을 높여 잡아서 월세는 적게 내었다.

그 돈을 빼면 여자가 모아 놓은 돈이라고 해 봤자 생활비를 빼 쓰는 통장에 6백만 원이 전부였다. 그리고 적금을 들어 놓은 돈이 9백만 원가량 있는데, 6천만 원 가까운 잔금이 있는 통장은 있을 턱이 없었다.

사정이 어려운 친정도 마찬가지이고, 전남편을 캐물었지만 금시초문이라고 했다. 그는 양육비에는 문자에 답도 안 하지만, 돈이 있다고 하니 금세 답을 해 왔다.

결국 여자는 은행에서 떼 주는 통장 내역을 확인하고는 깜짝 놀랐다. 통장은 여자가 가 본 적도 없는 대구에서 만들어졌다.

여자는 곰곰이 이 모든 일이 어디서부터 시작됐을까 고민하다가 하나 떠오르는 일이 있었다.

아이가 태어나고 집에서 할 수 있는 부업거리를 찾다가 맘카페에서 알바 게시판을 보고서 전화를 한 적이 있었다. 전화기 건너편 남자는 재택근무가 가능하고, 집에서 인터넷 사이트에 댓글을 달아 주고 평점 매겨 주는 간단한 일만 해 주면 건당 5천 원을 준다고 했다.

여자는 회사에서 서류를 보내야 된다기에 신분증 사본과 주민등록등본 그리고 통장 계좌가 적힌 부분을 캡처해서 보냈다. 그런데 그 후에 회사에서 연락이 뚝 끊겼다. 기분이 무척 나빴지만, 사기당하지 않은 걸 다행으로 여기고 그냥 잊어버렸다.

그런데, 누군가 자신의 신분증을 도용해서 통장을 개설해 사용했다.

"범인을 잡을 수 있을까요?"

30대 정도로 보이는 정복을 입은 여성 경찰은 친절하게 서류를 작성하면서 답했다.

"보이스피싱 조직에서 이런 식으로 통장을 만들어서 사용도 하고 다른 사람에게 팔기도 하죠. 저희한테 믿고 사건을 맡겨 주시면 100프로 검거 가능해요. 은행에 CCTV가 의무적으로 설치돼 있고, 이 통장을 주로 사용하는 지점에 비밀리에 문의해서 어떻게든 잡아내요. 걱정 마세요."

여자는 안심을 하면서 집으로 돌아왔다. 한편으로 만일 그 통장을 잃어버렸다고 해서 자신이 빼돌렸다면 큰돈이 생기는 게 아닌가 하는 생각도 들었다. 하지만 장난감을 가지고 잘 노는 아이를 보면서 고개를 저었다. 아무리 어려운 상황에 처해도 해서 안 될 짓을 저질러서는 안 됐다.

예전에 건설회사 다니면서 3백만 원 정도를 횡령한 직원이 불명예스럽게 손가락질당하면서 나가는 걸 본 적이 있었다. 하물며 범죄조직의 돈은 절대 건드려서는 안 될 것 같았다.

여자는 정확하게 2주일 후, 전화를 받았다. 경찰서의 그 여성 형사였다.

"박현진 씨 통장이 개설된 은행을 통해서 CCTV 확인하고 명의 도용한 사람을 찾아냈어요."

며칠 후, 현진은 아이를 유치원을 통해 알게 된 엄마에게 맡기고 길을 나섰다.

현진은 의아한 눈으로 경찰서에 와 있는 여자에게 다가갔다.

여자는 몸에 붙는 청바지에 하늘색 브이넥 니트를 입고 있었다.

나이는 자신보다 많아 보였다. 다만, 박현진은 주민등록증에 대학교 때 찍은 사진이 박혀 있었는데, 그 모습처럼 보이려고 한 듯했다. 생머리를 씨컬 펌으로 굽이치게 만들어 늘어뜨린 모습이 사진과 비슷했다. 현진은 지금은 안경을 끼고 머리는 질끈 묶고 육아에 힘쓰지만, 그때는 그렇게 머리를 늘어뜨리고 렌즈도 끼고 화장도 곱게 했던 시절이었다.

"죄, 죄송합니다."

여자는 고개를 들어 박현진을 보고 미안한 표정을 지었다.

"어떻게 된 거죠?"

형사가 대신 말해 주었다.

"그 맘카페 쪽으로 찾은 게 아니라, 대포통장 개설해 주고 신분증 만들어 주는 조직을 잡아들였는데, 박현진 씨 신분증 만든 이력이 나왔어요. 대구에서요."

현진은 조용히 여자를 직시했다. 아는 얼굴이었다. 하지만 분위기는 계약하던 때와는 무척 달랐다. 첨에는 못 알아봤지만 이름을 듣고 바로 알아챘다.

"대체 왜 그랬던 거죠? 사모님."

이주연은 입을 다물었다.

"말씀을 안 하세요. 그냥 다른 사람으로 살아 보고 싶었대요. 확인된 바로는 명의를 도용해 통장 외 용도로 사용한 흔적은 없어요. 단지 서점에서 아르바이트할 때 신분증을 제출한 정도요."

"합, 합의 보고 싶어요. 돈, 돈을 드리면 안 될까요?"

주연이 침묵 후에 어렵게 입을 뗐다.

형사가 차분하게 말했다.

"두 분이서 합의를 보시고 법원에 나중에 피해보상 합의서 제출하세요. 개인정보보호법이 강화돼서 명의도용에 대한 처벌이 엄격해요. 여기서 합의 보셔도 입건하고 기소 들어갈 겁니다. 재판 받으셔야 돼요."

현진은 형사가 주는 서류에 이것저것 작성과 사인을 하고 집으로 돌아왔다.

그간 주인아주머니 실종으로 형사들이 몇 번 찾아왔었다. 그런데 실종된 주인아주머니를 여기서 이렇게 만난 것이다.

현진은 그렇게 일단 주연과 헤어졌다. 며칠을 생각하던 현진은 경찰서에서 만났을 때 얻은 번호로 전화를 걸었다. 집 들어올 때의 번호와는 달랐다. 현진은 합의금을 요구했고, 주연은 알겠다고 답했다.

며칠이 흘렀다. 연락은 없었다.

현진은 그간 몇 번은 혹시 돌아왔는가 싶어서 5층에 가서 벨을 눌렀지만, 인기척이 없었다.

전화를 걸었다. 몇 번 신호 후 전화를 받은 주연은 침착하게 합의 내용을 제시했다.

주연은 6천 중 천만 원을 주기로 하고 다시는 명의도용을 하지 않겠다는 각서를 써 주겠다고 했다. 그리고 이 번호는 없앨 예정이니 앞으론 예전 전화번호로 걸어 달라고 했다.

주연은 이 생활을 정리해 보기로 했다. 실종신고가 된 지 4개월 만이었다.

더 빨리 발각될 수도 있었지만, 현진의 아이가 어려 바깥 생활을 잘 하지 않은 탓이었다.

주연이 남편에게 보낸 택배도 남편이 해외에 있느라 잘 전달되지 않았다. 실종 전단은 있었지만 전국적으로 알려지지는 않았다. 인터넷 몇몇 사이트에만 올라가 있는 정도였다.

현진에게서 전화가 왔다. 합의금을 직접 받을 약속을 정하고자 했다. 피차 서로 집에서 보길 원하지 않은 그들은 고속터미널 안의 한 커피숍에서 만났다.

주연은 다시 예전의 주인아주머니 모습으로 돌아가 있었다. 통 넓은 바지에 잿빛 니트를 입고 화장을 거의 하지 않은 상태였다.

"정말 죄송합니다."

주연은 머리를 깊숙이 숙여 사죄하면서 5만 원권으로 된 돈다발을 두 개 건넸다. 여자는 천만 원을 확인하고 인수 수령증을 써 주었다. 그리고 이번에는 다시는 명의도용하지 않겠다는 각서에 주연이 사인을 했다.

돈을 받고 일어서려던 현진이 갑자기 입을 열었다.

"왜 제 나이로 돌아오시고 싶었어요? 형사님께 물어보니까, 아들도 군대 보냈고, 편하게 사시는 분이라면서요. 통장에 돈도 많이 넣어 가지고 계시구요."

주연은 씁쓸한 미소를 지었다.

"정말, 이런 아기엄마와 인생을 바꾸고 싶으셨나요?"

주연은 답했다.

"다시 육아하던 시절로 가고 싶지 않았어요. 다만, 제대로 된 연애를 한 번 더 해 보고 싶었어요. 그래서 이 많은 수고로움을 저질렀나 봐요. 정말로 죄송합니다."

"바람 같은 거 피우면 안 되나요?"

주연은 고개를 저었다.

"글쎄요. 그건 그냥 쾌락과 섹스, 호감뿐이잖아요. 예쁜 사랑을 해 보고 싶었어요."

"예쁜 사랑의 결과가 바로 이런 거예요. 아이랑 매일매일 씨름하는 거. 저야말로 이 돈을 안 받고 아이를 10년 후로 자라게 할 수 있다면 그걸 택할래요."

현진은 이해가 안 가는 얼굴로 일어섰다. 아이는 유모차에 타지 않으려고 했지만 가까스로 태우고 카페를 나갔다.

한바탕 한여름 밤의 꿈처럼 달콤한 사랑과 갈등의 시간이 아니라, 불안의 시간이었다. 남편과 아들이 찾고 있고, 누군가에게 명의도용을 들킬지 모르고 알바 일도 체력에 부쳤다. 그럴 만한 가치가 있었을까.

하지만 수백만 달러를 주고 우주여행을 예약하는 백만장자도 있는데, 나이를 돌릴 수 있고 새로운 남친과 순수한 연애와 섹스를 할 수 있는데 이를 마다하고 싶을까.

주연은 이 모험이 틀렸다고 생각하지 않았다. 합의금 천, 월세나 도용 비용 등 경비 8백만 원가량에 넉 달의 시간이었지만, 자신은 생애 최초로 알바도 해 보았고, 남자와 연애를 새롭게 해 봤고 그리고 열 살 어린 나이로 살 수 있었다.

주연이 현진이 가고 나서 30분 정도 있다가 일어나려는데, 카페에서 지바노프의 〈We(OUI)〉가 흘러나왔다. 주연이 후렴 부분을 따라 흥얼거렸다. 도훈이 좋아하던 노래였다. 가끔 원룸에서 틀어 놓고 애무하던 노래였다.

주연은 잠시 생각했다. 과연 도훈을 좋아하기는 했을까. 지금은 그에게 헤어지자고 통보하고, 전화번호를 차단하고 나서 선불폰을 이미 버렸다. 사용하던 번호는 정지시켰다. 그가 연락할 수는 없었다.

미안했지만, 이미 어쩔 수 없었다.

사실 3층 입주자 박현진은 페이스북과 인스타를 사용하지 않았다. 그래서 일찍 들키지 않은 거였다. 그건 그 이름으로 살면서 미리 확인해 본 사항이었다.

원룸은 방이 바로 빠졌다. 어차피 보증금이 없이 3개월 선불로 들어간 방이었다.

주연은 서점에 전화해서 무단결근으로 죄송하다고 통장으로 월급을 정리해 달라고 했다.

유 차장이 아쉬운 소리와 불편한 소리를 번갈아 했지만, 모두 주연의 잘못이었다. 동료였던 하나는 먼저 관둬 이제 연락도 없었다.

경찰이 서점에 전화를 해서 자신의 범죄 행각을 아직은 알리지 않은 듯했다. 다행이었다.

주연은 집으로 돌아온 날, 잠을 푹 잤다. 아들은 곧 군대를 전역할 예정이다. 남편은 아직도 해외에 있었다.

주연은 이틀이 지난 후 백화점의 커피숍으로 갔다. 20대 여성이 카운터에 서 있었다.

"따뜻한 아메리카노요. 저어…, 여기 근무하던 바리스타 어디로 갔나요?"

"네?"

직원이 커피를 건네면서 되물었다.

"아, 아네요."

"저기 오시네요."

해원은 깜짝 놀라 주연을 보자마자 눈을 크게 떴다. 그의 팔에는 여전히 닻 문신이 자리 잡고 있었다.

"형사들이 찾아왔었어요. 경찰서도 몇 번 갔고요. 대체 어떻게 된 거예요?"

주연은 카페 구석으로 옮겨서 그와 잠깐 말을 나눴다.

"방황하다 다시 돌아왔어요. 다른 도시에서 닻을 내리려고 했는데 잘 안됐어요."

"이제 여기 오지 말아요. 맘이 편치 않아요. 우리 지난 일은 잊어요. 나 지금 저분하고 잘되어 가는 중이란 말이에요."

해원은 눈짓으로 카운터의 여성을 가리켰다. 그 직원이 이쪽 테이블을 눈여겨보고 있다 주연이 돌아보자 얼른 시선을 다른 곳으로 옮겼다.

"남편하고 아들 있는 여자가 나랑 사귀면 되겠어요?"

"알고도 만났잖아요, 우리."

"지금은 달라요."

주연의 그의 팔에 문신이 하나 추가된 걸 보았다. '0720'.

"저 여자 생일이에요?"

"알아서 뭐 하게요. 그냥 새겼어요."

주연은 서글픈 표정을 지었다.

"걱정 말아요. 이제 귀찮게 안 해요. 그냥 커피 마시러 왔어요, 여기가 맛있으니까."

해원은 잠시 한숨을 쉬더니 고개를 끄덕였다.

"그럼 커피만 마셔요. 그리고 이제 걱정 끼치지 말아요. 죽…은 줄 알았어요."

"여행 갔다 왔어요. 인생을 거슬러 올라가는 타임슬립 여행이요."

"그건 젊은 남자 만나는 걸로 충분하지 않았어요?"

"아뇨. 해원 씨는 날 한 번도 진지하게 대하지 않았잖아. 그냥 스쳐 가는 여자처럼 대했잖아."

남자는 일어섰다. 그리고 카운터로 돌아가 냉장고를 정리하려 몸을 돌려서 구부려 일했다.

주연은 커피를 다 마시고 컵을 그대로 두고서 일어서 나갔다. 이제는 이 백화점에 오는 걸 힘들어할지도 모른다.

이제 다시 시작해야 한다, 인생을.

'어디서 어떻게 시작할까.'

부처꽃 문신에 담긴 꽃말

퍼플블루레모네이드의

아스라한 맛

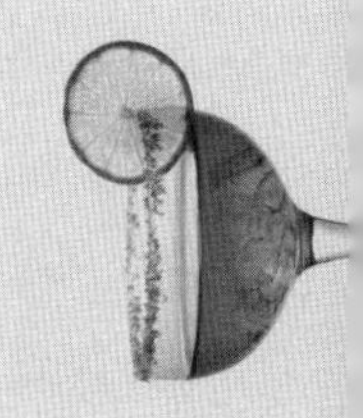

프로파일러 감건호는 고한사북터미널에 박명진 피디와 함께 내렸다. 박명진 피디는 삼십 대의 싱글 여성으로 감건호와 함께 〈감건호의 미제 추적〉 프로그램을 기획하는 중이다.

"아우, 좋다. 서울보다 엄청 시원하네. 참 박 피디, 우리 안내해 주러 누가 나오죠? 답사 때 소개해 준 분 있다면서."

"네, 선생님. 고한읍 행정복지센터에서 이정수 총무계장님이 나오실 거예요. 아! 저기 나오시네요."

터미널 안으로 삼십 대 중반으로 보이는, 중간 정도의 키에 적당한 체격의 서글서글하게 웃는 남성이 들어왔다.

"안녕하십니까? 감건호 프로파일러님, 영광입니다. 티브이에서 잘 보고 있습니다. 이번에 저희 고한 야생화 추리마을을 취재하러 오셨다구요?"

"네, 반갑습니다. 명함 받으시죠."

이정수는 인사를 주고받고, 투싼 차량에 감건호와 박 피디를 태웠다.

"야생화 추리마을을 조성하기 위해 주민들이 모이는 장소가 고한야夜한시장에 있습니다. 그곳을 둘러보시고 식사하시죠."

감건호는 시장에 도착해 둘러본 뒤 근처 식당으로 들어가 곤드레밥 정식을 먹었다.

"저어, 어떤 취지로 추리마을을 소개하실 거죠? 여름에 야생화 축제와 어우러져서 추리마을을 알리는 행사가 만항재에서 있습니다. 좀 이따 안내해 드리죠."

감건호는 속내를 드러내지 않다 뜬금없이 물었다.

"사실은 야생화를 기르는 장미현 씨를 만나 보고 싶습니다."

이정수가 깜짝 놀랐다.

"장미현 씨는 왜?"

이정수가 인상을 약간 찌푸렸다.

"추리마을 소개가 아니라 그 사건 때문에 오셨군요."

박 피디가 걱정스런 얼굴로 고개를 끄덕였다.

"네, 제가 〈감건호의 미제 추적〉이라는 프로그램을 기획하고 있는데 첫 방송으로 그 사건을 다뤄 보려구요."

이정수가 한숨을 내쉬었다.

"좀 불편하네요. 진즉에 말씀을 해 주시지. 사실은 저도 추리마을을 소개하러 오시진 않았을 거라 생각은 조금 했지만 막상 들으니 황당하네요."

감건호가 정중하게 사과했다.

"죄송합니다. 도와주세요. 대신 추리마을 홍보도 톡톡히 하면서 프로그램을 진행할게요."

"그 사건은 이미 3년도 더 됐고 수사도 끝난 걸로 알고 있는데요. 장미현 씨도 현재 맘 잡고 복지센터에서 야생화 기르는 일을 하시고 계시구요."

"공무원입니까?"

"계약직입니다. 만항재 산상의 화원이나 하늘숲 정원 등에서 축제에 선보일 야생화를 기르시죠."

박 피디가 미소 지었다.

"이름이 넘 아름답네요. 풍경 꼭 담아 보고 싶어요."

감건호가 진지하게 물었다.

"그럼 만항재에 가면 장미현 씨를 만날 수 있는 겁니까?"

"그렇죠. 근데 만나려고 할지 모르겠어요. 서울에서 연락은 해 보셨을 것 아닙니까?"

박 피디가 대답했다.

"전화를 피하시고 도움을 안 주려 하셔서요."

감건호는 이정수에게 간곡히 부탁했다.

"부디 도와주세요. 은혜 잊지 않겠습니다."

"에휴, 미현이는 사실 친한 친구 동생이라 잘 아는 사이이긴 한데…. 일단은 가 봅시다."

이정수는 감건호와 박 피디를 태우고 만항재로 향했다. 414번 도로를 타고 만항재로 올라갔다.

"이곳이 만항재로 오르는 길입니다. 도로 포장이 잘되어 있죠. 동네 말로는 늦목재라고 부르기도 하는데 해발 1,330미터로 우리나라에서 자동차가 올라갈 수 있는 포장도로 중에 가장 높은 곳입니다."

감건호는 차창을 열고 숲속의 진한 향기를 맡았다. 초여름이었지만 매우 선선한 날씨였다. 청량한 공기가 폐 가득히 들어왔다. 어디선가 꽃향기도 났다. 바람이 시원하게 불어와 감건호의 앞머리를 날렸다.

'제발 프로그램 시청률도 이렇게 쑥쑥 올라라.'

감건호는 프로그램이 잘되기만을 바랐다.

"만항재 근처에 정암사라고 진신사리가 봉양된 절이 있죠. 자장율사가 짚고 다니던 지팡이가 나무가 되어 천 년 동안 자랐습니다. 그리고 부처님의 사리를 수마노탑에 봉안하고 있습니다."

"지팡이가 나무가 된다뇨? 저는 설화를 좀체 믿지 않죠."

감건호의 말에 이정수가 산길을 따라 커브를 틀면서 대답했다.

"그러십니까? 그런데 사실 정암사에서 소원을 빌어 기적이 일어난 게 꽤 있죠. 아기가 없던 집에 아기가 태어난다든가. 저는 그런 기적을 보고 자라서 창건설화를 믿습니다."

감건호는 고개를 건성으로 끄덕였다.

"내리시죠. 여기가 만항재입니다."

차가 섰다. 감건호는 박 피디와 함께 내렸다. 이정수가 손을 들어 안내했다.

"이쪽으로 오시죠. 장미현 씨는 산상의 화원에 있을 겁니다."

감건호는 산들바람을 맞으며 수풀 내음이 가득한 숲으로 발을 옮겼다. 사건이 일어났으리라고는 상상도 안 되는 아름다운 산속이었다. 게다가 지천에 핀 야생화들은 천상을 거닐고 있다는 착각을 하게 했다.

이정수가 가리키는 곳에 한 여인이 챙이 넓은 모자를 쓰고 하얀색 레이스가 달린 통 넓고 편한 원피스를 입고서 야생화를 옮겨 심고 있었다.

"장미현 씨. 미현아!"

장미현이 야생화 모종을 내려놓고 뒤를 돌아봤다. 하얀 피부에 단정한 이목구비 그리고 아담한 체구의 여성이었다.

"정수 오빠, 무슨 일이에요?"

"여기 이분들이 너 보려 오셨다. 서울에서."

감건호의 얼굴을 보는 순간 환하게 웃던 장미현의 표정이 굳었다.

"잠시만요. 이것 마저 하구요."

장미현은 뒤돌아서 야생화 모종을 옮겨 심었다. 감건호가 조용히 다가갔다.

"참 예쁘네요. 꽃 이름이 뭡니까?"

"꽃향유요."

"이름에 뜻이 있나요?"

감건호는 친근하게 다가가 상대방의 마음을 무장시키는 일에는 도가 텄다. 프로파일러로서 수많은 피의자나 피해자를 상대하며 얻은 실전 면담의 기술이었다.

"향기로운 기름을 얻는다는 뜻이죠. 아직은 피어서는 안 되는데 일찍 피어서 옮겨 심고 있어요. 축제 때까지는 잘 피어 있어야 하는데…."

"축제가 얼마 안 남았죠?"

"죄송하지만 저 말하고 싶지 않아요. 그 프로그램에 인터뷰하기 싫어요."

감건호는 싱그럽게 웃어 보였다.

"꽃말이 뭐죠?"

장미현은 잠시 표정을 풀었다.

"추향이라고 가을의 향기라는 뜻이에요."

"가만있자, 요건 나 어릴 적 마을 뒷산에 흔하게 피어 있던 건데. 이름이 뭐라더라… 아, 맞다! 개미취 맞죠?"

"네, 맞아요."

조금 웃었다.

"솜털이 꽃에 다닥다닥 붙어 있어 개미를 연상시키죠."

"꽃말은 뭐죠?"

"먼 곳의 친구를 그리워한다는 뜻이 있어요."

장미현은 일어나서 숨을 작게 내쉬고 푸르디푸른 하늘을 올려다봤다.

"두 분이 사귀던 사이라고 들었습니다. 유현민 씨가 그립지 않습니까?"

장미현은 고개를 숙이고 모종을 담은 자그마한 수레를 밀면서 이동했다. 감건호가 거리를 두고 따라붙었다.

사실 감건호는 장미현이 야생화 기르는 일을 한다는 걸 박 피디를 통해 접하고 몰래 야생화 공부를 했다. 감건호는 장미현 뒤에서 야생화 종에 대해 더 알은체를 했지만 장미현은 관심 없다는 식으로 대답을 회피했다.

감건호는 머쓱했는지 이정수와 박 피디가 있는 곳으로 돌아왔다.

"어떠세요? 미현이 안 하려구 하죠? 그 일로 힘들어했고 이제야 맘 잡았어요. 저도 불편합니다."

"후우, 그래도 우리가 여기까지 왔는데 이렇게 돌아갈 순 없죠. 장미현 씨가 어디에 묵습니까?"

"지금은 만항재를 돌보느라 정암사에 묵고 있어요. 더 이상 귀찮게 하지 마십시오."

감건호는 고개를 끄덕였다.

"박 피디. 여기가 3년 전 사건 현장이니까 나랑 좀 둘러보지."

감건호는 박 피디와 만항재에 남기로 했다.

"우리는 조사 좀 하겠습니다. 나중에 알아서 택시 불러 내려갈 테니 계장님은 먼저 내려가세요. 괜찮습니다."

"그럼 그렇게 하겠습니다. 혹시 도움이 필요하시면 불러 주세요."

이정수가 차를 운전해 내려가고 박 피디와 감건호만 산상의 화원에 남았다.

"선생님, 저는 야생화 종류 좀 볼게요. 나중에 카메라에 뜰 게 있나 보려구요. 예뻐서 여러 장면에 내보낼 수 있을 것 같아요."

"그렇게 해요."

박 피디가 폰을 들어 야생화를 촬영했다. 감건호는 산책길 끝까지 올라갔다. 길고 고요한 숲이 그를 둘러쌌다. 박 피디와도 멀어지고 어느덧 야생화의 풀 내음과 소소리바람만이 감싼 태고의 공간으로 들어온 듯했다.

감건호는 머릿속으로 사건을 재구성했다.

3년 전 야생화 축제 직전에 산상의 화원 고갯길에는 7미터가 넘는 망루가 세워졌다. 축제를 찾는 손님들이 한눈에 만항재의 야생화 정원을 둘러볼 수 있도록 세운 것으로 가설된 것이어서 난간 없이 망루만 계단 위에 덩그러니 있었다. 축제 전에 난간과 안전시설을 추가로 만들기로 했다.

당시 야생화 축제를 기획하던 동네 주민 유현민은 밤 10시, 망루에서 떨어져 죽었다. 유현민은 야생화 모종 가게를 하던 장미현과 사귀던 사이였는데, 처음에는 망루에서 실족사한 것으로 여겨졌다. 하지만 혈액검사를 해 보니 수면제 성분인 졸피뎀 약물이 검출되어 타살 의혹이 제기됐다. 경찰 조사에 따르면 졸피뎀은 장미현이 처방받은 것으로, 불면증에 시달리던 유현민이 그녀에게서 받은 것이다.

사고 당일 밤, 유현민은 장미현과 살던 아파트에서 나와 차를 몰고 만항재에 올랐다. 그리고 망루에서 떨어졌다. 당시 장미현이 그를 따라잡으려 콜택시를 불러 만항재에 갔던 게 뒤늦게 밝혀졌다. 장미현은 수면제를 유현민에게 제공하고 사건 현장에 있었다는 이유로 살인죄로 기소됐지만, 증거 불충분으로 풀려났다.

장미현은 줄곧 유현민이 떨어진 상황을 목격했으며 다른 남자가 자신을 밀치고 도망쳤다고 주장했다. 장미현은 방면되고, 유현민의 죽음은 타살로 결론 났다. 범인은 아직까지 밝혀지지 않았다. 유현민과 사업했던 수많은 사람들이 경찰의 조사를 받았지만, 알리바이가 있고 혐의점이 입증되지 않아 사건은 미제로 남았다.

감건호는 핸드폰으로 당시의 현장 사진을 보면서 망루가 있었던 자리로 갔다. 깊은 숲속 사이로 정상의 송신탑 머리가 보였다. 이때 바스락 소리가 났다. 새소리만이 가득한 곳에서 갑자기 인기척이라니…. 그는 긴장했다.

"누, 누구야."

나무를 헤치고 젊은 남자가 나왔다.

"아, 어? 선생님."

중간 키에 호리호리한 몸매의 남자는 감건호를 껴안았다.

"저 기억 안 나세요? 왜, 저번에 우리 서점에서 사인회 하셨잖아요. 서지훈입니다."

남자가 훈훈하게 웃었다. 감건호도 활짝 웃었다. 이대 골목에 위치한 추리소설전문서점 '미스터리 연합'의 대표 서지훈이었다.

"서 대표, 여기서 뭐하는 거야. 진짜 깜짝 놀랐네."

"저야말로 선생님 보고 놀랐죠. 혹시 유현민 씨 사건 캐러 오신 거 아녜요?"

"맞아요."

"저는 축제 기간 동안 간이 추리전문서점을 열기 위해 일주일 전에 내려왔어요. 여기 행정복지센터에서 연락을 받고요. 근데 이 사건 관련해서 프로그램 하나 만드시게요?"

"응, 궁금하기도 하고. 범인이 아직 오리무중이니까. 난 목격자가 의심스럽기도 한데…."

"애인 장미현 씨요? 아까 여기 계시던데요."

"알아, 인사 나눴는데 말이 없네. 피하고. 우리야 늘 겪는 일이지만."

"선생님, 여기서 만난 것도 영광인데 같이 내려가요. 차 가져오셨나요?"

"아니, 택시 부르려고."

"같이 다녀요. 여기 함부로 홀로 다니면 안 돼요. 예전엔 만항재 저쪽으로 묘터가 있어서 귀신이 밤에 출몰한다는데요? 주민분들 말씀에 의하면요. 후후, 저야 담력이 세지만."

감건호는 피식 웃으면서도 조금 놀랐다. 나이가 마흔이 넘어가면서 솔직히 이것저것 무서워지는 것 투성이였다. 감건호는 서지훈의 젊음이 부러웠다.

서지훈은 박 피디와도 반갑게 인사하고 차를 운전해 같이 내려갔다.

어느덧 저녁이 되었다. 이슬비가 부슬부슬 내리는 밤, 감건호는 메이힐 리조트 숙소에서 서지훈과 캔맥주를 두고 깊은 이야기를 나눴다. 박 피디는 메모를 하면서 무언가 적었다.

“저도 추리전문서점을 열고 있다 보니 추리소설가, 미제 사건 마니아, 경찰분들과 자주 만나면서 그 사건에 관해 많이 들었죠. 그런데 당일 유현민 씨는 운동화를 신고 있었고 비도 오지 않아서 망루에 올라 미끄러질 염려는 없었어요.”

감건호가 되물었다.

“그런데 말이지, 그것보다는 왜 야심한 시각에 거기에 올랐느냐 이 말이야. 심리부검(자살 후에 사망자의 심리를 조사하는 일)을 해 봤는데 유현민 씨는 당시 사업 관련해 빚을 지고 있었고 불면증에 시달렸어. 가족들의 외면으로 고립되고 상당한 심리적 부담은 있었지.”

서지훈이 맥주를 한 모금 마셨다.

“그러면, 자살을 염두에 두시는 건가요? 처음에는 장미현 씨를 용의자로 봤지만 직접적 증거가 없자 장미현 씨가 목격했다는 남자를 쫓다가 허사가 됐잖아요."

"난 자살을 추정해 봤어, 그 밤에 거길 올라갔다는 게 의심스럽거든."

"수면제 약물의 부작용 사례가 많잖아요? 몽유병을 일으킨다든가요. 저는 유현민에게 사채를 융통해 주고 돌려받지 못한 사람이 유현민이 어디론가 가자, 미행해 사건을 저지른 게 아닌지 생각해 봤는데요."

"채권자는 채무자를 죽이면 빚을 돌려받지 못하는데 그럴 필요가 있을까? 조사를 더 해 보려구. 경찰 조사 중에 장미현은 유현민이 망루에 간다는 문자를 줬다고 증언했던데, 그건 사실이었어. 그래서 장미현을 목격자로 인정했지."

"저, 내일 장미현 씨 만나요. 야생화 도록도 저희 서점에서 팔기 위해 추천을 받기로 했어요. 모종도 같이 팔 거구요."

"내가 따라 나가면 안 되겠지?"

"그냥 도전해 보세요. 어차피 선생님 일이 그렇잖아요. 같이 나가요."

서지훈은 밝게 웃었다. 감건호는 방으로 가고 박 피디와 서지훈은 좀 더 대화를 나눴다.

다음 날, 박 피디는 촬영 장소 헌팅을 위해 먼저 나갔다. 감건호는 서지훈을 따라 삼탄아트마인으로 갔다. 삼탄아트마인은 함백산 자락에 위치한 문화예술 공간으로, 폐광에 미술관을 지어 10만 점이 넘는 미술품이 전시된 곳이다.

약속 시간이 남아 감건호는 미술관 여기저기를 둘러봤다. 감각적인 현대미술품뿐 아니라 광부들의 역사를 고스란히 담은 기록물과 관련 전시품들이 있었다. 유명 드라마의 배경이라고 고스란히 남긴 방도 있었고, 무엇보다 시설 곳곳에 광산 시설이 남아 있어 당시의 분위기를 물씬 느꼈다. 광부들의 노고가 피부가까이 느껴졌다.

삼탄아트마인 내에 위치한 레스토랑 832L에서 장미현을 기다렸다.

"선생님, 이 레스토랑 이름이 왜 832L인 줄 아세요?"

"아니, 모르겠는데."

"해발 832미터에 위치해서 그렇게 지어졌대요. 그리고 들리는 말에 의하면, 고한 지역은 해발이 다른 지역보다 높아서 술을 마셔도 안 취한다네요."

"정말?"

"네. 인간이 살기 가장 좋은 고도가 천 미터 고도라던데요? 여기 와서 비염 나았어요. 신기하게도."

"공기 좋지. 풍광도 아름답고."

"저기 오시네요."

장미현은 서지훈에게 다가오려다 감건호를 보고 멈칫 섰다. 하지만 자리에 앉았다. 감건호에게는 눈길도 주지 않고 서지훈과 야생화 도록이나 모종 판매에 관해서 이야기를 나눴다.

서지훈이 잠깐 삼탄아트마인을 둘러본다면서 나갔고, 감건호는 장미현과 마주보고 잠시 시간을 가졌다. 마침 카페 안에는 샘 스미스의 〈The Thrill Of It All〉이 잔잔하게 흘러나왔다. 감건호가 예의 바르게 사과했다.

"어제는 죄송했습니다. 다짜고짜 들이대서요."

장미현은 커피를 한 모금 마시고 조용히 일어섰다. 뒤돌아서는 장미현의 목덜미로 꽃 문신이 얼핏 보였다.

"부처꽃을 문신하셨네요."

장미현이 소스라치게 놀라며 뒤돌아봤다.

"꽃말은 뭔가요?"

장미현은 하늘색 블라우스 뒷부분을 추켜올렸다.

"야생화를 잘 아시네요."

"솔직하게, 프로그램 준비하려고 공부를 미리 해 뒀어요. 앉으시죠, 유현민 씨에 대해 심리부검을 제가 좀 해 봤습니다."

장미현이 머뭇거리다 앉았다.

"심리부검이라면 오빠를 자살로 보신다는 건가요?"

장미현은 고 유현민을 오빠로 지칭했다.

"아뇨. 확실한 건 없지만 다각도로 보는 거죠. 그거 아세요? 교통사고도 의료사고도 사고사가 아닙니다. 타인이 연관돼 있으니 타살로 보는 거죠. 법의학적 관점에서는 죽을 의사가 없었던 자신의 행위에 의한 죽음과 타인의 의사와 행위가 전혀 개입되지 않은 죽음을 사고사라 합니다. 여기에 현시성 자살이라는 게 있는데, 타인의 관심을 끌기 위해 자살을 시도하다 진짜 죽게 되는 것을 뜻합니다. 현시성 자살은 자살이 아니라 사고사에 속하죠. 죽을 의도는 없었으니까."

장미현이 긴장했다. 감건호는 차분하게 말을 이었다.

"유현민 씨는 보험을 든 게 거의 없더군요. 오해 마세요. 보험 관련 살인을 의심한 게 아니라 여러모로 알아본 겁니다. 자살하기 전에 보험금을 가족이 수령할 수 있는지 따져 보는 사람도 많습니다. 제 생각으로는 유현민 씨는 망루에 현시성 자살을 하러 올랐다가 실수로 미끄러져 그렇게 가셨을지도 모릅니다."

장미현이 얼굴에 분노를 담았다.

"그런 말 함부로 하지 마세요. 당신이 뭘 알아요? 오빠와의 관계는 아무도 몰라요. 우리 둘 사이의 일을 추측하고 재단하지 마세요. 더 할 말 없으니 이만 일어설게요."

장미현이 화를 내며 돌아갔다. 잠시 후, 서지훈이 손에 삼탄아트마인 관련 책자를 들고 돌아왔다.

"여기 관련 자료 좀 구하느라 늦었어요. 그나저나 장미현 씨 엄청 화난 것 같던데요?"

감건호가 미안한 미소를 지었다.

"도발해 봤지. 꿈적 안 하다가 무언가 건드리니 나오기는 하는데…. 아직은 시기상조겠지."

그날 저녁, 박 피디와 회의를 마치고 감건호는 숙소에 들었다가 생각한 바 있어 콜택시를 불렀다. 그는 택시에서 내려 홀로 정암사에 도착했다.

정암사 방향으로 걷는데 뒤가 서늘하게 느껴졌다. 귀신이 나온다던 서지훈의 말이 귓가에 아련하게 들렸다. 도깨비불 같은 것도 보였다. 자세히 보니 반딧불이였다. 초여름 밤이었지만 피부에 찬 공기가 서늘하게 느껴졌다. 서울의 끈끈하고 더운 공기와는 영 달랐다. 정선 고한의 밤은 그늘 속처럼 고요하고 선득했다.

감건호는 일주문을 넘어 경내로 들어갔다. 선불도량에 다가가 스님을 조용히 찾았다. 나이가 지긋한 스님이 나오셨다.

"무슨 일이십니까?"

감건호는 자신의 명함을 건네고 장미현을 찾아왔다고 말했다. 스님이 잠시 생각하는가 싶더니 말을 건네 보겠다고 했다. 잠시 후, 스님은 그녀가 안 보이고 전화도 받지 않는다면서 혹시 수마노탑에 올라갔을지 모른다며 위쪽을 가리켰다. 고적한 달빛 찬연한 등불이 비추는 아래에 탑머리가 보였다.

부처님의 사리가 봉안된 곳. 감건호는 어둔 밤을 폰 플래시로 비추면서 돌계단을 올랐다. 제법 높이가 되는 곳이라 헉헉대며 올라갔다. 거대한 탑이 보였다. 등불 아래 모전석탑은 천 년을 견뎌 온 세월의 흔적을 고스란히 지니고 있었다. 그녀는 반석에 앉아서 달빛을 받았다. 차분하게 밤하늘을 보는 그녀는 우수에 차 있었다.

감건호가 헛기침을 했다.

"죄송합니다. 이렇게 늦은 시간에 찾아와서요. 부처님께 공양이라도 올리시는 건가요."

장미현이 미소를 띠고 고개를 저었다.

"가톨릭 신자예요. 하지만 이곳을 좋아하죠. 경건하게 마음을 다질 수 있으니까."

"귀찮게 해 드려 죄송합니다. 궁금한 게 풀리지 않아서 왔습니다."

"물어보세요, 여기까지 찾아온 정성에 감복하게 되네요. 제가 뭐라고 이렇게 고생시키는지."

감건호는 진실을 들을 수 있는 기적을 바라며 나직하게 물었다.

"유현민 씨는 죽으려는 의도는 없었는지도 모릅니다."

장미현이 놀라 감건호를 직시했다.

"사람들은 살인 사건에 놀라죠. 1년에 살인은 삼백 여 건 정도지만, 자살은 그보다 훨씬 더 많죠. 만 건이 넘습니다. 직업상 저도 법의학 책을 들여다보는데 살인보다는 자살 사진이 많습니다. 인생에 회의가 느껴지죠. 젊은 사람들이 참 다양한 방법으로 기구하게 생을 마쳤구나, 하는 생각이 듭니다. 무슨 고통을 겪어서 허무하게 생을 마감했을까."

감건호는 말을 이어 가면서 그녀의 얼굴을 살폈다. 그녀는 시선을 아래에 두고 약간 손을 떨다가 두 손을 마주 잡았다.

"저는 처음에 유현민 씨가 사업 실패를 극복하지 못해 죽음을 택한 건 아닌지 의심했죠. 하지만 그는 축제를 기획하면서 희망이 있는 상태였고 장미현 씨가 지켜 주었습니다. 사랑하는 사람이 보내는 지지는 자살 결심을 돌려먹게도 합니다. 그리고 빚도 노력하면 갚을 수 있는 정도였죠. 굳이 죽을 이유가 없습니다. 무엇보다 장미현 씨를 사랑했습니다. 진심으로요."

마지막 말에 장미현의 입술이 움찔했다.

"저는 부검을 이렇게 했습니다."

"할 말이 없어요. 이만 돌아가 주시죠."

감건호는 하는 수 없이 탑을 내려왔다. 기적을 바랐지만 멀었다.

다음 날 아침, 감건호는 일찍 일어나 마지막으로 용기를 냈다. 이젠 승부수를 던져야 했다. 그는 만항재에 올랐다.

마침 새벽에 이슬비가 잔잔하게 내려온 후라 화원에는 아스라한 안개가 베일처럼 덮였다. 태곳적 천상에 온 듯 신성하고 고요한 느낌이 들었다. 안개 속에 그녀가 야생화를 돌보고 있었다. 감건호는 조심스레 꽃들을 밟지 않으려 애쓰면서 다가갔다.

"안녕하세요. 방해가 안 된다면 작업을 지켜보고 싶네요. 무엇을 하는 거죠?"

장미현이 작게 말했다.

"모종을 옮겨 심는 데는 주의가 필요하죠. 처음 일주일간은 그늘진 곳에 두었다가 천천히 햇볕에 적응시켜야 하죠. 잎들이 겹칠 정도로 크면 또 옮겨 심고요. 꽃들은 세심한 정성을 필요로 하지만 일정 시기가 지나면 자기들끼리 건강하게 자라요."

장미현은 만족스런 얼굴로 말했다.

"이건 매발톱꽃이에요. 꽃잎 뒤쪽의 꿀주머니 모양이 매의 발톱처럼 안으로 굽어서 그런 이름이 붙었죠."

"정말 그러네요."

"겹꽃으로 피는 것도 있어서 품종이 다양해요. 이건 노루귀예요. 어린잎이 세 갈래로 갈라지는데 이게 노루귀처럼 보인대서 그렇게 붙여졌죠. 꽃 모양과 색이 다채로워 널리 사랑받는 다년초예요."

감건호는 곁에 앉아서 야생화를 일일이 들여다봤다.

"그동안 야생화는 비슷비슷하다 여겼는데 자세히 보니 모두 다르군요."

"이 연보라색 꽃은 삼지구엽초인데 배의 닻 모양의 꽃이 우아하죠. 그늘에도 잘 적응하고 튼튼해서 여러 해를 견뎌요. 사람의 지문이 모두 다르듯이 꽃잎 하나하나도 다 달라요. 같은 품종에 같은 장소에서 자란 것일지라도."

감건호는 고개를 끄덕였다.

"자연은 우연과 수많은 변화로 같은 꽃도 크기와 모양이 조금씩 다르죠. 그렇게 다른 꽃들이 모여 하나의 들꽃 야생 정원을 만들어 가듯이 사람들도 그런 거겠죠."

장미현이 애상에 젖었다. 감건호는 말없이 옆에서 장미현이 건네는 모종들을 정성스레 심어 나갔다.

"잘하시네요. 처음 하시는 거 같은데요."

"맞습니다. 처음 해 봅니다. 성격상 모든 일에 정성을 쏟는 편이라 뭐든 처음 해도 잘하는 편이죠. 장미현 씨는 유현민 씨와 조금은 다른 결을 가진 사람 아닙니까? 그런데 이 꽃들처럼 달라도 어우러진 겁니까?"

어디선가 산들바람이 불어와 머리카락을 날렸다.

"후우, 처음에는 사업을 이끌어 가는 활력에 시선을 뺏겼죠. 저는 늘 조신하고 조용했는데 현민 오빠는 사람들 사이에서 인기가 많고 활동성이 컸어요. 호탕하고 유머 감각도 있고. 그런데 사업이 기울면서 사람들이 자신을 무시한다고 했죠. 집 안에 틀어박혔고, 점차 술 담배에 탐닉했어요. 가끔은 무척 가슴 아프게 했어요. 저는 그걸 받아 주다 어느새 외면했죠."

감건호는 조용히 경청했다. 유족들의 말을 들어 주는 건 아주 중요한 심리상담이었다. 그들은 속내를 털어놓기를 바랐다. 그러다 보면 자연스레 아픔을 딛고 일어섰다.

"꽃들도 많이 아프고 시시각각으로 상태가 변하죠. 왜 저는 꽃만 신경 쓰고 오빠는 포기했을까요."

감건호는 용기를 내서 단도직입으로 물었다.

"그날 밤 왜 유현민 씨가 망루에 올라간 겁니까?"

"오빠는 축제를 성공적으로 개최한다고 기대감에 차 있었죠. 어쩌면 그게 이 난국에서 유일한 희망이었을지 몰라요. 그래서 그 밤에 만항재 정원에 가 본다고 다급하게 차를 몰고 나갔어요. 미래를 그려 본다면서요. 그게 마지막이었죠."

"정말 유현민 씨가 투신하고 나서 다른 사람을 목격했습니까? 그래서 이 사건이 미제 사건이 되었잖습니까."

장미현의 입이 다물어졌다가 잠시 후 말을 이었다.

"네, 그래요. 남자를 목격했고 경찰서에 가서 조사받았어요. 진술한 게 다 적혀 있으니 그곳에 가셔서 기록을 보세요."

"실제적으로 그 밤에 누군가 미행해서 망루에 따라 올라가 밀었다는 게 의심쩍어서요. 희망에 차 있었다는 게 자살 징후로는 보이지 않는군요. 하지만 밝았던 사람이 갑자기 불안과 우울증을 느껴서 목숨을 끊은 적이 꽤 있죠."

"아뇨, 오빠는 누군가 죽인 겁니다. 범인은 아직도 안 밝혀졌어요. 이걸 프로그램으로 다루시고 제가 인터뷰를 나가도 결과는 똑같아요. 이만 돌아가세요. 저 혼자 일하는 게 나을 것 같아요."

"당시에 장미현 씨를 태우고 간 택시기사는 다른 남자를 목격한 적이 전혀 없었다고 하고, 차량도 유현민 씨 차밖에 못 봤다고 증언했죠. 그리고 그분의 손과 팔에는 격투하다 생기는 방어흔적이 없었습니다. 그는 운동화를 신어서 미끄러질 염려도 없었고 손으로 무언가 잡으려고 노력한 흔적이 손바닥이나 손톱에 전혀 없었죠. 한마디로 자연스레 낙하를 하게 된 것인데, 장미현 씨는 유독 제3의 남자만 주장하시는군요."

장미현의 눈에 눈물이 어렸다.

"무얼 원하시는 거죠? 범인이 따로 있어요. 저를 못 믿으시는군요."

"진실을 원하는 겁니다. 털어놓으면 미현 씨도 편해질 겁니다. 이미 범인으로 몰려서 고초를 겪으셨잖습니까."

장미현은 모종을 내려놓고 일어났다. 그리고 숲 안쪽으로 깊숙이 들어갔다. 감건호는 그녀를 그대로 둘 수밖에 없었다. 더 이상 괴롭히는 건 사람이 할 도리가 아니었다.

안개가 걷혔고 숲에서 서늘한 기운이 뿜어져 나오며 꽃잎들이 파르르 떨렸다. 비현실적인 가상 세계에 들어와 있는 것처럼 느껴졌다.

감건호는 이 아름다운 곳에서 사람을 괴롭혀 왜 아픈 기억을 떠올리게 하는지 직업적 회의감이 들었다. 서울로 돌아가서 다른 아이템을 잡아 프로그램을 만들어야겠다는 결심을 굳혔다. 그리고 그녀의 비밀은 야생화 언덕에 묻었다.

그는 발길을 돌려서 만항재 숲길을 서서히 산책해 내려갔다. 욕심을 버리고 나니 마음이 홀가분하면서 편했다. 숲의 피톤치드 향이 주는 심리적 안정 효과는 대단했다. 만약 도시에서라면 화가 나고 어떻게 해야 할지 막막했겠지만, 여기서는 어떻게든 방법이 있을 거라는 막연한 생각이 들었다.

산자락을 내려가자 온몸에 땀이 났다. 어디선가 불어오는 남실바람에 와이셔츠가 들썩거렸다. 오랜만에 흘리는 땀이었다. 기분이 맑았고 몸도 가벼웠다.

그날 밤, 감건호는 전화 한 통을 받았다. 이정수 총무계장이었다. 장미현이 급하게 자신을 찾는다는 전갈을 받고 그녀의 집으로 택시를 타고 갔다.

아파트는 언덕배기에 지어져 있어서 노약자를 위해 모노레일이 시시각각 아래와 위로 이동하고 있었다. 주민들이 대중교통을 이용한 뒤 모노레일을 타고 아파트로 올라오는 모양이었다. 감건호는 초록색의 모노레일이 움직이는 걸 보면서 천천히 놀이터로 이동했다. 어린이집 뒤쪽으로 놀이터가 있었다.

감건호는 무연하게 그네에 앉았다. 장미현이 가로등 불빛 아래 모습을 드러냈다.

"죄송해요. 드리고 싶은 말씀이 있어 연락했습니다. 지금 말하지 않으면 후회할 거 같아서요."

"괜찮습니다. 여기 벤치로 앉으세요."

"어디서부터 얘기를 해야 되나…. 제가 고향은 여기지만 서울에서 살다 내려왔죠. 하이원 리조트에서 알바하면서 그를 만났어요. 첫 만남은 모노레일 정거장에서였죠. 처음이라 어떻게 이용하는지 몰랐는데 오빠가 친절하게 가르쳐 주었어요. 이후로 오빠가 차로 직장에 데려다주면서 가까워졌죠. 아르바이트를 하느라 지쳤는데 오빠한테 의지하며 만남을 이어 갔어요. 야생화 기르는 일을 하며 같이 살았고요. 그즈음 오빠는 사업이 기울고 심적으로 위축되면서 힘들었어요."

장미현은 과거 기억을 떠올리면서 담담하게 말을 이었다.

"부처꽃의 꽃말은 슬픈 사랑이에요. 오빠는 그즈음 제 등에 자신이 남기고픈 말을 문신하고 싶어 했고 저는 동의했어요. 문신을 시술받는 게 처음에는 두려웠지만, 받고 나니 새로운 기분이었어요. 문신은 통제된 환경 속에서 고통받는 거죠….

저에게 문신을 남기고 오빠는 스스로 죽었어요. 고통을 짧은 찰나에 겪고 영원히 사라졌죠. 사실 수면제는 오빠가 몰래 훔쳐 먹었어요. 제가 스트레스로 숨겨 놓고 먹었는데, 그날 약통이 열려 있었죠. 아마도 제 추측으로는 맨정신으로 망루에 올라가기 힘들다고 판단한 거 같아요."

감건호는 침묵했다. 장미현의 고백이 이어졌다.

"뒤늦게 오빠가 망루에 있다는 문자를 받았어요. 택시를 타고 달려가 홀로 있는 오빠를 발견했죠. 어둠 속에서 그가 겪었던 찰나의 고통 그리고 선택을 하기까지 긴 시간 동안의 아픔을 절절하게 느꼈어요. 난 그의 선택을 처절하게 증오했어요. 여생의 긴 시간 나를 남겨 두고 홀로 그렇게 갔다는 걸 진저리치게 미워했죠. 그리고… 그리고… 이대로는 안 된다 여겼어요."

장미현은 차분하게 말했지만 눈에서는 눈물이 흘러내렸다. 감건호는 가슴이 아렸다. 자살 사건 유족들의 아픔을 마주하고 있으면 감정 이입이 된다. 바다 같은 슬픔은 짐작조차 불가능하다.

"오빠와 저는 가톨릭 신자예요. 자살이 신자에게 뭘 의미하는 줄 아세요? 영원히 천국으로 들어갈 수 없는 죄를 짓는 것이죠. 성당에서 장례를 치를 수도 없구요. 난 그렇게 만들 수 없었어요. 제가 범인으로 몰려도 가공의 인물을 만들어서 살인으로 남게 했어요."

감건호는 화를 냈다.

"장미현 씨, 당신의 이기심에 진실은 묻혔고, 어쩌면 유현민 씨는 스스로 택한 죽음으로써 그의 고통이 세상에 알려지길 바랐는지도 모르는데 묵살된 겁니다. 수많은 사람들이 용의자로 조사를 받아 고초를 겪었구요."

장미현은 참아 온 속내를 드러내며 울부짖었다.

"그래요, 제가 살인자예요. 그래서 그랬다구요. 제가 더 이상 의심받지 않자 가공의 인물을 만들어서 살인을 주장했어요. 제가 죽여서요! 오빠가 고립됐는데 고통을 받아 주기 힘들어 외면했어요. 얼굴도 마주치지 않았고, 말도 섞지 않았어요. 저의 차가운 표정이 상처를 준 거예요. 그런데 왜 제가 살인자가 아니라는 거죠? 그건 사고사나 자살이 아녜요. 제가 죽인 거나 다름없다구요!"

장미현은 기억을 떠올렸다. 사업에 실패하고 집에 은둔한 유현민은 야생화 축제 관련 일로 잠시 분주했으나 또다시 깊은 우울감에 빠졌다. 힘들어했고, 주사를 부리기도 했고, 방 안에서 두문불출 담배만 피웠다.

처음에는 받아 주었으나, 점차 힘들어졌고 기어이 그를 외면했다. 노골적으로 무시했다. 유현민은 점점 더 좌절했다. 그러던 어느 날, 유현민이 갑자기 밝게 웃으며 환한 표정을 지었고 장미현은 그가 나아지는가 싶어 두고 보았다. 유현민은 야생화 축제를 성공적으로 이끌려는 의지를 보였다. 만항재에도 자주 장미현을 따라 다녔다. 간이 설치된 망루에 올라서 산을 바라보며 앞으로 재기할 거라고도 했다. 장미현은 그의 결심에 힘입어서 그가 죽기 전날에 그의 바람대로 부처꽃을 문신했다.

부처꽃의 꽃말이 '슬픈 사랑'이라는 걸 알고 있었지만, 상관없었다. 어차피 고통 속에 피어난 사랑이었기에. 다음 날 유현민은 밤중에 망루를 향해 차를 몰고 내달렸고 뒤쫓아 간 장미현은 그의 죽음을 목격했다. 그녀는 경찰에 다른 사람이 현장에 있다 사라졌다고 거짓 증언을 했다. 자살을 타살로 바꾸어 놓은 것이다.

장미현은 유현민이 죽기 전에 얼굴이 밝아진 것은 죽음을 맞이하기 위해 거짓 가면을 쓴 것은 아닐까 생각했다. 그렇게 생각하니 모든 게 맞아떨어졌다.

장미현은 나중에 무척 후회했다. 왜 그를 진즉에 정신과에 데려가서 우울증을 치료하지 않았을까. 그를 보살펴 주지 않고 모른 척했을까. 사랑하면서도 방치했을까. 장미현은 스스로를 자책했다. 경찰서에서 조사받는 고통은 아무것도 아니었다. 거짓말을 해서 타살로 만드는 것도 괴롭지 않았다. 다만 그가 주변에 없다는 게 힘들었다.

그렇게 세월은 지났고, 잊히나 싶었지만 여전히 비밀은 그녀를 괴롭혔다. 그런데 감건호가 나타나 심연 속에서 허우적대는 그녀를 끄집어냈다.

밤하늘에는 서울보다 훨씬 많은 별들이 떠 있었다. 총총한 별들이 또렷하게 빛났다. 어둠은 별들의 향연으로 아름다웠다. 인간은 이다지도 아파하는데 자연은 늘 그대로다.

3년 전의 저 별도 지금처럼 반짝거리면서 그들의 아픔을 내려다보았을 것이다. 별들은 야생화 꽃잎처럼 이리저리 문양을 만들면서 촘촘하게 자태를 뽐냈다. 감건호는 조용히 일어났다. 고한을 떠나야겠다고 여겼다.

그는 그녀의 울음이 그치기를 기다렸다가 자리를 떴다. 미안하다는 말을 남기고서.

몸을 숙여서 드러난 뒷덜미에 보라색 꽃잎이 별빛 아래 선연히 보였다. 그 문신만큼 그녀의 아픔을 드러내는 것이 있을까.

다음 날, 고한사북터미널에서 버스를 기다리고 있는데 저만치 장미현이 다가왔다. 박 피디는 잠시 자리를 피했다. 장미현의 손에는 작은 야생화 모종 화분이 있었다.

"서울 올라가신다구요. 전해 들었어요."

감건호는 고개를 숙였다.

"죄송했습니다. 이 사건은 프로그램으로 만들지 않을 겁니다."

장미현은 작은 미소를 살포시 지었다. 따뜻하고 안정된 미소였다.

"이걸 선물로 드리고 싶어요. 부처꽃입니다."

보라색 꽃잎이 살짝 피어올라 있었다.

"물은 일주일에 한 번 뿌리듯이 주세요. 꽃잎에 물이 닿지 않게 주의해 주시고요."

감건호는 머쓱했다.

"이걸 받아도 될까요? 애써 잊은 고통만 일깨워 주고 가는데요."

장미현이 고개를 저었다.

"아뇨, 그 반대예요. 아무에게도 털어놓지 못했던 비밀을 선생님께 말하고 나니 마음이 가벼워졌어요. 이제 꽃들에게만 집중하고 살 겁니다. 한순간도 아픔에서 헤어 나온 적 없는데 지금은 괜찮아요. 그래서 선물을 드리는 겁니다."

감건호는 화분을 받았다. 순간 부처꽃이 장미현처럼 여겨졌다. 연약하지만 꽃대가 굳게 일어선 강한 꽃.

"야생화 축제 때 한번 오세요. 꽃말을 알고 꽃들을 보시면 분명히 여러 재미를 느끼실 수 있을 거예요. 똑같이 아름답지만 개개별로 보면 모두 이름이 다르고 생김새도 다르고 의미도 다르죠. 사람과 똑같아요. 꽃들이 어울려 하나의 풍경을 만드는데 그게 참, 마음을 어루만져요. 저같이 상처를 안고 살아가는 사람은 그 풍광을 마음속에 새기며 1년을 버틸 힘을 얻는답니다. 꼭 오세요."

"네, 알겠습니다."

감건호는 박 피디와 제시간에 맞춰 버스에 올랐다. 버스가 출발하고 차창 밖으로 장미현의 모습이 보였다. 그녀는 우수에 젖은 얼굴에서 벗어나 잔잔한 웃음을 띤 채 터미널을 나갔다. 그녀의 연보라색 레이스가 달린 프릴 치마가 아스라하게 사라졌다.

"선생님, 이제 어떤 사건으로 프로그램을 기획하죠?"

"글쎄, 찾아봐야지. 야생화에 숨겨진 꽃말을 찾아내듯이 우리도 다른 데서 캐 봐야죠."

감건호는 두 손에 부처꽃 화분을 조심스레 들고 창밖을 내다봤다. 이어폰을 폰과 연결해 귀에 꼽았다. 샘 스미스의 〈Palace〉가 흘러나왔다. 음악이 귓가에 울리면서 눈앞으로는 고한의 아름다운 풍경들이 천천히 지나갔다.

감건호는 한 달 전 지독하게 치통을 겪었던 기분을 떠올렸다. 형사 시절에 용의자를 검거하려다 앞니를 다쳐서 크라운을 씌웠는데 그게 빠져서 다시 씌웠다. 그때 이를 치료하면서 치통을 주기적으로 느꼈다. 어마어마한 치통을 견뎌 내면서 온갖 과거의 여러 가지 기억이 떠올라 가슴도 허했다. 그러나 크라운을 씌우고 치료가 끝나자 기분이 후련하면서 한 단계 성숙한 느낌이 들었다.

그 무렵 프로그램이 하나 폐지돼서 내적으로도 가슴 아프던 때였다. 그런데 육체의 고통을 같이 겪으면서 방송계에서 밀려난다는 심적 부담감과 회한을 도리어 잊었다. 의도치 않게 찾아온 치통에 감사해야 되는 건가 싶었다.

누구나 고통을 겪은 뒤에는 홀리holy해지는 기분이 든다. 그건 아픔을 지나쳐 온 자만이 획득할 수 있는 선물이다.

장미현도 분명히 그랬을 것이다. 그래서 아픔의 비밀을 공유

한 사람에게 이 화분을 선물한 것이다. 부처꽃은 잘 자랄 것이다. 그녀의 고통을 양분 삼아서 탄탄하게 뿌리를 내렸을 테니까.

감건호는 고한 마을에 또 오리라 결심하면서 녹음 속의 함백산을 마음에 새겼다. 어디선가 아련풋한 꽃향기가 났다.

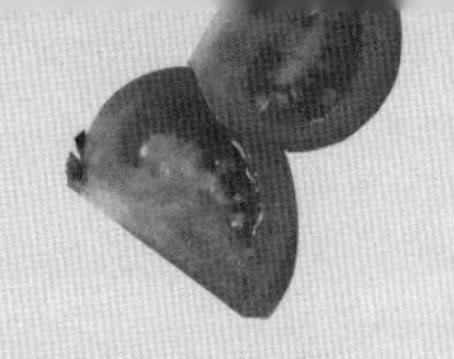

메살리나 콤플렉스

잘 숙성된 레드토마토의

소금 맛

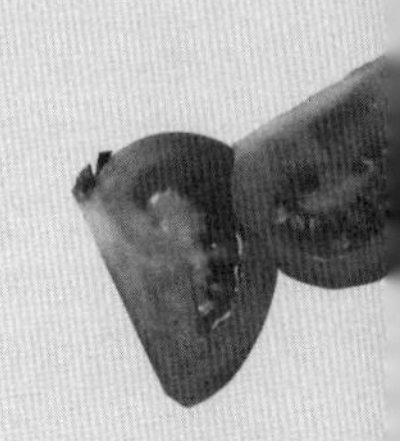

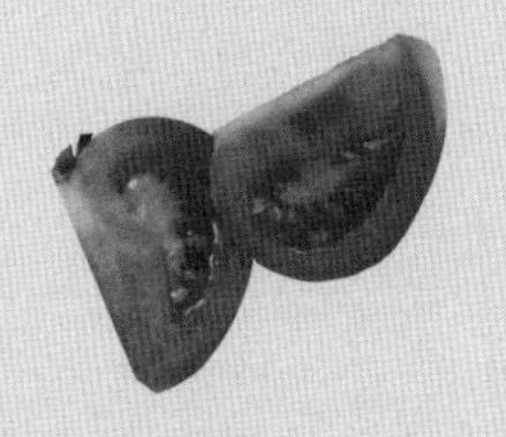

손마디가 튀어나온 길쭉한 손이 조각도를 쥐고 흙을 다듬는다. 손은 누군가의 얼굴을 만들어 본다. 작은 갈고리가 달린 조각도로 앞 머리카락을 만들고, 일자 조각도로 이마를 다듬는다. 쇼팽의 발라드가 흘러나온다. 이 곡은 쇼팽이 로스차일드 남작부인에게 헌정한 곡이다.

현우는 수십 번 수백 번 만들고 또 허물어 버린 그 얼굴을 차마 이끌어 낼 수가 없다. 얼굴을 조각하려 하지만 완성할 수 없다.

실루엣만이라도 느낌이라도 표현해 보려 하지만 번번이 마음속 저 깊은 곳에서 끓어오르는 무언가가 손을 가로막았다.

'쇼팽은 남작부인을 사랑한 건 아니었을까?'

현우는 지그시 눈을 감고, 샤를로트라는 이름을 지닌 남작부인을 떠올려 보았다.

현우의 왼손엔 눈송이 코펜하겐 잔이, 다른 손으론 조각도로 지현의 얼굴을 그려 본다. 얼굴선을 따라서 조각도가 봉긋한 이마를 곡선으로 따라 흐르는 눈썹 선을 그리고 볼과 콧날을 만들어 간다. 허공에서 작업을 마칠 즈음, 도어락 열리는 전자음이 났다.

지현이다. 밍크케이프 같이 흐르는 부드러운 긴 머리, 도자기 같은 흰 피부에 고운 선의 얼굴에는 움푹 들어간 흑진주 눈이 있다. 높지도 낮지도 않은 콧날 아래로 두툼한 입술이 육감적이다. 입술 꼬리가 아주 가끔 내려앉을 때는 이상하게 현우의 가슴이 쿵하고 떨어졌다.

지현은 말없이 현우 작업실로 들어와 안겼다. 그리고 질끈 동여맨 카멜 캐시미어 코트의 허리띠를 푸르면서 나긋나긋한 목소리로 묻는다.

"그동안 작업 많이 했어?"

현우는 입술을 잘근잘근 씹다가 기어이 짜내듯 답을 해 줄 뿐이었다.

"그럭저럭."

현우의 두 손이 지현의 하얀 페레가모 실크 원피스 지퍼를 내리며 희멀건 등에 키스를 퍼붓는다. 지현의 피부는 눈처럼 희고 창백했다. 지현은 현우의 대학교 동기였다.

입학식 날, 지방에서 갓 상경한 현우는 촌스러운 감색 더블 브레스티드 재킷을 차려입고 나타났다.

서울내기 동기들은 단 한 명도 재킷을 입고 나타난 아이가 없었다. 현우는 손가락질당하는 자신이 부끄러웠지만, 그의 곁에 머리가 긴 깡마르고 눈만 움푹 들어간 아이가 입학식이 끝날 때까지 지켜 주었다. 작고 가냘픈 손가락으로 입학식 안내 종이를 배배 꼬고 있던 아이는 식이 끝나자 그제야 입을 뗐다.

"난 류지현이야. 일 년 재수했고, 조소과다."

현우는 지현이 같은 과라는 사실이 못 견디게 즐거웠다. 지현의 눈은 모든 걸 담고 있는 듯, 때로는 모든 걸 담고 있지 않은 듯 보였다. 어떨 때는 흑운모 같은 눈동자가 텅 비어 그 안으로 한없이 들어갈 것 같았다. 때로는 그 눈에 모든 것이 담겨 있어서 누구에게나 연민을 가득 담아서 사랑을 베풀어 줄 것만 같았다.

“나, 수업 빠지고 광릉수목원에 갈 거야. 너는 어때?”

현우는 그 수업이라는 게 기말고사라 필기시험을 빠지면 낙제점을 받아서 또 한 번 그 과목을 수강해야 된다는 걸 알고 있었다. 게다가 지현의 마음속에는 조소과 전임강사 H가 깊게 들어가 있다는 것도 안다. 하지만 현우는 청량리역으로 나갔다. 그날 시험은 H가 감독으로 들어오게 되어 있었다.

역 주변 상가 앞에서 707번 버스를 타고 의정부까지 가서 21번 버스로 갈아탔다. 광릉수목원은 주말에는 사람들이 꽤 있댔는데, 그날은 입구의 동백나무, 노간주나무 등이 조용히 그들을 맞이했다. 지현은 말없이 앞서 걸었고, 현우는 그녀의 뒤를 따랐다.

“너 그거 아니? 서주영이 너 좋아하더라. 그리고 넌 나를 좋아해. 난 누군가를 그리워하고. 《상실의 시대》 와타나베가 너라면, 나는 나오코겠지. 그리고 주영인 누구일까? 미도리? 후후.”

H와 만나는 날이 아니면 도서관에 틀어박혀서 책을 곧잘 읽던 지현은 하루키 소설에 나오는 삼각관계의 인물 또는 서머싯 몸이나 헤르만 헤세의 소설에 나오는 인물들의 사랑을 따져서

주변 사람들과의 관계를 정리했다.

"너는 나를 좋아하니까 누구야, 이 소설에서."

그런 말을 들을 때면 현우는 가슴에서 무언가 턱하고 메었다. 하지만 지현의 말을 부정할 수는 없었다. 사실이었으니까.

주영은 부모님이 모두 중학교 선생님이다. 회화과를 다니는 주영은 그림을 개성적으로 그려 냈지만 언제나 꿈은 미술교사였다. 학생들에게 생각을 표현하는 새로운 방법을 가르쳐 주고 싶댔다.

지현이 불이라면 주영은 물이었고, 지현이 열정이라면 주영은 평온이었다. 상반되는 그들 속에서 현우는 한쪽에는 짝사랑이 뒤섞인 연모의 정을 그리고, 다른 한쪽에게는 우정이나 동료의 정을 느꼈다.

"나의 토르소를 만들어 줘."

지현은 여성의 곡선을 그대로 닮은 회화나무 고목 앞에서 빙그레 웃으며 현우 어깨에 기대어 부탁했다. 위가 댕강 잘려 나간 회화나무는 벌거벗은 여인의 토르소 같았다. 현우는 말없이 고개를 끄덕였고, 지현은 현우의 입술을 손가락을 대어 더듬어 보더니 그대로 고개를 숙여서 그의 입술을 훔쳤다.

현우는 지현과 첫 키스를 나눴고, 돌아올 때는 말없이 버스에 나란히 앉아서 잠든 지현의 고개를 어깨로 받아 주었다.

이후 지현의 몸은 현우를 익숙하게 받아 주었다. 현우는 매번 잠자리를 가질 때마다 단 한 번도 처음 같이 보냈던 밤과 다른 점을 느끼지 못했다. 언제나 헌신적이었다. 온몸을 땀투성이로 만드는 열락 뒤에 포근히 안아 주는 살가운 정도 있다.

13년 전 캠퍼스 안의 조소과 작업실에서 처음 사랑을 나눈 지현은, 지금도 똑같은 방법으로 사랑했다.

달라진 점이라면 현우의 개인 작업실로 장소가 바뀌었다는 것과 지현이 이미 결혼한 상태이며 현우는 주영을 연인으로 두었다는 점이다.

지현은 사랑이 끝나면 항상 금색의 담뱃갑에서 길고 얇은 던힐 담배를 빼 피웠다. 그리고 현우의 작품을 감상하고 진행 상황을 살폈다.

"지난번 김경태 교수 작품전, 다 네가 대신 만들어 준 거지?"

갤러리 큐레이터로 일하는 지현은 갤러리 전시 향방과 조각가들의 동향에 대해 줄줄이 꿰고 있다.

지현은 담배를 끄고 조각상을 가려놓은 린넨 천을 들어 걸쳤다. 현우는 긍정도 부정도 아닌 엷은 미소를 띠었다. 김경태 교수는 현우의 대학원 은사였다. 지금으로부터 13년에 이르는 관계.

그는 대학 졸업 후, 현우를 대학원 조교로 썼고 강사 자리를 주었다. 그리고 그가 의뢰받는 모든 조각품을 현우가 구상하고

디자인하고, 작품을 만들면 자신의 이름표만 붙여서 출품하였다. 하지만 현우는 김경태 교수가 아니었으면 전임강사 자리를 따낼 수도 없고, 자신 이름으로 일이 들어오지 않는다는 것도 안다.

“내 토르소는 언제 제작할 거야?”

지현은 린넨을 바닥에 떨어뜨리고 브래지어를 채우며 은근한 미소를 보냈다. 현우는 고개를 저었다. 지현은 흰 원피스, 하얀색 스타킹까지 신고 캐시미어 코트의 허리띠를 졸라매고 나서 마지막으로 스카프까지 매끈하게 둘렀다.

지현은 버튼을 눌러서 문을 열었다. 아마도 지현은 한 달 후에나 다시 이 문의 비밀번호를 누르고 들어올 것이었다. 현우는 지현이 남기고 간 립스틱 자국이 남은 담배를 들어서 입에 대어 보았다. 가슴이 텁텁하고 맵싸하게 아려 왔다.

“메살리나 나신상을 만들어 줘. 흉상 정도가 좋을까? 아, 아냐. 그쪽에서 보다 더 화끈한 것을 원했으니 토르소로 상반신 전체를 누드로 해서 얼굴을 섬세하게 표현하도록. 팜므파탈 이미지보다는 현대적인 성적 자기 결정권을 가진 새로운 여인상이 돼야 해.”

현우는 김경태 교수가 이렇게 흥분해서 전화한 적이 없었기에 의아했다. 다급하게 김 교수의 사무실을 방문했다. 정식으로 조각품 의뢰 건을 통보받았다.

"새로운 느낌의 메살리나를 조각해 보게. 재료비는 상관치 말고, 단 기한은 두 달 내로. 대리인이 찾아와서 정중하게 의뢰를 했지만 난 알아. 꽤 알려진 사람의 의뢰일걸. 만약 이 작품을 완성해 내면 조교수 자리에 추천하겠네."

현우는 메살리나 발레리아를 잘 알고 있었다. 로마 황제 클라우디우스의 세 번째 아내로 황제보다 35세나 어린 황후는 밤마다 타오르는 욕구불만으로 몸서리쳤다. 기어이 그녀는 로마에서 가장 싸구려 창가에 창녀로 위장하고 나타나 날마다 수십에 이르는 사내를 받았다. 게다가 황제가 자리를 비운 틈에 미남 정치가 시리우스와 정식으로 결혼했다.

상징주의 화가 오브리 비어즐리는 성욕의 화신 메살리나가 손을 불끈 쥐고 가슴을 풀어헤친 채 궁정 계단을 오르는 모습을 그렸다. 로트렉이나 모로는 그들만의 독특한 화풍으로 메살리나를 묘사하였다.

"알아, 알아, 로트렉이나 비어즐리가 메살리나를 얼마나 잘 표현했는지. 하지만 자네는 회화가 아니라 조각으로 묘사하는 거니까, 다른 방법이 있을 거야. 대가의 작품에 주눅 들지 말고 자네만의 메살리나를 조각해 보게. 청동상, 아니 차라리 사람 느낌이 들게 황동상으로 제작해 보자구. 제작비는 얼마든지 대 줄 테니 걱정 말아."

마침 학교는 방학을 맞았고, 김 교수는 현우에게 배당된 학과 일을 모두 줄여 주었다.

다음 날부터 현우는 도서관에 틀어박혀서 메살리나에 관한 수많은 서적 자료들과 논문집을 독파했다. 그리고 마이크로필름으로 대가의 회화나 조각상을 보았다. 구글 서치보다는 일부러 아날로그 느낌으로 검색했다.

모로나 로트렉이나 비어즐리는 메살리나를 음욕의 화신으로 거대하고 위압적인, 때로는 너무도 요염한 이미지로 탄생시켰다. 현우가 원하는 메살리나가 아니었다. 현우가 원하는 그녀는 좀 더 부드럽고 순수한 얼굴에 폭발적으로 피어오르는 성적 에너지가 있어야 했다.

현우는 필름을 하나하나 검색해 가던 중, 한스 마카르트의 그림을 보았다. 메살리나가 왼손을 약간 세운 무릎에 얹고 오른손은 뒤의 등받이에 살짝 걸친 채 온몸을 하얀색 비단으로 휘감았다. 군데군데 꽃과 화려한 보석이 달렸다. 단정한 머리에는 월계수 잎으로 만든 화관이 얹혀 있다.

한스의 메살리나는 정숙하고 무엇보다 품위와 함께 사랑에 대한 애욕을 가슴속으로 감추고 있었다.

현우는 애욕의 화신 메살리나보다는 가슴속 깊은 곳에 감춰진 순수한 사랑과 정열을 표현하려 했다.

자정이 넘은 밤거리.

가로등도 없고, 통행이 금지되어 마차, 수레도 없는 으슥한 뒷골목이었다. 음산하고 불길해 보이는 허름한 여관들이 들어선 거리 안쪽으로 남성들의 발걸음이 분주히 움직이고 있었다. 무언가에 쫓기듯, 또는 무언가에 등 떠밀리듯, 혹은 타는 듯한 불길을 끄지 못해 발광하듯 허위허위 휘적휘적 거리로 들어서는 남자들은 거지들의 소굴인 천막집들을 여럿 거쳤다.

그리고 쓰레기들이 입구에 가득한 가장 안쪽의 뒷골목으로 걸어 들어간다. 끝자락 골목은 붉은 등잔불로 휘황찬란하게 밝혀져 있다. 선홍색 유리병 속에 들어찬 등불들은 남자들의 시선을 잡아끈다.

상반신을 드러낸 여인들이 서 있다. 황금빛 머리칼 위에는 월계수로 만든 관을 쓰고 온몸에는 비치는 시폰을 걸쳤다. 두 손가락 가득 백합을 든 여자도 있고, 때로는 부채를 들어 살짝 홍조가 가득한 얼굴을 가린 여장한 남자도 있다. 아주 얇은 천을 걷어 가랑이 사이를 보여 주려는 여자들이 늘어서 있었다. 그들은 건장한 남자들을 유혹하고 있었다.

얼굴을 두건으로 가린 청년 귀족 시리우스가 찾는 곳은 골목에서도 가장 안쪽에 위치한 매음굴이었다. 단골손님 위주로 운영하는 매음굴은 로마 변두리 사창가에서도 가장 싸구려 창부들이 있는 곳이다.

시리우스는 거나하게 취해 가장 싼 가게의 뤼키스카를 찾았다. 벌거벗은 채 젖꼭지만 황금빛 물을 들인 뤼키스카는 얼굴에는 빨간색과 파란색의 구슬이 촘촘하게 장식된 가면을 착용했다. 부푼 유방엔 금빛물이 든 유두가 시리우스를 여태 기다렸던 듯 산처럼 솟아 있다. 시리우스는 뤼키스카의 방에 들자마자 격정적으로 껴안았다.

"뤼키스카, 난 네가 좋다. 궁정 여인들은 유혹의 말, 보석들, 그리고 아름다운 시들을 외워야 넘어올 듯 말 듯 애타게 하는데 너는 항상 나를 위해 준비되어 있지."

뤼키스카는 시리우스와 뜨거운 시간을 보내고 그의 잔에 포도주를 따라 주면서 고개를 끄덕인다. 하지만 시리우스가 가면을 벗기려고 들면 완강히 거부하는 몸짓을 보였다.

"너의 얼굴에 큰 상처가 있어서 가렸다지만 얼굴을 보여다오."

뤼키스카는 고개를 돌려 외면했다. 시리우스는 웃음을 띠었다.

"그래, 좋다. 언제든 준비되면 보여다오, 뤼키스카. 나의 속 타는 마음을 네가 어찌 알랴."

시리우스는 취한 채 뤼키스카의 몸속에 무너지듯 쓰러졌다. 시리우스는 정혼한 상대가 있었다. 황제 아내로 들어가기 전에 시리우스와 깊은 관계를 맺었던 메살리나가 약혼자였다.

메살리나 발레리아.

시리우스가 많은 여인들과 음탕한 관계를 맺는 것을 끝내 준

구원의 여인. 시리우스가 진정으로 사랑한 단 한 명의 여인. 하지만 지금은 황후가 되어 궁정에 갇혀 지내는 메살리나를, 원로원 회의가 있을 때 멀리서나마 본다.

- 신들이시여, 제발 이 고역에서 벗어나게 해 주십시오. 이 고역에 행운의 종말을 고해 주었으면!

시리우스는 3층 객석이 빙 둘러싸고 있는 원형 극장에서 연극을 지켜보았다. 그러다가 잠깐 고개를 돌려 황제 옆에서 인형같이 앉아 담담하게 비극을 지켜보는 메살리나를 간곡하게 보았다. 메살리나는 시리우스에게 단 한 차례의 눈빛도 주지 않았다. 다만, 극을 뚫어져라 지켜본다. 연인이 죽는 비극적 장면에서 다른 귀부인들이 비단 손수건으로 눈물을 훔쳐 내도 무표정하다.

그날 밤, 그가 싸구려 매음굴의 뤼키스카를 찾은 것은 당연한 일일지 몰랐다.

그동안 시리우스는 아픈 마음을 예술작품을 만드는 일로 다스리고 있었다. 밤마다 메살리나의 얼굴을 만들고자 대리석에 조각도를 댔다. 비너스 여신상에 버금가는 작품을 만들고자 하는 것은 아니었다. 다만, 사랑하는 단 한 여자 메살리나를 조각상으로나마 소유하고 싶었다.

균형 잡힌 가슴과 탄력 있는 복부, 움푹하게 들어간 배꼽 그리고 가느다랗고 길쭉한 목선 위로 가름한 턱, 깊게 그윽이 들어간 눈, 오뚝한 코, 약간 두툼한 입술. 그 모든 것을 조각해 보고 싶었다. 하지만 매일 밤 조금씩 손대어 가는 조각상은 메살리나가 아니라 다른 어떤 여인이었다.

시리우스는 두려웠다. 마음이 변한 메살리나가 완성될까 두려웠다. 이럴 바에는 메살리나를 찾아가 목에 두 손을 대고 죽여 영원히 잠든 얼굴에 밀랍으로 데스마스크를 떠서 가지고 싶었다.

'메살리나 발레리아, 왜 포기하지 못하는가.'

"으아악!"

시리우스는 오른손에 든 조각도를 대리석상 얼굴에서 떼어내자마자 왼손을 그어 버렸다. 피가 주르륵 흘러나오는 가운데 힘이 빠져나갔다.

헉헉, 현우는 온몸이 땀으로 범벅이 되어서 길고도 긴 악몽에서 깨어났다. 아마도 메살리나에 관한 자료집들을 오래 들여다본 때문이다. 온몸은 나른하고 신열이 있었으며, 한편으로 밤새 악몽에 시달렸다.

현우는 메살리나를 사랑하는 귀족 청년 시리우스의 눈이 되어서 밤마다 메살리나를 잊지 못하고 사창가를 찾아갔다. 그리고 매번 꿈에서 메살리나를 표현해 내지 못하자 팔목을 그어 자해했다.

현우는 왼손을 들어 팔목을 살폈다. 시큰하게 아파 왔다. 현우의 폰이 울렸다. 쇼팽의 왈츠. 현우는 즉시 전화를 받았다.

"우리 부모님께 언제 허락받을 거야?"

주영이었다. 요 몇 년간 집요하게 양가 가족에게 소개를 원했다. 하지만 현우로서는 지현과의 관계를 도저히 끊어 낼 수가 없었다. 둘이 사귀는 걸 양가에 허락받고 정식으로 만나면, 지현이 찾아올 수도 없을 것 같다.

이렇게 망설이기만 1년이 넘었다. 이제 현우의 망설임으로 애매한 관계가 되어 버린 주영에게 일방적으로 거절할 수 없었다.

"나 요즘 김 교수님한테 굉장히 중요한 작품을 의뢰받았어."

주영은 잠시 말이 없었다.

"그 일 맡지 마."

주영은 말을 덧붙였다.

"네 이름으로 나가는 것도 아니잖아."

현우는 주영에게서 벽을 느꼈다. 꼭 이 시점에서 사람 자존심을 바닥에 떨어뜨렸다.

"주영아, 나중에 통화하자. 지금은 좀 피곤하다."

현우는 일방적으로 전화를 끊고 침대에 다시 누웠다. 20평 정도의 작업실 겸 거처가 된 이 공간이 오늘따라 좁다. 이것저것 요란한 작업도구와 미완성 작품들이 놓인 공간을 파티션으로 가르고 안쪽에 침대를 들여놓았지만 어수선한 데서 드는 잠은 항상 설치거나 선잠이 든다.

'아무래도 잠잘 방을 따로 구해야 하나.'

주영은 집요하게 같이 살자고 했다. 자신이 사는 전세 아파트로 들어오거나 같이 살 집을 구하자고 했다.

현우는 밤새 자신을 지긋지긋하게 괴롭힌 시리우스가 가진 실연과 저주의 감정이 가슴 아프게 다가왔다. 나는 지현에게 무엇인가.

대학 졸업 후, 지현은 과 동기들에게 말없이 뉴욕으로 유학을 갔다. 아무도 몰랐다. 하지만 뒤늦게 들은 소식은 부모님의 반대에도 강사 H를 따라갔다는 것이다. 후에 지현은 H가 미국인 아티스트와 사랑에 불붙어서 버림받자 돌아왔다.

지금도 H는 뉴욕에서 잘나가는 설치미술 작가로 일하고, 이제는 동성애자도 양성애자도 아닌 독신으로 티베트 불교에 귀의해 금욕한다고 한다.

지현은 미국에서 돌아온 직후, 괴로울 때마다 현우를 찾았다. 처음부터 당당하게 섹스를 원했다. 현우는 그런 지현을 말없이 받아 주었다.

지현은 미술 잡지나 갤러리에서 일하다가 여러 스캔들이 있었다. 그러다 유명한 재력가에게 시집을 갔다. 두 번째 부인이라는 혹은 남편이 성적 불능이라는 소문이 돌았고, 남편과 미국으로 다시 떠났다.

그사이 현우는 실연의 상처를 보듬어 주는 주영과 친구 사이에서 연인으로 발전하게 되었다. 그리고 1년 전 홀연히 현우의 작업실에 다시 나타난 지현은 예전과 다름없는 허무함이 깃든 말투, 애상이 들어간 움푹진 눈, 긴 생머리를 하고서 현우의 마음을 송두리째 앗아가 버렸다.

사랑해.

이 한마디를 지현에게서 들어 본 적이 없었다. 그리고 현우도 해 준 적이 없었다. 하지만 이 말을 하면 지현이 영영 떠나 버릴 것만 같다. 수많은 육체관계를 맺으면서도 이 말은 아꼈다.

어느 마지막 순간에도 할 수 없는 말.

현우는 조각상 재료도 구입하고 마무리 작업을 할 장소도 알아보았다.

영등포구 문래동에 위치한 예술촌. 예전에는 용접 공장들이 들어찬 공단이었지만 지금은 조각, 회화, 설치 미술 등 작가들이 빈 공장 건물에 터전을 잡고 작업을 하는 거리가 되었다.

현우는 종종 학교 선배 양수정의 작업장에서 조각을 만들고 주물을 떴으며 작품의 미세한 부분을 용접해 붙이고 마지막 세세한 연마작업을 했다. 작업실에서 구상, 디자인, 기초 작업을 하고 문래동의 작업장에서는 주물을 뜨고, 금속을 녹여 붓는 큰 작업을 했다.

'수정의 조각공장에 오신 여러분을 환영합니다'라는 플래카드가 적힌 거대한 처마 밑으로 들어가면 문조차 녹슬어 떨어진 작업장 전면이 드러났다. 수정은 얼굴에 철가면 마스크를 쓰고 뜨거운 불꽃을 내면서 용접을 했다. 요상한 철제 조각상을 만들어 나가고 있었다.

잠시 후, 현우와 달달한 믹스커피 한 잔을 두고 마주한 수정은 검게 탄 얼굴을 씩 웃으며 흘러내리는 콧물을 손등으로 닦아냈다.

"감기가 좀 걸려서."

"선배, 개인전 준비해요?"

"응, 넌 김 교수 밑 닦아 주려고 또 나와 본 거야?"

"그렇게 됐어요. 메살리나 황동상을 주물로 떠서 만들려는데 마무리 작업은 여기 작업실 좀 빌릴게요."

"언제든지. 그나저나 네 개인 작업은 언제나 할래? 나이가 들면 그분이 내려 주시는 영감도 제대로 받아먹지 못해."

"나 지현이랑 만나요."

수정은 심각한 얼굴이 되어서 커피를 단숨에 들이켰다.

"지현이 남편이 어떤 사람인 줄 알아?"

현우는 말없이 수정의 얼굴을 지켜보았다.

"재계에서 소문난 냉혈한이고, 자기 앞길을 가로막는 사람에게 죽음을 내려 준다나. 사형집행관이란 별명이 붙어 있어. 미술계에서는 소문난 컬렉터인데 아주 잔인한 사람이라더라. 지현이 만나지 마."

그날 밤, 현우는 작업실에 들어앉아서 밤새도록 메살리나의 얼굴을 스케치해 나갔다. 로마 시대의 여인상, 지중해 부근 각지에서 발견된 비너스상, 로마인을 상상해서 그린 근세 유럽 화가들의 작품들을 놓고 메살리나의 얼굴을 만들어 나갔다.

눈매는 그윽해야만 했다. 깊고도 깊은 눈, 모든 세상의 연민과 동정과 사랑을 가득 담은 눈, 그리고 무엇보다 도발과 성욕과 열정을 같이 품고 있는 양성적인 눈이어야 했다. 코는 길고 날렵하며, 일자로 뻗어 여성과 남성들 시선을 끈다.

입, 조금은 작은 듯하지만 살이 붙어서 도톰하면서도 새빨간 핏기가 가득한 건강한 입술을 원했다. 가느다랗고 긴 목선에 이어 가슴을 그려 나갔다. 커다랗고 육감적인 유방보다는 새초롬하고 아담한 산의 능선처럼 자연스러운 가슴선이 어울렸다.

가슴 위에 얹어진 건포도 모양의 앙증맞은 젖꼭지에는 황금물을 바를 예정이다. 현우는 금빛 색연필을 들어서 젖꼭지를 그려 보았다.

수많은 스케치 끝에 현우의 마음에 드는 메살리나가 탄생했다. 깊이 들어간 움푹한 눈 그리고 오뚝한 코와 그 밑의 터질 듯 한 입술, 누군가를 닮은 듯, 하지만 처음 본 듯 낯설기도 한 메살리나.

현우는 스케치북을 덮었다.

현우는 새로운 메살리나를 찾고자 했다.

벌건 등 아래 유리창 너머로 가슴팍에는 미색의 보드라운 브래지어만 차고, 검정색 미니스커트를 걸친 여인이 현우를 물끄러미 바라보다 짙은 화장한 얼굴에 미소를 가득 담아 보냈다. 10센티도 넘는 통굽 샌들을 신은 여자는 가짜 속눈썹을 가득 붙인 눈을 감아서 윙크해 보였다. 현우는 지나쳤다.

두 번째 홍등 밑 하얀색의 웨딩드레스를 입고 있는 여자가 있었다. 목에는 금빛 목걸이, 손에는 다이아몬드 반지를 낀 여자는 현우를 유리창 밖으로 나와서까지 잡아끌었다. 현우는 손을 뿌리치고 도망치듯 달아났다.

그 어디에도 메살리나에 버금갈 만한 여인은 없었다. 현우는 체념해 골목을 벗어나려다 한 여자의 얼굴에 시선이 갔다. 긴 머리카락으로 얼굴을 반쯤은 가린 여인, 길고 움푹한 눈매, 무언가 갈망하는 듯한 감정을 담은 여인의 눈. 그리고 가녀린 손으로 현우를 향해 손짓하는 여자.

현우는 다가갔다. 메살리나였다.

"나의 여인이, 구원의 여인이 되어 줘, 메살리나."

여인의 얼굴은 지현이었다. 류지현, 현우를 10년 넘는 동안 지배하고 괴롭히고 살게 해 준, 결국에는 절망에 이르게 했고 기어이 다시 나타나 간단히 흔들어 버리는 지현.

"현우야, 미안해."

지현은 한마디 말만 남기고 손을 거뒀다. 현우는 붙잡으려 했다.

"가지 마, 사랑해."

하지만 지현은 뒤돌아선 채 뚜벅뚜벅 걸었다. 지현의 뒤로 로마 여인들이 즐겨 입을 법한 H 실루엣 드레스의 하얀색 모슬린 천이 길게 늘어져 있다. 머리에는 로마 신부가 머리에 드리운다는 사프란 빛의 가리개와 오렌지색 베일이 드리워 있었다.

"사랑해! 사랑해!"

현우가 차마 내뱉지 못했던 말을 외쳐도 지현은 묵묵히 걸어갔다.

그 순간 현우의 손을 툭 치고 가는 취객이 있었다.

"조심해, 사람의 마음속 칼에 다치고 싶지 않다면…, 후후."

시리우스. 현우의 몸이 시리우스 안으로 깊게 들어가 버렸고, 시리우스는 다시 매음굴 가장 끝머리의 음습한 창가로 스며들어 젖꼭지에 황금을 바르고 대기하고 있던 뤼키스카에게 덮치듯 다가들어 뤼키스카를 탐했다.

여인의 신음, 열락의 땀방울이 현우의 얼굴에 스며들면서 현우는 또다시 현실로 돌아왔다.

미열이 남은 현우, 도무지 현실 같고 너무도 비현실적인 꿈에서 헤매다 깼다.

낮 12시, 현우는 스케치북을 뒤적였다. 어제 그려 놓은 메살리나의 얼굴과 가슴이 있었다. 현우는 한숨을 내쉬었다.

현우는 질 좋은 찰흙과 밀랍 등의 소재를 찾아다녔다. 흙은 이천에서, 밀랍은 강원도에서 구했고, 토르소를 만들기 위한 준비를 마쳤다.

메살리나의 토르소는 반드시 원시적인 방법으로 만들어야 했다. 주물에 의한 주조 방법, 즉 프레임에 모형을 넣고 모래로 메운 다음, 모형을 제거해 금속물을 붓는 현대적 방법보다는 삼국 시대에 금동불상을 만들던 거친 원시 방법을 이용해 보기로 했다.

현우는 스케치의 세부를 그렸다. 뒷모습, 흘러내리는 긴 생머리도 그려 보았다. 뒤 목선을 가리되 완전하게 가려서는 안 된다. 목선은 쇄골에서 잠깐 멈추다 둥그런 유방선에 연결되는 약간 마른 메살리나가 된다. 가슴선 위는 완만한 산등성 곡선으로, 약간 처지는 아래는 두툼한 공 모양의 실루엣으로 표현한다.

현우는 밀랍 왁스 재료를 알맞게 배합해 반고체 상태로 토르소의 얼굴과 가슴 부분을 대략 만들어 나갔다. 5시간이 흐르자, 왁스는 여인의 얼굴과 가슴을 가진 형태가 되었다.

현우는 전기로 가열되는 왁스펜으로 세밀한 작업을 했다. 모자란 곳은 왁스를 붙이고, 남는 곳은 도려냈다. 조각칼과 줄로 조금씩 갈아 내기도 했으며, 사포로 문대어 코 선을 만들어 보았다. 밀랍 조각상이 완성되면 찰흙을 발라서 굳힌 후, 불에 구워 밀랍이 녹아 나온 찰흙 주물에 황동물을 부어 굳힐 것이다.

마지막으로 찰흙을 깨내면 토르소가 되니 초기 작업인 밀랍상은 작품의 이미지에 지대한 영향을 준다. 처음 모양대로 형태가 나온다는 것을 감안하면 무조건 완벽해야 했다.

시리우스는 열정적인 교합을 끝내고 나서 키스를 바라는 듯 입술을 뒤척이며 다가오는 뤼키스카의 손을 거칠게 뿌리쳤다.

"더러운 손을 치우라."

뤼키스카는 모멸감에 몸을 떨었다. 그리고 시리우스의 왼쪽 뺨을 거세게 후려쳤다. 시리우스는 순간 가당치 않다는 느낌과 함께 뭔가 석연치 않았다. 뤼키스카에게 어울리지 않는 위엄이 서렸다. 시리우스는 뤼키스카의 가면을 벗기려 그녀를 눌렀다. 끝내 뤼키스카는 고개를 돌리고 가면을 벗지 않았다.

"내가 벗겠다."

뤼키스카의 입술에서 꿈에도 그리던 목소리가 흘러나와다.

"난 한때 그대의 연인이었으나 이제는 로마의 제1시민 클라우디우스 폐하의 아내 메살리나 발레리아다."

뤼키스카, 아니 메살리나가 가면을 벗고 벌거벗은 몸을 옷으로 살짝 가린 채 일어섰다. 시리우스는 발밑에 엎드려 황후에게 존경을 표했다. 그러나 곧 다시 가면을 벗은 메살리나와 격정적인 두 번째 교합을 마쳤다.

시리우스는 황후가 자신을 잊지 못하고 이 사창가에 의도적으로 들어와 자신과 사랑을 나누었단 걸 알았다.

메살리나는 시리우스에게 황제가 원정을 나간 사이 결혼식을 궁에서 올릴 계획이라고 했다. 그리고 원로원 정식의원과 집정관 자리를 주겠다고 약속했다. 시리우스는 며칠 전 자살을 시도한 자신이 갑자기 이렇게 큰 행운을 맞이해도 되는 건지 의아했다.

"내가 너를 사랑하노라."

메살리나는 시리우스에게 다정하게 말했다.

현우는 가뿐한 아침을 맞았다. 간밤, 메살리나로부터 그토록 지현에게서 듣고 싶었던 말을 대신 들었다.

커튼을 열자, 아침 햇살에 비쳐 오는 메살리나의 날렵한 얼굴선이 드러났다. 어제 밤늦도록 손을 보고 매끈하게 다듬은 메살리나의 얼굴은 가슴속에 꽂히듯 다가왔다. 깊게 들어간 눈, 누군가는 음습해 보인다고 또 다른 누군가는 색정적이라 했으나, 그 누군가는 가장 아름답고 품위를 지닌 여인으로 아는 얼굴이다.

현우는 완벽한 작업을 위해서 전화기를 꺼 두고 다시 작업에 들어갔다. 눈매를 더욱 들어가게 다듬고, 머리카락은 더 세밀하고 정결한 선으로 연결한다. 코는 바로 선 듯 어딘지 쓸쓸해 보이는 느낌이 들도록 했다. 도톰한 입술에는 발랄한 느낌보다 숙연한 때로는 안타까워하는 느낌이 풍부하게 들어가게 했다.

작업실로 여러 번 전화가 왔지만 받지 않았다. 주영이다. 며칠째 핸드폰을 안 받으니 작업실로 한 모양이었다. 현우는 며칠간 주영의 전화를 모두 받지 않았다.

밤, 드디어 초기 디자인 스케치에 근접한, 아니 그 이상의 모습을 지닌 밀랍상 메살리나가 현우를 내려다보았다. 가슴 밑 봉긋하게 파인 배꼽을 조각도로 다듬던 현우는 밑에서 위로 손안에 가득 들어오는 아담한 유방을 올려다보았다.

가슴에 들일 금물은 분명 짙은 노랑의 황금보다 투명하면서도 글로시한 금물을 들일 예정이다. 그 색감을 표현하기 위해 여러 색을 섞어 보았다.

메살리나 반라상에 목숨을 건 미치도록 몰두하는 숭고한 작업이다. 현우의 눈이 메살리나의 움푹진 눈에 머물렀다. 아직 뭔가가 부족했지만 그게 뭔지 몰랐다. 순간 도어락이 열리고 현우의 시선이 뒤로 향했다.

지현, 아니 뤼키스카가 들어왔다.

뤼키스카는 아무 말 없이 현우를 안고 애무하고 반 벌거벗은 채 작업실 소파에 누워서 손길을 기다렸다. 길고 긴 생머리, 바위 속에 박힌 별처럼 쏙 들어간 눈, 그리고 색정을 담은 그 눈은 현우의 부드러운 손길을 탐하듯 올려다보았다. 현우는 평소와 다르게 지현을 거칠게 다뤘고, 마음껏 농락했으며 거세게 애무했다.

지현은 녹초가 된 채 소파에서 간신히 일어나 메살리나의 나신상에 다시 매달리는 현우를 보며 담뱃갑에서 긴 담배를 하나 뺐다.

"누구야? 나보다 더 당신의 관심을 끄는 여자는?"

벌거벗은 지현이 질투가 난다는 듯 현우의 뒤에 매달려 귓불에 애무했다.

"메살리나."

지현은 담배를 다 피고 싱긋 웃더니 현우의 손에서 조각도를 빼 들어서 조각상에 갖다 대었다.

"메살리나라면 눈매가 더 깊고 그윽했을 거야."

지현은 일말의 여지도 없이 날카로운 조각도로 눈가를 쭉 찢어 놓았다.

현우가 헉, 맥 빠지는 한숨을 작게 냈다.

이제 끝났다. 메살리나가 내 앞에 두 명이나 있다.

조각상은 영락없이 지현과 비슷하다. 선의 흐르는 느낌, 그 양감의 적당함, 비례 간격들이 무척이나 흡사하다. 한마디로 조각상이 살아 있는 모습은 그 자체로 지현이었다.

"지현아, 너 나를 사랑하니…? 난 너를 여전히 사랑해."

현우는 지현이 코트를 여미고 나가는데 마지막 말을 뱉었다. 그토록 하고 싶었던 말, 듣고 싶었던 말.

지현은 뒤도 돌아보지 않았다.

"난 남편을 진정 사랑해. 이제 알겠니? 사랑이란 말의 의미를? 그 단어를 뱉는 순간, 우리는 끝이야. 앞으로 다신 안 올게."

지현은 긴 머리를 한번 뒤척여 보고는 문을 열고 나갔다. 지현의 하이힐 소리는 쇼팽의 왈츠에 묻혀 들리지 않았다. 현우는 뒤돌아섰다. 그의 앞에는 또 다른 지현이 있으니 이제 안심이었다. 현우는 지현을 완벽하게 탄생시켜 외롭지 않을 자신이 있었다.

난 류지현을 다시 태어나게 했다.

"어서, 어서!"

"헉… 헉, 더 이상은 안 돼요…."

발뒤축이 다 까진 메살리나는 풀숲에서 주저앉았다. 평생 귀족 집안의 내실과 궁중에서 지낸 그녀에게 로마 외곽 숲을 맨발로 뛰라는 건 죽으라는 것보다 힘든 일이었다.

"메살리나, 여기를 빠져나가 오스티아 항구에서 야만들이 사는 땅으로 가야 하오. 배를 타는 게 녹록한 일은 아니지만 로마를 빠져나가는 길은 그 방법밖에 없소."

"난 못 가요. 야만인들과 살 수 없어요."

"부디, 메살리나!"

이때, 들이닥친 로마의 병정들은 시리우스의 등과 가슴팍에 창날을 동시에 넣었다.

"아악!"

시리우스의 등과 가슴이 뚫리면서 그의 몸에 난 구멍들로 피가 콸콸 쏟아져 나왔다. 눈이 벌겋게 뒤집힌 메살리나는 온몸을 잡아 뜯고 옷을 벗어 던진 채 광인이 되었다. 죽어서 나자빠진 시리우스의 몸뚱이를 붙들고 오열했다.

"안 돼! 안 돼!"

하지만 곧이어 병정들에게 두 팔을 붙잡혀 포박된 메살리나는 다시 냉정을 되찾고 위엄스러운 명을 내렸다.

"난 로마 제1시민 클라우디우스의 정식부인 메살리나 발레리아다. 나를 궁으로 데려다 달라. 난 남편을 진정으로 사랑한다."

현우는 지현이 떠난 밤에 꾼 꿈을 마지막으로, 다시는 메살리나의 꿈을 꾸지 못했다. 그리고 황동물을 부어 메살리나의 나신 토르소를 완성시키고 나서 김 교수에게 건넸다.

김 교수는 찬탄을 금치 못하고 조심스레 온갖 충전재를 가득 채워서 하얀 천으로 조각상을 잘 갈무리하고 현우에게 두툼한 봉투를 내놓았다.

"이걸로 앞으로 개인 전시회 준비를 하도록 하고, 다음 학기 정식 조교수 임명은 염려 말아."

현우는 알고 있었다. 그는 조각을 의뢰인에게 건네주고는 현우에게 내민 돈의 몇 십 배는 됨직한 돈을 받는다.

하지만 현우는 그깐 것은 아무렇지도 않았다. 다만 소식이 끊긴 지현이 걱정된다. 현우는 작업실에 영원한 이별을 고하고 나간 지현을 찾아 백방으로 수소문했다. 하지만 동기들도 지현의 지인도, 갤러리에서도 행적을 알려 주지 않았다.

마지막으로 할 수 없이 건 주영에게서 지현의 개인 폰 번호가 나왔다.

"이 번호로 걸어."

주영은 그 말을 마지막으로 전화를 끊었다. 주영은 느낌으로 10년 넘게 이어 오는 그들 관계와 사랑의 엇갈림을 안다.

현우는 묵직한 손놀림으로 몇 번이나 번호를 잘못 누르다가 기어이 지현의 번호를 눌렀다.

신호음이 여럿 갔으나 지현은 끝내 받지 않았다.

'이제 다시는 못 보는 건가.'

현우는 순식간에 이 세상에 혼자 내버려진 느낌이 처절하게 들었다. 시리도록 서러운 감정이었다. 두 명의 지현, 두 명의 메살리나, 아니 두 명의 뤼키스카에게서 영원히 버림받았다.

현우는 김 교수에게 건넨 황동 토르소의 가슴에 금물을 들이지 않았다는 것을 깨달았다. 하지만 가져가던 순간에 교수는 그런 것은 어쨌다는 듯, 만족하고 조각상을 순식간에 가지고 가 버렸다.

하지만 현우는 알고 있다. 금물을 들이면 메살리나였지만 금물을 들이지 않은 가슴은 지현의 것이었다. 따라서 현우는 지현의 조각상을 건넨 것이다.

현우는 김 교수에게 톡을 보냈다. 반드시 금물을 들여 달라고.

"수고했습니다."

대리인은 김 교수에게 거액의 수표를 건넸다.

"의뢰인이 누구신지 물어봐도 되겠습니까?"

대리인이 고개를 저었다. 그리고 포장된 조각상을 바퀴 달린 트레이 위에 올려 호텔 주차장에 주차된 밴으로 향했다. 김 교수는 포기하고 뒤돌아서서 차에 올라 주차장을 빠져나갔다.

조각상은 검게 선팅 된 밴에 앉은 누군가에게 살짝 포장을 풀어서 얼굴 앞머리만 보였다.

"됐어. 타게."

조각상은 세련된 슈트의 고상한 풍모에 나이가 짐작 안 되는 남자의 옆에 놓였다. 대리인은 앞 좌석에 날렵하게 올라타서 운전사를 재촉했다.

"한남동으로."

남자의 슈트 소매 밑으로 하얀색 비단 와이셔츠가 보였고, 그

위에 다이아몬드로 만들어진 커프스가 반짝거렸다. 남자의 손은 점차 주먹이 강하게 쥐어졌다.

지현은 이혼 서류를 들고 문을 거세게 열어젖혔다. 이럴 수는 없었다. 일방적으로 이혼을 통고받을 수 없었다.

그의 사무실로 가기까진 중문을 세 개, 작은 문을 한 개는 더 열어야 했다. 한남동에서 지어진 집 중에 가장 크지는 않지만, 그래도 오목조목한 정원을 세 개나 가진 높다란 3층의 단독 주택은 지나다니는 사람들의 시선을 잡아 끌 정도로 우아함과 현대적인 느낌을 동시에 보여 주는 집이다. 아니, 집이라고 하기보다는 저택에 가까운 대형 건물이다.

지현은 지하에 위치한 그의 사무실을 낮에 찾는 일이 없었지만, 이것만큼은 시급하게 따져야 했다. 회사에서 일하지 않는 날, 그는 곧잘 지하 사무실에 있었다.

"대표님, 나랑 말 좀 해요."

지현은 자신보다 스무 살이나 많은 남편을 항상 '대표님'이라고 존칭을 써서 불렀다.

처음에 선을 보았을 때, 두 번째 부인을 찾는다고 나왔던 남자는 중년 나이지만, 30대 초반 정도로 어려 보였다. 깔끔한 슈트가 잘 어울려 지현에게 좋은 인상으로 남았다. 여러 번 데이트처럼 만났다가 결국에 결혼하기까지 이르렀다. 하지만 그가 원한 것은 백색 결혼이었다.

유럽에서 왔다는 단어, 백색 결혼. 섹스 없이 정신적 사랑만으로 결혼 생활을 유지하는 하얀색의 결혼. 그는 섹스가 없는, 취향과 감성, 정신을 공유하는 새로운 타입의 사랑과 결혼을 원했다. 지현은 동의했고, 결혼하고 나서 누구보다 그를 사랑했지만 결국 외로움에 현우를 찾았다.

"대표님…."

쇼팽의 야상곡이 잔잔하게 울리는 그의 사무실.

지현은 결혼 후 처음 사무실로 가는 고풍스러운 복도에 섰을 때, 벽난로에 장작이 타고 그 주변으로 검은색 로트 와일러가 주인을 보좌하며 앉은 장면이 연상되었다. 하지만 사무실에 벽난로와 개는 없었다. 차가운 검은색 대리석 바닥만이 보일 뿐이었다.

지현이 사무실 문을 열었다. 그는 없었다. 그의 책상 옆으로 하얀색 린넨을 드리운 무언가가 있다.

지현은 불길한 예감이 들었다.

이혼 통고문서와 이혼 관련 재산 분할 서류들을 한 손에 구겨 쥔 지현은 급하게 또각거리는 하이힐 소리를 내면서 하얀색 천이 둘러쳐진 그것 앞에 서서 천을 잡아끌어 내렸다.

지현의 온몸이 소름 돋은 듯 곧게 섰다. 가슴 가운데 솟은 젖꼭지에 방금 금물을 칠한 듯 뚝뚝 흐르는 처연한 메살리나의 가슴. 그 가느다란 가슴 위로 연결된 선을 따라 쇄골을 지나 목선을 따라 올라가면 바로 지현이 조각도로 깊이 파낸 움푹한 메살리나의 눈꼬리가 드러났다. 지현은 외마디 비명을 지르고 머리를 감싸 안았다.

지현은 메살리나가 아닌 바로 자신의 조각상을 남편의 사무실에서 볼 수 있었다.

그리고 그 앞에 출력물이 놓여 있었다. ○○여자대학교의 교내 인터넷 신문 기사로, 여러 학과에 임명된 교수 이름이 적혀 있었다. 중간에 현우의 이름이 보였다.

- 조소과 조교수 본교 동문 송현우 임명.

지현은 출력물을 구기면서 얼굴을 감쌌다. 어제 일을 떠올렸다. 주영은 현우와 양가의 허락을 받아 정식 교제를 하고 성소수자로 커밍아웃을 하려던 계획을 네가 완벽하게 깼다는 문자를 보냈다. 그리고 다시는 현우 앞에 나타나지 말라고도 했다.

지현은 그대로 주저앉아 오열했다. 눈앞에 메살리나의 망령이 나타나 손을 내미는 환영이 아른거렸다.

* 소설 중간에 나오는 노래 가사는 그리스 비극 《아가멤논》 희곡 중에서 발췌함.

공모전 살인 사건

투명한 블루 샤베트의

시원한 맛

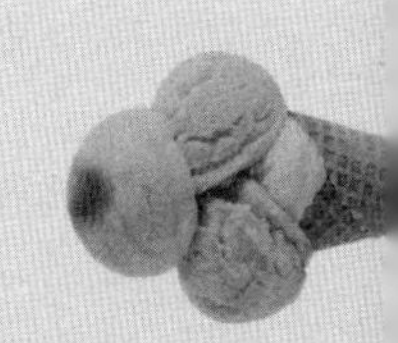

"이런 된장!"

문수는 본인이 할 수 있는 욕 중에 최고로 심한 욕인 '이런 된장!'을 되풀이했다.

방금 전 출판사에서 걸려온 전화를 받았다. 작가분께는 죄송하지만 초판본에 대한 인세는 드릴 수 없고 대신에 출간된 책 2백 권을 드리는 조건으로 계약하자는 내용이었다. 문수는 당장 거절했다.

10평 정도의 원룸 벽에 놓인 컴퓨터 앞에 앉은 문수의 손가락이 떨렸다.

'파일을 날려 버릴까?'

문수의 집게손가락은 삭제키에 올라가 있었다. 파일 제목은 '불신不信의 오후'였다. 이 파일의 생성 날짜는 2019년 7월 14일. 바로 2년여에 걸쳐서 쓰고 다듬고 첨삭을 거듭한 추리 장편소설이었고, 문수의 모든 필력을 담은 작품이었다.

이 소설을 쓰는 도중에 과로로 쓰러져 입원도 했었고, 천 매 가까이 쓴 작품을 단번에 날려 버리고 다시 쓰는 기염을 토하기도 했었다.

문수는 삭제키를 주저 없이 눌렀다. 컴퓨터 파일은 사라졌다.

문수는 의자를 박차고 자리에서 일어났다. 이제 그를 죽이러 가면 되었다.

나를 인생 막장으로 몰아넣은 그놈을!

문수의 이름은 '글월 文', '빼어날 秀'. 글을 빼어나게 써서 대중을 선도하는 사람이 되라는 뜻으로 할아버지께서 지어 주신 이름이었다.

문수는 어릴 때부터 재미있는 이야기들을 많이 해서 항상 주변 친구들을 불러 모았다. 쉬는 시간에 친구들은 그 곁으로 모여서 이야기를 들었고, 글을 쓸 수 있게 된 다음부터는 그가 쓴 야한 소설이나 추리소설 등이 스테이플러로 찍혀서 겉장이 낡아 너덜너덜 해질 때까지 친구들 손을 돌아다녔다. 그러다 선생님께 걸리면 압수당했지만, 선생님마저 끝까지 다 읽고 나서는 교지에 실어 주기도 하셨다.

문수는 국문과를 졸업하고 나서 전업 소설가가 되고자 했으나, 현실적으로 혼자서 벌어먹고 살기에는 어렵다는 판단을 하고 나서 광고 회사의 카피라이터에 지원해 직장을 다녔다. 그리고 낮에는 회사를 다니고 밤과 주말에는 소설을 썼다. 그 글들이 사람들에게 알려지면서 어느덧 웹에서는 추리작가로서 명성을 드높이게 되었다.

그러다, 일간지가 대형 출판사와 손잡고 '밀레니얼 제너레이션 픽션'이라는 소설 상을 1억 원 고료를 내걸고 공모한다는 기사를 보았다. 기존의 신춘문예에서 공모하는 예술성 높은 작품이 아닌 추리, 로맨스, 팩션 소설 등의 대중 소설을 대상으로 한 상이었다.

다음 날, 문수는 인터넷에 발표하지 않은 숨기고 숨겼던 《불신의 오후》를 손보기 시작했다. 처음에는 5백 매가량의 짧은 중편소설이었으나, 좀 더 에피소드를 추가하고 클라이맥스를 넘어서서는 거대한 반전을 집어넣고 남자 주인공들 사이에 의문의 미소녀 하나를 집어넣자 이야기는 방대해졌다.

서로 불신하게 된 두 형사의 이야기는 점차 의문의 연쇄 살인사건 수사에 있어서 서로가 팽배하게 맞서는 이야기로 번졌다. 기어이 미소녀가 킬러로 의심받는 과정에서 급격한 반전을 맞아서 사실은 형사 한 명이 범인이었다는 결말을 맺었다. 이 소설을 끝내기까지 수많은 퇴고와 첨삭을 거듭했으며, 탈진상태에 이르러 가사 상태에 빠지는 기이한 체험을 하기도 했다.

문수는 자신 있었다. 이 《불신의 오후》를 밀레니얼 제너레이션 픽션 소설 상에 응모하면 반드시 1억 원을 탈 수 있을 것 같았다. 주변의 몇몇 추리소설 마니아들, 그리고 개인적으로 소설 첨삭 지도를 받았던 추리작가협회에 있는 선배에게 보여 주자, 이건 분명한 당선작이라는 칭찬들이 흘러나왔다.

“요즘 정신을 어디다가 팔고 다녀?”

전설적인 카피를 썼던 이로, 스파르타식 방법으로 직원을 교육시킨다고 해서 별명이 ‘스파르타’인 한 부장이 문수에게 심한 꾸중을 했다.

밤마다 주말마다 소설 공모 마감에 지키려 애를 쏟던 문수는 회사일은 뒷전이었다. 그가 내놓은 카피들은 진부하기 짝이 없었고, 어디서 베낀 것 같은 표절의 느낌이 물씬 풍겼다.

"이러려면 회사를 관두든가!"

문수는 망설였다. 어차피 직장은 다시 잡을 수 있을 것 같았다. 문제는 내가 지금 과연 무엇을 원하는가였다. 이 공모전을 놓치면 추리소설가로 화려하게 데뷔할 기회가 다시는 없을 것 같았다. 망설였다.

"정 그러시다면 관두겠습니다."

문수는 깜짝 놀랐다. 머릿속에서는 갈등하고 있는 중인데, 입에서는 관두겠다는 소리가 먼저 흘러나왔다. 고개를 뒤흔들고 말을 번복하려 다시금 무슨 말을 꺼내려 했는데, 한 부장 입에 살짝 미소가 걸렸다.

"잘 생각했네. 자네는 이 일이 적성에 맞지 않아."

그렇게 문수의 직장 생활은 끝났다. 2년여의 직장 생활에서 남은 것은 3백만 원가량 든 통장 하나뿐이었다. 그동안 각종 세금 떼고 받는 220만 원가량 되는 월급은 생활비에 각종 추리소설 집필에 필요한 책을 사고, 고향에 계시는 부모님께 부쳐 드리고 나면 한 달에 30만 원이나 남을까 말까 했다.

문수는 계산해 보았다. 공모전 마감까지 2개월, 발표까지 두 달 더. 3백만 원으로는 구차하게 살고자 하면 석 달은 버틸 수 있었다. 그리고 공모전 상금 1억을 타고 나면 더 이상 지긋지긋한 돈 걱정은 사라질 듯 했다.

문수는 드디어 소설을 완결해서 깨끗한 용지에 인쇄를 끝마치고 제본을 한 후 신문사로 원고를 보냈다. 직접 접수를 하러 가려 했으나, 신문사에서 제발 우편으로 보내 달라고 해서 그렇게 했다.

그리고 두 달 후, 문수는 한 통의 전화를 받았다.

"김문수 씨의 작품이 본선에 올랐습니다. 《불신의 오후》 쓰신 분 맞죠? 저작권에 문제가 없는지 알아보려고 전화 드렸습니다. 직접 집필하신 작품 맞으시죠?"

"네, 그, 그렇습니다."

컴퓨터 앞 의자에 앉아 있던 문수는 전화를 끊자마자 방 천장에 손이 닿을 듯 뛰어올랐다. 즉시 인터넷 관련 기사를 찾았다. 본선에 일곱 편의 작품이 올랐는데, 그중에 문수의 《불신의 오후》가 첫째로 다뤄져 있었다.

《불신의 오후》는 신인답지 않은 노련하고 깔끔한 문체, 폭발적인 흡인력과 잔혹한 장면의 사실적인 묘사로 주목받고 있으며, 수상 가능성이 상당히 높은 작품이다.

문수는 심사위원장 김환민이 쓴 예심 심사평을 읽고 또 읽었다. 이제 발표 날만 기다리면 되었다. 문수는 수상을 하게 되면 심사위원장 김환민을 찾아가서 개인적으로 인사를 드리려 했다.

김환민은 유명한 대중소설가로서 최근에도 미스터리가 뒤얽힌 살인 사건을 풀어 나가는 판사를 소재로 소설을 냈다. 《판사의 살인 사건 추적과 진실, 그 열망의 기록》이라는 긴 제목의 신간소설은 출간 한 달 만에 10만 부를 훌쩍 뛰어넘는 기염을 토했고, 소설가로서의 그의 인기를 재확인시켜 줬다.

하지만 일각에서는 그가 가르치는 학생들의 아이디어를 표절한 것이라는 둥 학생들 여럿을 모아서 쓰게 한 것이라는 둥 하는 소문들이 무성하게 떠돌았다. 하지만 문수는 그의 행적이 어떻든 상만 받으면 그를 아버지와 동급으로 존경하리라 마음먹었다.

그 전화로부터 보름이 지났다.

문수는 하루 종일 연락만 기다렸다. 바로 내일이 수상자를 발표하는 날. 분명 오늘 오후 즈음에는 전화를 받아야 마땅했다. 하지만 폰을 노려봐도 애써 잊으려 인터넷을 서핑하고 다녀도 집 전화는 물론 폰으로도 인터넷 메일로도 수상자로 당선되었다는 연락은 오지 않았다. 이상했다.

다음 날 새벽, 컴퓨터 앞에 앉아서 신문사 공지 게시판을 뒤적이며 밤을 꼴딱 지새운 문수는 수상작으로 박연희라는 20대 여성이 쓴 《문제적 당신》이 결정되었다는 것을 확인할 수 있었다.

박연희는 명문대 국문학과 대학원에 다니고 있는 여자로, 그동안 소설을 한 번도 써 본 적이 없었는데 이번에 당선돼서 영광이라는 수상 소감을 풀어놓았다. 《문제적 당신》은 추리소설로서 한 여성이 자신을 파멸로 밀어 넣은 남자를 죽이러 가는 내용이라고 나와 있었다.

문수는 기억해 냈다. 본선에 오른 소설 중에 가장 짧은 심사평을 받은 소설이었다. 문수는 설마 그게 당선작이 되리라고는 예상치 못해 심사평도 제대로 읽지 않았다.

사진으로 본 박연희의 얼굴은 뭐라 그럴까, 한마디로 예뻤다. 그건 인정해야 했다. 영화배우 누구를 닮은 눈동자는 또렷했고 아울러 지적인 느낌을 주었다. 아름다운 여성이었다.

하지만 문수는 그녀의 얼굴을 보자마자 화가 나서 노트북을 그대로 덮어 버렸다. 죽이고 싶었다. 박연희라는 여자를 그리고 김환민이라는 소설가를.

사실 수상작을 발표하기 일주일 전, 문수는 대출받은 돈을 모조리 들고서 김환민을 찾아갔다. 본선에 오르고 나서 심사위원장을 무조건 찾아가야겠다는 일념에 마구잡이로 벌인 일이었다.

그리고 그렇게 하기까지는 주변의 권유가 꽤 있었다. 심사위원을 찾아가서 부탁을 드려야 반드시 당선된다는 말들이 많았다. 문수는 용기를 내어 그를 찾아갔다.

“난 공모전에 작품을 낸 사람은 만나지 못하게 되어 있네.”

김환민이 교수로 있다는 국문과 사무실로 찾아갔으나 만나기를 거절하였다. 문수가 남기고 간 폰 번호로 한 통의 전화가 걸려왔다.

“정문 앞에 엔젤이라는 카페가 있어, 거기서 기다리게. 20분 후에 가지.”

문수는 그를 1시간 동안 기다렸다가 만났다.

“부탁드립니다. 제 인생이 걸려 있습니다.”

문수는 3백만 원이 든 봉투를 내밀었다.

“가만히 있어도 될 일을 왜 사서 고생하는지 원….”

말은 그렇게 했으나 김환민은 문수가 건네는 봉투를 받았다. 그리고 씩 웃었다.

“나중에 당선되고 나서 수상 턱 잊지 말게.”

김환민이 나가는 뒷모습에서 광채가 빛났다. 역시 인기 있는 대소설가의 뒷모습다웠다.

그리고 문수는 보기 좋게 공모전에서 떨어졌다.

그 모든 일들이 악몽같이 느껴졌다. 문수는 지금 남대문 시장 안쪽 깊숙한 데 위치한 밀리터리 용품들을 내다파는 가게 앞에서 한참 동안이나 물건을 들여다보고 있었다.

"누구 죽이고 싶은 사람 있으쇼?"

문수의 찡그린 얼굴, 실의가 가득한 얼굴, 분노에 가득 차서 칼을 만지작거리는 모습을 보고, 콧수염이 멋들어진 덩치 좋은 가게 주인이 넌지시 물었다. 그가 걸친 옷은 걸프전 야전점퍼였고 워커화를 신어서 웬만한 사람은 접근조차 하지 못할 무시무시한 느낌을 주었다.

"아, 아닙니다."

문수는 얼른 만지작거리던 석궁을 내려놓았다.

"그거는 사람을 단번에 죽이지 못해. 죽이려면 이런 걸로 해야지."

가게 주인은 석궁 옆에 있던 가죽 칼집에 든 전투용 단검을 빼 들었다. 문수의 얼굴 바로 옆 허공을 향해 휘둘렀다. 문수는 소름이 끼쳐서 얼른 피하려다 넘어졌다.

"하하하하! 그런 소심한 성격으로 누굴 죽이려고? 들어와 봐!"

가게 안에는 미로처럼 작은 길이 나 있고, 안쪽으로 아주 자그마한 나무문이 있었다. 가게 주인을 따라서 들어간 문수는 군대 막사처럼 되어 있는 방 안에 들어앉아서 주인이 내미는 군용 물통을 받아 들었다.

"위스키야. 맛이 죽이지."

씁쓸한 위스키가 문수의 목구멍을 태울 듯이 밀고 내려왔다. 배가 싸해지면서 온몸에 훈기가 돌았다.

"사람을 죽이려면 말이야. 이게 최곤데."

가게 주인은 안쪽에 있던 작은 서랍장을 열고 매끈한 권총을 빼 들었다. 추리소설을 쓰는 문수는 그 총이 러시아에서 밀수되어 들어오는 38구경 권총이라는 것을 직감적으로 알 수 있었다. 문수는 가게 주인이 내미는 총을 받아 들었다.

"근데 권총을 쏴 본 적은 있나?"

"아니오, 없습니다."

"그럼 안 되겠군. 실탄사격장도 많은데 뭐했어? 이리 내. 괜히 총 들고 설치다 죽일 놈 죽이지도 못하고 권총만 빼앗기면 나만 골치 아파져."

"그런데 처음 보는 저한테 이런 물건을 함부로 보여 주셔도 괜찮습니까?"

"인터넷으로도 총 사는 세상인데. 그리고 난 관상 보고 물건 팔지. 사고 치고 나 불을 놈 같으면 절대로 안 팔아. 근데 말이야, 자네는 꼭 누구를 깨끗하게 죽여서 흔적 하나 안 남길 것 같은 그런 관상이란 말이지. 대체 누구를 죽이려는 건가? 여자인가? 남자인가?"

문수는 당선자 박연희의 갸름하면서도 눈코입이 뚜렷한 지적인 얼굴이 떠올랐다. 하지만 이내 고개를 저었다. 그녀보다는 김환민이었다. 돈을 돌려 달라는 전화를 하자마자 그런 일 없다고 도리어 당신을 명예 훼손으로 고소하겠다고 펄펄 뛰는 김환민을 죽여야 했다.

"남자입니다."

"그렇다면 이렇게 하지. 이걸로 단방에 보내게."

가게 주인이 내놓은 것은 어디서나 봄직한 송곳이었다.

"이걸로 목 옆줄기로 불뚝 튀어나와 있는 경동맥을 바로 찔러. 바로 이 부분을 말일세."

주인은 문수의 목 옆줄기에 송곳날을 갖다 대었다. 문수는 목 줄기에 서늘한 기운을 느꼈다.

"그럼 한 방에 바로 가지."

문수는 10만 원을 주고 송곳 하나를 들고 가게를 빠져나왔다. 지하철을 타러 계단을 내려가는 동안 후회가 밀려왔다. 속았다.

'송곳 하나에 10만 원일 리가 없잖아. 게다가 이런 송곳으로 사람을 단번에 가게 할 수 있다는 게 말이 돼? 접자, 접어. 차라리 다른 출판사에 원고를 보내자.'

두 달 후, 그가 원고를 보낸 출판사에서는 모두 거절의 답변이 돌아왔다. 한결같이 공모전에서 물먹은 원고를 출판하면 자사의 이미지가 손상된다는 것이었다. 신문사에서 대대적으로 《불신의 오후》가 떨어졌다는 것을 전국에 광고한 셈이었다.

문수의 머리가 뒤죽박죽되었다. 그리고 이후에 다시 처음에 보낸 출판사들보다 좀 더 작은 출판사에 보냈지만, 출간하겠다는 연락은 한 곳에서만 왔다. 그것도 인세 없이 초판본을 내고 나서 출간된 책을 인세 대신 가져가라는 말도 안 되는 계약 조건이었다.

문수는 삭제키를 눌렀다. 몇 년 동안 혼신의 힘을 불어넣은 작품이 0.1초 만에 흔적도 없이 사라졌다. 그리고 그의 오른손에는 그때 산 송곳이 들려 있었다.

사람을 흔적도 없이 죽이고 나오는 것은 충분히 가능한 일이었다. 그동안 수많은 추리소설을 읽고 습작해 온 문수는 손에 딱 붙는 라텍스 장갑을 주머니에 넣어 두었고, 신발을 쌀 비닐을 몇 장 준비해 신발 속에 밀어 넣었다.

김환민은 혼자 살고 있었다. 대학에서 그리 멀지 않은 오피스텔을 작업실로 얻어 그곳에서 작품을 쓰며 학생들을 가르치는 일에 열중한다고 했다. 인터넷으로 김환민 소설가를 인터뷰한 자료를 찾아서 종합해 보자, 그를 죽일 수 있는 방법이 떠올랐다.

먼저 그를 찾아가야 한다. 그리고 헬멧을 푹 눌러쓰고 마스크를 하자.

손에는 배달의 민족 라이더 가방이 들려 있어야 한다. 가방은 식당이나 가게 앞에 진열된 오토바이에서 몰래 훔치자. 오피스텔의 경비 아저씨한테는 인사를 꾸벅하고 나서 장부에는 아무 호실이나 적어 놓자.

그리고 들어가게 되면 즉시 엘리베이터에 올라타서 바닥만 쳐다보자. 감시 카메라가 달린 천장을 절대로 올려다봐서는 안 된다. 가만 있자, 헬멧과 마스크를 계속 착용하면 얼굴을 절대 못 알아본다. 그리고 뿔테안경을 쓰고 가자. 그러면 인상착의는 안경 하나만으로도 엄청나게 달라질 수 있다.

엘리베이터는 10층에서 멈춘다. 참, 10층을 누르기 전에 손에는 라텍스 장갑이 끼워져 있어야 한다. 지문이 남아서는 안 된다. 10층에 내려서는 1008호 김환민의 오피스텔 앞에 서서 벨을 누르자.

찾아가기 전에 대학교 행정실 알바생인데 선생님 댁으로 대학교 출판사에서 발행된 책을 인편으로 보내 드릴 거란 말과 함께 택배 받을 시간 약속을 잡고, 그의 집에 다른 사람이 있는지 살짝 확인을 해 보자. 그리고 김환민이 문을 열어 주면, 마스크를 벗고 얼굴을 드러낸다. 아니다, 얼굴을 드러내지 말고 바로 송곳을 빼서 그의 경동맥을 향해 송곳을 날려야 한다.

문수는 수많은 살인 과정을 머릿속으로 더듬어 보았다. 살인을 진행하다가 다시 되돌아가서 또 다른 오류를 수정하고 다시 살인 과정을 엮어 나갔다. 머릿속이 복잡해져 갔다.

하지만 결국 문수는 손에 배달 가방을 들고 엘리베이터에 올라 있었다. 문수는 바닥만 쳐다보았다. 드디어 10층이었다.

"대학교 출판사에서 나왔습니다."

문수는 이 말을 되풀이해서 연습해 보았다. 이미 공중전화로 그와 1시간 전에 시간 약속을 잡아 두었다. 하지만 목소리가 달라야 했다. 만일 김환민이 돈 먹고도 떨어뜨린 그 공모전 응모자가 찾아왔다는 사실을 알아차리면 문을 열어 주지 않을지도 몰랐다. 최대한 다른 목소리로 약속을 잡아 놓은 상태였다.

문수는 1008호 앞에 서서 마음을 고쳐먹었다. 그리고 돈 3백만 원을 되돌려주겠다는 각서를 받고서 조용히 나오고자 했다. 3백만 원에 사람을 죽일 수는 없는 노릇이었다. 혹시 김환민 소설가와 말이 잘 통해서 제목을 살짝 바꿔 그의 소개를 통해 다른 출판사에서 책을 내보는 건 어떨까 하는 상상에 빠졌다.

제목은 '믿지 못할 그들'이라고 바꿔 보면 어떨까? 그 김에 소설을 다시 손볼 수도 있다. 김환민이 거들어 주면, 주인공 하나를 새로이 넣어서 더욱 팽팽하게 긴장감을 높일 수도 있고, 김환민의 추천사를 책 뒤에 떡하니 박아서 소설이 좀 더 권위 있어 보이게 할 수도 있다.

그러면 1만 부는 넘을 것 같고, 한 3만 부는 팔리지 않을까? 소설책을 처음 내보는 사람으로서 3만 권은 경이적인 숫자인 데다 꾸준히 작품 활동을 할 수 있는 창작 경비가 되어 줄 것이다. 3만 권이라면 한 권에 만 오천 원을 잡고 인세가 10프로, 아니 신인이니 8프로 정도 준다면 얼마지?

문수의 머리가 나오지도 않은 책 인세를 계산하느라 복잡하던 와중에 드디어 1008호의 벨 버튼에 손이 올라갔다. 그런데 이상했다. 오피스텔의 문이 열려 있었다. 활짝 열려 있던 것은 아니었지만 아주 작은 틈이 벌어져 있었다. 문수는 열린 문틈으로 안을 들여다보았다. 그리고 가냘프게 목소리를 내었다.

"대학교 출판사에서 나왔습니다."

슬그머니 문고리를 붙잡았다. 문이 열렸다. 문수는 신발에 끼우려고 준비해 간 비닐봉지를 잊고서 오피스텔 안에 발을 들여놓았다.

"저기, 김환민 선생님, 저는…."

문수는 말을 마저 내뱉지도 못하고 뒤로 나자빠졌다. 김환민이 오피스텔 벽에 붙어 있는 책상 밑으로 드러누워 있었던 것이다. 바닥에는 그가 흘린 게 분명한 피로 흥건했고, 그의 몸은 살짝 떨고 있었다.

"김환민 선생님!"

문수는 떨고 있는 환민의 손을 잡으러 가다가 피에 미끄러져 넘어졌다. 그때 문수는 확실히 보았다. 죽는 남자의 눈을, 풀려나가는 동공을….

추리소설을 습작하느라 묘사했던 죽어 가는 이들의 풀려 나가는 동공, 그것을 실제로 보았다. 김환민의 눈동자 색깔이 옅어지면서 점차 둥그렇게 커져 갔다. 그는 죽었다.

문수는 이게 소설 속 상상이나 게임 속 가상이 아니라 진짜 살인이라는 것을 깨닫고 얼른 일어났다. 아뿔싸, 그가 짚고 일어선 곳에 피 묻은 손바닥으로 선명한 핏자국이 찍혔다. 그리고 문수의 옷에는 김환민의 피가 듬뿍 묻었다.

문수는 헐레벌떡 오피스텔을 뛰어나갔다. 그리고 10층에 있는 공동 화장실에 들어가 손을 닦고 얼굴을 씻었다. 정신을 차려야 했다.

'그래, 어서 방으로 들어가 내가 만든 손자국, 신발 바닥으로 생긴 족적들을 모두 지워야 한다.'

자칫 살인 용의자로 몰릴 수도 있다.

문수는 피 묻은 바지를 벗어서는 팬티 바람으로 여자 화장실로 들어갔다. 화장실로 가면서 복도 CCTV를 확인했는데, 지은 지 오래된 건물이라 다행히도 CCTV는 없었다.

화장실 칸막이 중 가장 안쪽의 잠겨 있던 문을 몸으로 부닥치고 손으로 화악 젖혀 열자, 우당탕 소리를 내며 문이 열렸다. 청소하시는 분이 걸어 놓은 작업복 바지가 있었다. 문수는 얼른 작업복 바지로 갈아입고 피 묻은 바지를 배달 가방에 구겨 넣었다. 다행히 윗옷에는 핏자국이 드물었다.

문수가 화장실을 뛰쳐나와서 1008호 쪽으로 뛰어가려는 순간이었다.

"띵!"

엘리베이터가 10층에서 머무는 소리가 귓가에 울렸다.

'누군가 온다. 누군가 온다.'

문수는 1008호로 돌아가는 것을 포기하고 비상구 문을 열었다.

아뿔싸! 손에는 라텍스 장갑이 없다. 아까 화장실에서 세수하고 핏자국 닦느라 주머니에 구겨 넣었나? 참, 문고리에 지문이 묻었다. 문고리에 지문이 묻었다. 지워야 한다.

하지만 발은 머리에서 내리는 명령을 듣지 않았다. 9층을 향해 빠르게 내려가고 있었다.

'살인이라는 게 마음대로 되는 게 아니군.'

문수는 추리소설가로서 정말 큰 깨달음을 하나 얻은 채 1층 로비를 향해 내달렸다. 다행히 경비 아저씨는 없었다.

문수는 오피스텔을 나가자마자 택시를 잡아타고는 일부러 집에서 멀찍이 떨어진 곳에 내려서는 집까지 1시간에 걸쳐 걸어왔다. 그나마 이게 들이닥칠 형사를 피할 수 있는 가장 최선의 방법이었다. 경비원이 음식 배달원을 살인 용의자로 지목하더라도 최소한 살인 용의자가 어디에서 사는지는 아무도 모를 테니까.

인터넷 뉴스에 김환민 소설가가 살해됐다는 뉴스가 떴다. 그럼으로써 그가 최근에 낸 소설 판사 어쩌고 하는 긴 제목의 소설은 유작이 되었으며, 앞으로도 당분간 베스트셀러 자리를 내주지 않을 거란 마지막 문장을 문수는 주의 깊게 읽으며 컴퓨터를 껐다. 어디에도 범인 용의자로 누가 의심된다는 말은 없었다.

문수의 머리가 빠르게 돌아갔다. 분명히 형사들은 바로 수사에 착수할 것이며 과학수학대는 지문을 검출하는 용액을 이리저리 분무기로 뿌려 놓고 모든 지문을 채취할 것이다. 그리고 지문을 지문검색시스템에 입력해서 비슷한 지문을 가진 자를 찾아낼 것이다.

처음에는 살인 사건 관련 전과자들을 대상으로 하겠지만 용의자가 나오지 않으면 전국으로 확대할 것이고, 어쩌면 이번 공모전 관련자들과 대조해 볼지도 모른다.

문수는 고개를 저었다.

'설마, 공모전에서 떨어졌다고 심사위원장을 죽이러 가는 사람이 있을까?'

하지만 본인은 그렇게 마음먹지 않았는가. 게다가 공모전을 개최했던 신문사 인터넷 게시판에는 밀레니얼 제너레이션 픽션 소설 상 공모에서 떨어진 이들이 올리는 듯한 악성 루머들이 계속 올라오고 있었다.

수상자 박연희는 김환민의 제자인데, 그녀가 몸 주고 상을 받았다거나 거액의 대가성 돈이 오갈 것이라는 등 그렇고 그런 악플들이 수상자 관련 기사 꼬리에 또는 자유 게시판에 익명으로 올라가고 있었다.

문수는 눈을 질끈 감고 살인 사건 현장을 떠올려 봤다.

먼저, 바닥에 찍힌 그의 운동화 자국. 평범한 나이키 운동화지만, 270사이즈의 남자라는 프로필이 잡힌 것이다. 그리고 결정적으로 비상구 손잡이에 남겨진 그의 지문들, 그리고 엘리베이터 CCTV에 잡힌 헬멧을 쓰고 마스크를 쓴 얼굴 일부분…. 모든 게 그를 범인으로 지목하는 결정적 증거가 될 것이다.

그나마 다행인 것은 로비를 통과하는 중에 경비 아저씨가 신문에 정신이 팔려 문수의 인상착의를 제대로 보지 못한 것과 피 묻은 바지와 송곳을 챙겨 왔고, 피 묻은 라텍스 장갑이 바지 주머니에 있다는 사실 정도였다. 장갑을 안 가져온 줄 알았으나 다행히도 주머니에 들어 있었다.

문수는 컴퓨터를 끄고서 옷걸이에 걸린 점퍼 안주머니를 만져 보았다. 송곳을 어떻게든 처분해야 했다. 하지만 송곳은 어디에도 없었다.

아뿔싸, 피에 미끄러져 넘어지면서 송곳이 안주머니를 뚫고 어디론가 떨어졌나 보다. 주머니 속 볼펜으로 챙겨 온 줄 착각한 것이다.

이제 큰일이다. 난 범인으로 잡힐 것이다.

"이런 된장!"

문수는 그동안 뉴스를 유심히 봤고 인터넷 뉴스를 검색해 봤지만 김환민 살인 사건 용의자가 붙잡혔다는 이야기는 어디에도 없었다. 그러고 나서 몇 달 후, 박연희의 수상작이 단행본으로 출간되었다는 뉴스를 접하고는 바로 서점으로 나갔다.

김환민이 살해된 현장을 보고 나서 방 안에만 칩거한 지 몇 달이 넘었다. 그동안 피 묻은 바지 등은 몇 날 며칠이고 깨끗하게 빨아서 옷장 안 깊숙이 숨겨 두었다. 배달 가방과 라텍스 장갑은 갈기갈기 찢어 종량제봉투에 넣어 버렸다.

그리고 운동화는 칫솔을 사용해서 핏자국을 모조리 지워 낸 후, 집에서 걸어서 2시간이나 떨어진 대형 아파트 단지 안의 재활용 옷들과 신발을 모으는 수납함 안에 던져 넣었다.

서점에서 13,800원을 주고 산 박연희의 소설 《문제적 당신》은 정말 문제적인 작품이었다. 말도 안 되는 살인 사건이 벌어지고, 말도 안 되는 엉터리 여성 형사가 등장하며, 사실은 그 형사가 범인이더라는 정말 말도 안 되는, 문제가 너무 많아서 탈인 문제적 작품이었다.

문수는 책을 다 읽고 나서 덮은 후 생각에 빠졌다.

정말 이런 작품이 1억 원 상금을 받을 가치가 있는가? 그리고 그 이후에 벌어진 살인, 살인 용의자로 몰리게 될지도 모르는 비참한 상황과 현실, 그 모든 일들에 대해 원인을 제공할 정도로 영향력이 큰 작품인가?

김환민을 죽이려 살의를 품고 살인 도구를 사고 나서 죽이려

간 날, 그가 누군가에게 살해된 것을 목격하고 도망쳐 나오고 나서 몇 달 동안 칩거하며 형사들이 들이 닥칠까 봐 겁에 질려서 살았다. 이 모든 원인의 단초는 바로 그녀의 문제적 작품 때문이었다.

문수는 박연희를 찾아가 보고자 했다. 다만 이번에는 그녀를 죽이러 가는 게 아니라, 그냥 자조지종을 듣고 싶었다.

현재 그녀는 인터넷상에서 떠도는 출처 불명의 엑스 파일에 의해 김환민의 살인 용의자로 지목돼 있었다. 하지만 그 괴문건에 대한 반대성 글도 적지 않았는데, 세상에 자신을 1억 상금 작가로 뽑아 준 은인을 죽이는 법이 어디에 있겠냐는 의견이 대다수였다.

"누구시죠?"

문수는 대학원 수업을 듣고 나오는 그녀의 앞을 가로막았다.

"저는 김문수라고 합니다."

대학교 앞에 있는 스타벅스 커피숍에서 그녀는 카페라떼를, 문수는 아메리카노를 마시고 있었다.

"대학원 수업을 듣기에는 나이가 좀 지난 것 같은데, 다른 대학원에 다니시다가…."

"김환민 선생님께서 강의하시는 K 대학원에 다니다가 이리로 편입했어요."

"아, 그렇군요."

문수는 슬슬 이야기를 돌리다가 드디어 자신의 정체를 밝혀야겠다고 생각한 순간, 그녀가 먼저 말을 꺼냈다.

"경찰에는 더 이상 할 말이 없습니다. 이번에는 대체 어디 경찰서에서 나오신 거죠?"

'아, 그녀는 나를 형사로 알고 있구나.'

"저는…."

문수는 잠시 뜸들이다가 말을 이었다.

"김환민 교수 주소지인 서울 강남구 경찰서에서 나왔습니다. 오피스텔은 이쪽 서대문구 관할이지만 주소지가 강남이니까요."

되는대로 둘러대다가 그녀에게 질문을 던졌다.

"그럼 김환민 교수와 개인적 친분 관계가 있으셨군요?"

"네."

문수가 가장 궁금한 질문을 던졌다.

"이번 공모전 수상도 김환민 교수가 도와준 겁니까?"

문수가 죽으나 사나 궁금했던 질문, 자나 깨나 물어보고 싶었던 질문이었다. 대체 어떻게 저딴 작품으로 1억을 가져갈 수 있었으며, 나를 제치고 상을 탈 수 있었나.

"아뇨, 은사님들 중에 한 분일 뿐 전혀 도와주신 일 없습니다. 저는 처음에 가명으로 응모했습니다."

이런, 거짓말.

문수는 그녀가 거짓말을 하고 있다는 것을 눈치챘다. 그녀의 목소리가 떨렸으며, 그녀의 눈빛이 자신 없이 바닥으로 떨어져 블루 톤이 감도는 검은색 하이힐 코를 맥없이 바라봤다. 그녀는 분명 거짓말을 하고 있었다.

긴 생머리를 손으로 만져 뒤로 넘기며 그녀가 일어났다.

"더 이상 질문하실 게 없으시면 일어날게요."

"잠깐만요, 한 번쯤 서에 임의동행 하고 싶은데 가능하신가요?"

연희는 돌아서려다 고개를 숙이며 자그마한 목소리로 예의 바르게 답했다.

"그냥 이렇게 커피숍에서 만나 질문하시는 건 안 될까요? 경찰서는 좀 곤란할 것 같습니다."

문수는 가슴을 쓸어내렸다. 그녀를 다시 만나 보고 싶어서 그가 소설에 자주 쓰는 대사를 슬쩍 던졌는데, 정말 강남서에서 만나자 하면 난감할 일이었다.

"조만간 약속을 잡죠."

문수는 연희의 연락처를 받아 들고는 인사를 했다.

문수는 집으로 돌아와 추리작가협회에 속한 선배 작가에게 전화를 했다. 이번 김환민 교수 살해 사건을 소설로 쓰고 싶은데 관련 파일을 받아 볼 수 있느냐고 문의했다. 굉장히 많은 번민과 고뇌를 거듭하고서 내린 결론이었다.

추리작가들은 알고 있는 형사들을 통해 사건 관련 수사 보고서를 몰래 전달받곤 했다. 살인 현장이 찍힌 사진들, 관련 서류들, 그리고 검시 보고서들을 통째로 전달받는 일급 소설가들도 있었다. 문수는 어쩌면 용의자로 몰릴 수 있는 최악의 사태를 막기 위해서는 사건의 진행 사실을 알아야겠다고 마음먹었다. 최악의 상황을 헤쳐 나가기 위해서는 알아야 했다.

"글쎄, 알아보마."

선배는 이틀 후에 관련 문건을 보내왔다. 형사가 사건 수사 보고서를 초안으로 작성한 2페이지가량의 문건이었다.

"어디다 돌리지 말고 조용히 보고 지워라."

선배의 당부였다.

문수는 관련 보고서를 떨리는 손으로 클릭했다. 김환민 살해 사건의 용의자는 바로 그의 아내였다.

김환민은 최근에 아내가 바람을 피웠다는 결정적 증거를 들이대고서 이혼을 요구하고 있었다. 그리고 일체의 재산을 그녀에게 주지 않으려 하자 아내는 결백하다며 이혼 소송을 제기했고, 김환민은 자신의 저작권과 인세를 그녀에게 한 푼도 주지 않으려 맞소송을 벌였다.

아내는 아이를 데리고 나와 친정집에 들어가 있으며, 아울러 김환민도 오피스텔에 나와서 산 지 1년이 넘었다고 한다. 김환민이 죽으면 십억에 달하는 보험료를 타는 수급자도 아내였으며 김환민이 쓴 책, 50여 권에 달하는 저작물의 수익을 갖게 되는 것도 그녀였다. 아내는 살인 사건의 가장 큰 용의자로서 지목돼 있었다.

다만, 직접 죽였다기보다는 그녀가 살인청부를 했을 가능성이 있다고 소견을 덧붙였다.

'그럼 그렇지.'

문수는 그동안 마음고생 한 것을 후회하며 긴 한숨을 토했다. 그런데 이상했다. 오피스텔 어디에도 지문이나 족적이 발견됐다는 문장은 없었다.

그렇다면, 문손잡이에 여러 사람의 지문이 뒤섞여서 변별력을 잃었으며, 또한 족적은 또 다른 피가 흘러나와 자연적으로 묻혀 버린 것인가? 그것도 아니면, 다른 누군가 현장에 다녀갔던 것인가? 그것도 아니면 형사들이 뻔히 저지르는 실수, 즉 수사 관행상 여러 형사가 드나들다가 또는 경비 아저씨가 우연히 들어갔다가 족적이 이리저리 뒤섞여 묻혀 버린 것인가?

대체 무엇 때문인가?

'하여간 나는 살았다.'

문수는 새 생활을 헤쳐 나가고자 했다. 묻어 뒀던 소재를 꺼내 보기로 했다. 한 여자가 두 명의 남자 사이에서 사랑과 돈을 놓고 갈등하다가 결국 돈 많고 나이 많은 남자를 죽이고 돈 없고 잘생긴 남자에게 간다는 뻔한 이야기이지만, 그렇게 되기까지의 숨 가쁜 완전 범죄를 그려 놓은 장편소설이었다.

다음 날, 문수는 소설과 관련된 자료들을 인터넷상에서 모으기 시작했고, 서적들을 주문했으며, 첫 문장을 무엇으로 쓸까 고심했다.

'그녀는 갈망했다, 그 남자가 죽는 것을.'이 나을까? 아니면 '그녀는 갈등했다. 이 남자에게 갈지 저 남자에게 갈지를.' 이게 나을까.

그때 벨이 울렸다. 이상한 예감이 들었지만, 문을 열어 주었다.

"안녕하세요? 서대문서 강력 2팀에서 나왔습니다. 장영우라고 합니다."

그는 형사 신분증을 들이밀었다. 그리고 다짜고짜 방 안으로 들어왔다.

"어떻게 오셨…."

문수의 목소리가 떨렸다.

"그냥 와 봤습니다. 최근에 김환민 씨 살해 사건 관련해서 여러 사람을 탐문하러 다니는 중입니다. 근데 직장을 관두시고 두문불출하신다고요?"

형사는 문수가 지난 몇 달간 벌인 행적을 모두 조사하러 다녔다. 그러고 나서 문수에 대한 프로파일이 머릿속에 들어오자 그를 탐문하러 온 것이었다.

"네."

문수는 고개를 숙이면서 뜸들이다 입 밖으로 소리를 냈다.

"커피라도 드릴까요?"

"뭐, 긴 얘기하러 온 건 아니었는데, 주시면 좋죠."

형사는 부엌 가운데 있는 작은 테이블 앞의 의자에 털썩 앉았다. 문수는 커피 믹스를 가위로 잘라서 머그잔 안에 붓고는 전기 가열 식 무선 주전자의 불이 꺼지자 끓는 물을 잔 안에 들이부었다.

"커피 믹스를 가위로 일일이 자르는 것을 보니 꽤나 깔끔한 성격이네요? 한편으로는 소심하기도 하단 건데."

문수는 머그잔을 형사 앞에 내주며 얼굴을 약간 찌푸렸다. 형사는 지금 문수를 범인으로 지목하고 떠보고 있는 중이다.

"소설을 쓰신다고요?"

"네."

"어떤 내용의 소설을 쓰십니까?"

"추리소설입니다."

"사람이 사람을 죽이는 그런 소설이겠네요?"

"다 알고 오신 것 아닙니까?"

"허허, 죄송합니다."

허름한 청색 점퍼를 입은 땅땅한 체격의 형사는 얼굴에 주름 가득한 웃음을 내지어 보이며 어깨를 으쓱했다. 한 50은 먹었을까?

"사실은 요번에 김환민 씨가 심사위원장으로 있었던 소설 공모전 관련 대상자들을 탐문 중입니다. 뭐, 별 소득은 없지만. 당최 소설 쓰는 소심한 양반들이 살인 같은 진짜 야만적인 일을 벌였을까요? 살인이란 건 말이죠, 소설과는 다릅니다. 엄청 다르죠. 그나저나, 앞에 계신 소설가님은 직접 살인 현장을 보신 적이 있으십니까?"

"저, 저요?"

문수의 눈동자가 떨리는 것을 형사는 놓치지 않았다.

"아, 아뇨."

문수는 간신히 대답했다.

껄껄껄, 형사는 크게 웃음 짓고는 문수의 어깨를 툭 치고는 커피를 입에 탈탈 마지막 한 방울까지 마셔 버리고 나서 일어섰다.

"이봐요, 보지도 않고 무슨 글을 써? 그러니 공모전에서 물먹지. 다음번에는 나한테 연락하슈. 내가 진짜 리얼한 소설 소재들 잔뜩 줄게. 그러면 아마 내년에는 수상자가 될지 누가 알아? 힘내슈, 떨어진 거 속상해하지 말고 털어. 죽은 양반보다는 낫잖아?"

형사는 돌아갔다. 문수의 손에는 서대문서 장영우 형사의 명함이 들려 있었다. 문수의 손이 힘껏 쥐어졌다.

그는 나를 범인으로 보고 있는 걸까? 아니면 단순 취조하러 온 걸까?

그때 문수의 뇌리에 잊혀 있던, 아니 문수가 억지로 누르고 있던 단편 기억이 떠올랐다.

대체 송곳은 어디로 간 걸까? 왜 수사 관련 문건에 살인 도구로 내가 떨어뜨린 송곳에 관한 글이 없었는가? 택시 안, 아니면 집으로 걸어오던 길, 그것도 아니면 오피스텔 가기 전에 이미 다른 곳에 떨어뜨리고 간 걸까?

지금 와 생각해 보니, 김환민의 오피스텔 앞에서 송곳이 있는지 주머니에 손을 넣어 확인해 보지 않은 게 떠올랐다. 그렇다면 대체 어디로 간 걸까?

박연희의 소설은 베스트셀러에서 한참이나 밀려났다. 처음에는 막대한 광고로 밀어붙이는 듯해서 상승세를 탔으나, 점차 인터넷에 소설 내용이 진부하고 엉터리다, 어떻게 이런 소설이 상을 탔는지 당최 모르겠다는 등의 서평이 줄이어 올라오고 나서는 어느덧 평대에서 치워져 서가에 꽂히게 되었다.

문수는 그동안 연희와 세 차례나 만났다. 두 번째 만남에서는 취조를 핑계로 김환민에 대해 이것저것 물어보다, 세 번째 만남에서는 아예 영화관 앞에서 만나 무척 야한 로맨스 영화를 보았다.

영화는 소문대로 배우들의 전라 연기가 20여 분에 걸쳐 펼쳐졌으며 연희는 얼굴을 붉혔고, 문수는 침을 꼴딱 넘겼다. 영화관에서 나와서는 연희가 저녁을 샀고, 문수가 커피를 샀다.

그리고 네 번째 만남 전에 문수는 다시 광고 회사에서 프리랜서로 일자리를 얻었다. 비록 매주 서너 장의 카피를 써야 하고, 보수는 예전 다니던 회사보다 적었으나, 시간적 여유가 있었고, 집에서 재택근무가 가능했다. 일주일에 세 번만 광고 카피 회의에 참석하면 되었다.

문수는 네 번째 만남에서 정체를 밝혔다.

"연희 씨, 말씀드리고 싶은 게 있습니다."

삼청동에 있는 분위기 좋은 와인 카페에서 연희와 마주 앉아 한창 즐겁게 대화를 나누던 중, 문수가 말머리를 돌리며 드디어 결심했던 이야기를 꺼냈다.

"저는 형사가 아닙니다."

단도직입적인 문수의 말에 연희는 미소를 지었다.

"저도 그 정도는 알고 있습니다. 김문수라는 이름이 낯설지 않아서 인터넷에서 검색해 보던 중에 제 작품과 함께 본선에 올랐던 분의 성함이고 아울러 포털 추리소설 관련 카페에서는 꽤 유명한 작가라는 것도 알고 있었죠."

문수는 말문이 턱 막혔다.

"그렇다면 제가 속이는 것을 알고도 왜 저를…."

"만나는 게 싫지 않았으니까요. 어떤 사람은 만나는 그 단 몇 초의 순간도 지겹고 힘들고 나를 죽게 만들 것 같은데, 문수 씨는 그렇지 않았으니까요."

그날 문수는 연희의 집에 들어갈 수 있었다. 연희는 20여 평 아파트에서 혼자 살고 있었고, 제법 싱글로서 풍족한 삶을 영위하고 있었다.

그녀의 부모님은 지방에서 식당을 경영하시며 그녀가 소설가가 되기 위해 물심양면으로 지원을 아끼지 않으신다 했다. 한편으로 이번 수상을 계기로 그녀에게 거는 기대가 더욱 커졌으며, 자그마한 자동차를 선물해 주셨다고 했다.

'자그마하다고?'

문수는 그녀의 집 세컨 열쇠와 같이 달려 있는 차키에 유명한 폭스바겐사의 로고가 새겨져 있는 것을 보았다. 그녀가 작다고 말하는 차는 아마 앙증맞은 티구안일 것이다. 그녀의 단아한 얼굴에 잘 어울리는 하얀색이 아닐까?

문수는 연희의 터키블루 색 침대보 위에서 그녀의 입술을 핥았다. 그리고 연희가 입은 옅은 앙고라 분홍색 스웨터를 벗겼다. 브래지어는 작은 물방울무늬가 수놓아진 흰색이었다. 문수의 입술이 브래지어 속을 파고들어 그녀의 가슴에 키스를 했다.

연희는 문수의 윗옷 안으로 손을 넣어서 그의 젖꼭지를 비틀었다. 문수가 작은 신음을 내뱉었다. 문수는 연희의 스커트를 벗기고 그녀의 몸에 자신의 그것을 밀착시켰다. 손을 아래로 내린 문수는 자신의 바지를 벗고 나서 부드럽게 그녀의 스타킹을 벗겼다. 그리고 그녀를 꽉 껴안았다.

잠시 후, 연희는 문수의 가슴에 얼굴을 파묻고 잠들어 있었다. 문수는 순간적으로 마음을 먹었다. 그녀를 평생 지켜 주리라.

문수는 이후로 매일같이 연희에게 사랑이 가득 담긴 이메일을 보냈고, 연희는 때때로 문수에게 답장을 했으며, 문수는 생전 처음으로 연애소설을 써 볼까 하고 결심을 했다.

2주일 후, 광고 회사의 카피 회의에 참석해 있던 문수의 폰이 진동했다. 모르는 번호였는데, 받고 보니 장 형사였다.

"이봐, 김문수 씨. 좀 나와 줘야겠는데."

올 것이 왔구나. 문수의 가슴이 떨렸다. 이대로 도망을 쳐야 하나.

서대문 서에 나와 달라는 장 형사의 목소리는 굵직했고 의미심장하게 들려왔다.

'나가면 그대로 구속되고 유치장에 갇혀 버리는 건 아닐까? 서에 미리 나와 앉아 있던, 송곳을 판 가게 주인이 나를 손가락으로 지목한다. 나는 바로 수갑 채워져 닭장차에 올라타서 어디론가 가게 되고 재판만을 기다리게 되는 것은 아닐까?'

문수는 카피 회의를 어떻게 끝냈는지도 모른 채 부랴부랴 회사를 나와 근처 연희의 아파트로 향했다. 잡혀가기 전에 그녀의 얼굴을 한 번 더 보고 싶었다. 구속되면 다시는 볼 수 없는 그녀였다. 아니, 이대로 그녀와 해외로 도피하는 건 어떨까도 생각해 봤다.

문수의 손은 연희의 아파트 벨을 누르고 있었다. 하지만 그녀는 없었다. 문수는 떨리는 감정을 진정시키고, 발걸음을 돌렸다. 하지만 아무 데도 갈 곳이 없었다. 서대문서에 나가게 되면 바로 구속이고, 집 근처에도 형사 한 명이 잠복근무 하고 있을지도 모른다. 그리고 공항이나 서울역에는 지명수배자로 사진이 깔릴지도 몰랐다.

'당분간 도피할 곳은 연희의 아파트뿐이겠군.'

문수는 연희가 알려 준 번호를 눌렀다. 아파트 문은 딩동댕 소리를 내며 열렸다. 연희와 섹스를 하고 나서 그녀는 언제든 와서 쉬라며 비밀번호를 알려 주었다. 아파트 안에는 아무도 없었다.

문수는 연희가 없는 거실을 둘러보다 그대로 소파에 앉아서 망연자실해 있었다. 그러다 갑자기 자신의 방 옷장 깊숙이 숨겨져 있는 피 묻은 흔적이 있는 바지가 떠올랐다.

문수는 얼른 스프링처럼 일어났다. 그것을 누군가 가져가기 전에 없애야 한다. 왜 그것을 집에 그냥 놔두었을까. 운동화는 버렸으면서, 대체 왜!

거실에서 문으로 향해 달려 나가던 문수의 눈에 '그것'이 들어왔다. 양주장 안에 놓여 있는 얼음을 담는 둥그런 나무통 안에 들어 있는 송곳 두 개.

'왜 송곳이 두 개일까?'

문수는 얼른 양주장을 거칠게 열어 나무통 안에 들어 있는 송곳을 꺼내 보았다. 하나는 나무통과 한 세트인 듯, 손잡이 부분이 얼음 나무통과 같은 나무 재질로 되어 있었다.

그리고 다른 하나는, 바로 그 송곳이었다. 문수가 남대문 시장에서 10만 원을 주고 사 왔던 송곳.

처음에는 아닌 줄 알았다. 비슷한 모양의 다른 송곳인 줄 알았다. 하지만 자세히 보니, 문수가 김환민을 죽이는 상상을 하며 엄지손톱으로 길게 홈을 파 두었던 미세한 자국들이 보였다. 그리고 결정적으로 송곳 끝에 점퍼 안주머니 옷감 실오라기가 살짝 걸려 있었다.

'이럴 수가….'

이때 문이 열리는 딩동댕 기계음 소리가 났다. 문수는 뒤를 돌아보았다. 그의 손에는 송곳이 들려 있었다. 문수는 거실로 들어와 부엌을 살피며 바라보는 연희의 눈동자와 마주쳤다.

"이런 된장!"

문수의 입에서 두 단어가 튀어나왔다.

서대문서 강력팀 사무실에 앉아 있던 문수는 장 형사와 눈을 마주쳤다.

"제가 죽였습니다."

장 형사는 씩 미소를 지으며 얼굴에 가득 주름을 만들어 냈다.

"용의자가 그렇게 쉽게 실토를 할 것 같은가?"

장 형사는 여러 살인 사건 현장을 찍은 사진들을 문수 앞에 가득 펼쳐 놓았다.

"이 사건은 말이야. 내가 단독으로 해결한 사건인데, 용의자가 끝내 실토를 안 하는 거야. 그래서 내가 어떻게 한 줄 알아? 살인 사건 현장에 몇 날 며칠이고 아예 그를 데리고 가서 살게 한 거야. 그러니 실토를 하데? 그런 거야. 처음에는 절대로 죽였다는 말을 입 밖에 내지 않아. 그러니 그런 대사는 고쳐 주게."

문수의 손에는 장 형사가 그동안 손으로 썼다는 추리소설이 들려 있었다. 연필에 침 발라 쓰기라도 한 듯 곳곳에 연필심이 번지고 커피 얼룩 흔적이 가득한, 글자를 알아보기조차 곤란한 두툼한 원고는 문수의 손에서 바르르 떨리고 있었다.

문수는 원고를 들고 서대문 경찰서를 나오자마자, 아무 택시나 잡아타고 인천공항으로 향했다.

비행기 안, 문수는 연희와 조우했다. 비즈니스석 끝자리에 앉은 연희는 문수에게 미소를 보냈다. 문수는 이제는 추리소설 대신 연애소설을 쓰기로 결심했다. 연애하는 주인공들이 처음으로 만나는 운명적인 장소는 체코의 프라하로 정했다. 그래서 지금 연희와 함께 프라하로 가는 중이었다.

'프라하의 봄은 아름다울까?'

지금은 겨울이지만 봄까지 그녀와 프라하에 머물고자 했다. 세계에서 가장 아름다운 다리로 불리는 중세에 세워진 고딕 양식의 카를교 위에서 소설의 첫머리를 구상하고자 했다.

장 형사에게 약속 시간을 하루만 미루자고 전화했던 어제가 떠올랐다.

연희는 눈물 한 방울 흘리지 않고 김환민을 자기가 우발적으로 죽였다고 실토했다.

"처음에는 제가 먼저 혼자 사랑했어요. 하지만 개인적으로 작품을 첨삭 지도 받으면서 만나다보니 김환민은 파렴치한 사람이었어요. 단 1초도 같이 있기 싫은 사람, 느글느글한 눈빛만 봐도 죽이고 싶은 사람, 나를 공모전에 엉터리 초고 소설을 내게 하고는 무조건 뽑아 주겠다면서 밀어붙이던 사람, 그리고 내가 마지못해 제발 그러지 말아 달라고 찾아가니 바로 억지로 강제적으로 관계를 맺은 사람.

그리고 그 엉터리 소설을 수상작으로 선정하고 나서는 첨삭 지도를 받아 다시 쓰게 할 테니까, 자신과 함께 공동 이름을 내고 수상 상금과 앞으로 들어올 인세는 반으로 나누자던 사람. 그 사람을 죽이고자 하는 마음은 없었어요. 다만 다투고 싸우던 그 상황에 무심코 내 손에 잡히던 게 서류를 뜯는 나이프였을 뿐."

연희는 한숨을 푹 내쉬고 잠시 후 말을 이었다.

"한강에 나이프를 버리러 나갔다가 내 가방을 두고 온 게 생각나서 다시 오피스텔로 갔죠. 그리고 저는 갑자기 살인 현장이 누군가에 의해 오염됐다는 것을 알아차렸어요. 추리소설을 김환민에게 사사받았으니 그 정도는 알죠.

저는 누군가가 내 죄를 뒤집어쓰는 걸 원하지 않았어요. 내가 범인으로 잡히고 싶지도 않았지만. 그래서 송곳을 집어 왔고, 족적을 지워 주었죠. 물론 내 신발에는 비닐봉지가 씌워져 있었고요. 그런 작업을 통해 내 구찌 가죽 장갑은 나이프와 함께 한강에 버려져야 했죠. 혹시 몰라 비상구 손잡이 지문도 지웠어요.

하지만 송곳은 버리기 싫었어요. 내가 김환민을 죽였다는 것을 유일하게 증명해 줄 또 다른 증거품이었으니까. 반면 도저히 증거품이 될 수 없는 도구죠. 살인 도구는 아니었으니까. 그래서 가지고 있었습니다. 오피스텔의 엘리베이터에 설치되어 있던 CCTV 카메라는 고장 났다고 들었어요. 나중에 형사한테서. 경비 아저씨는 제가 들어갈 때 안 계셨어요."

문수는 창밖을 내다보는 연희의 옆얼굴을 한번 살펴보고 미소를 지었다. 누구보다 사랑스럽고 심성 고운 연희는 이제 소설 같은 건 쓰지 않겠다고 선언했다. 하지만 한 소설가의 후원자가 되어 평생을 그가 소설가로서 대성하기만을 고대하겠다고 했다.

문수는 알았다. 그 운 좋은 남자가 누구인지. 그리고 그 운 좋은 남자는 비록 1억 원 상금의 수상자는 되지 못했지만, 이미 한 여인을 얻었고, 그녀가 평생의 후원자가 되기로 작정했으니 그 이상을 웃도는 삶을 얻은 셈이었다.

그리고 그간 몇 년여를 고쳐 다듬은 소설 《불신의 오후》는 컴퓨터 쓰레기통에 고스란히 담겨 있을 테니, 살려서 어떻게든 다른 출판사와 접촉해 보고자 마음먹었다.

문수는 비행기 창밖을 내다보았다. 짙은 구름으로 가려 온 세상이 보이지 않았다.

프라하에 가게 되면 우체국에 들러 교정교열을 손본 장 형사의 원고를 서대문서로 부치리라.

문수는 결심을 하고서는 스튜어디스가 권하는 와인을 들어서 연희를 보고는 건배를 했다.

"치어스."

대쾌(大快:무척 유쾌하다)

꿈결 진분홍 마카롱의 달고

진득한 맛

칠칠은 가뜩이나 작은 왼쪽 눈을 연신 씰룩거리며 골패를 노려보았다. 칠칠은 이미 술을 잔뜩 들이켜 거나한 얼굴로 골패의 끝 언저리를 뚫어져라 쳐다봤다. 약간 얽은 불그스레한 코는 칠칠의 나이를 더 들어 보이게 했고, 술에 취해 붉은 건지 원래 빨갰던 건지 도무지 분간이 아니 가도록 했다.

칠칠의 손이 떨려 왔다. 가운뎃손가락이 잠깐이나마 눈앞 정중앙에 놓인 길쭉한 종이쪽지 위에서 흔들리다가 얼른 왼쪽의 종이를 잡았다. 칠칠이 종이를 들어 패를 확인하는 순간, 눈이 왼쪽, 오른쪽 가릴 것 없이 더욱 크게 떠졌다.

"일팔, 가보다!"

칠칠이 내려놓은 투전 패는 일과 팔이었다. 칠칠이 투전판 가운데에 쌓인 엽전을 두 손 가득 벌려 가지고 가려 하는 순간, 이마에 묵으로 희미하게 글자가 새겨진 사내가 턱 가로막고 칠칠의 손을 냅다 때려 버렸다.

"이 외눈박이 놈, 난 장땡이다!"

문신이 새겨진 놈이 돈을 다 가로채려 하자, 칠칠은 거세게 성내며 일어섰다.

"이놈들이 지금 누굴 보고 애꾸라고 하는 거야?"

칠칠은 투전판을 엎어뜨리며 문신한 사내의 이마를 손바닥으로 툭툭 치고는 소리를 내질렀다.

"네 아내 팔아서 역적질이라도 했냐? 이게 팽형의 흔적이 아니고 뭣이더냐!"

"이 비루먹을 거지새끼가 투전판에 껴 줬더니만, 뭐어? 야! 끌어내, 어서!"

칠칠은 비가 철철 내리는 밤에 빈털터리로 쫓겨나서 비 맞은 중처럼 내내 궁싯거리며 다녔다.

"니눔들이, 나를 아느냐. 난 조선 최고의 그림쟁이 최칠칠이란 말이다. 최칠칠! 내가 바로 조선통신사 수행 길에 수행화원으로 따라가게 된 칠칠이란 말이다."

칠칠은 하늘을 향해 두 손 들어 분풀이를 하다 지쳐 땅바닥에 철퍼덕 앉았다. 그의 외눈에 시름이 겹쳐지며 비 오는 하늘을 하염없이 쳐다보았다.

칠칠은 대마도로 향해 가는 뱃머리에서 속을 게워 내고 있었다.

"우웨에엑, 우어엑, 나 죽겄다."

"그러게, 어젯밤에 작작 먹어 대라니까요

"이눔아, 조선 최고의 화원을 대표해서 통신사 수행화원으로 가는 마당에 자축 안 하게 생겼냐?"

칠칠의 등을 쳐 주던 새치름하게 생긴 역관, 김현대는 씩 웃으며 말을 내질렀다.

"최고는 무슨? 구색 맞추러 가는 마당에 말이요. 형님, 안 그렇소?"

현대의 말도 일리가 있는 게 정식 화사 자격으로 따라가는 게 아니라 노복(奴僕)에 가까스로 이름을 올려 수행사들 뒷시중을 들라고 낀 자리였다.

칠칠은 입가를 소매로 씩 닦으며 껄껄 웃었다.

"그건 그렇지. 내가 무슨 대단한 화사라고. 조선의 노름판에서도 나를 내치는데 왜국 가서 무슨 영화를 보겠다고."

"왜에 가서 제발 사고 좀 치지 말아요. 형님."

긴 검은색 머리를 늘어뜨리고 나서 분주히 백분을 얼굴에 바르기 시작했다. 작고 가냘픈 나나코의 손은 온통 백분으로 하얗게 변해 있었다. 백분이 얼굴과 가슴, 등에 남김없이 메워졌다.

나나코는 손에 검은색 목탄을 집어 들고서 눈썹을 굵고 진하게 그렸다. 어느덧 눈썹은 짙은 먹구름처럼 이마를 삼분지 일이나 덮었다. 이번에는 자그마한 사기 접시에 놓인 먹물을 손에 찍어 잇몸에 슬쩍 가져가 댔다. 검은색 이는 결혼한 여자를 뜻했다. 이로써 일본 최초 여성 소설가, 무라사키 시키부의 분장이 끝났다.

나나코는 시끄러운 가부키 무대로 천천히 걸어 나갔다. 무대와 무대로 걸어 나가는 통로는 가부키를 보러 온 손님들이 앉아 있는 객석보다 한 단이나 더 높았다. 따라서 손님의 머리 위를 걸어가는 셈이었다.

손님들은 주로 유곽에 놀러온 한량들이었다. 차를 마시며, 술을 들이키며, 도시락을 까먹으며 장시간 가부키를 보는 그들은 곁에 유녀들을 하나씩 끼고서 시중을 받고 있었다. 극이 어떻게 진행되든지 간에 주인공이 황후에게서 버림받고 슬픔과 비탄에 빠져 있을 때조차 그들은 웃고 있었다.

나나코는 작은 한숨을 내쉬었다. 아무도 자신을 쳐다봐 주지 않았다. 심지어 구석 자리에는 극에 조연으로 나왔던 배우와 농염하다 못해 차마 눈 뜨고는 못 볼 짓을 하는 무리들도 있었다.

하지만 단 한 사람, 한쪽 눈이 작다 못해 찌그러진 데다 커다란 주먹코에 숭숭 구멍이 난, 마마라도 앓았는지 살짝 얽은 이상하다 못해 괴기하게 흡사 분장이라도 해 놓은 것처럼 보이는 사나이가 그녀를 뚫어져라 쳐다보고 있었다.

'나를 흠모하는 것일까.'

나나코는 탄식에 젖은 노래를 처연히 부르며 그를 슬쩍 쳐다보았다. 왜인 같아 보이지 않았다. 복식이 조선인이 흔히 입는 하얀색 평복, 두루마기를 입고 있었다. 상투를 틀고 있는데 망건은 비뚤어져서 처진 눈과 같이 사선으로 내려앉아 있었고, 술에 절어 있는 얼굴 전체가 야차와도 같이 발개져 있었다.

하지만 눈, 눈은 초롱초롱히 빛나 나나코를 보고 있었다. 찌그러진 눈에서조차 날카로운 빛이 흘러나오고 있었다. 나나코의 전신에 고정된 눈은 광기에 찬 시선으로 그녀를 보고 있었다.

나나코의 노래가 끝났다. 이제 퇴장할 차례였다. 천천히 발뒤꿈치를 끌면서 나오는 나나코를 계속 쳐다보는 그의 눈.

나나코는 그에게 감응받은 듯, 잠깐 온몸에 전율이 느껴졌다.

교토의 시마바라 유곽에도 어김없이 도박판이 열렸고, 칠칠은 메쿠리 카루타라고 불리는 목판으로 인쇄된 작은 패를 잡고서 판에 몰두해 있었다. 칠칠의 옆에는 그가 그린 그림이 돈 대신 수북하게 쌓여 있었다.

역관 현대는 걱정스럽다는 한편으로는 재밌다는 얼굴로 칠칠의 패를 들여다보고 있었다.

"잘할 수 있겠어요, 형님?"

"걱정 말아라. 운이란 녀석은 원래 처음으로 집어 본 놈에게 끗발을 갖다 주는 법이다."

"아, 첫 끗발이 개 끗발이란 말도 있잖수?"

칠칠은 실실 웃으며 천천히 고개를 들어 패 너머로 보이는, 사케를 도박판 손님들에게 가져다주며 술시중을 드는 나나코를 쳐다보았다. 찌그러진 눈에서 빛이 나오며 훑었다.

"어따 한눈파쇼? 지금 판이 한창 붙었는데."

현대의 퉁에 칠칠은 넉넉하게 패를 집어 들고는 씩 웃었다.

"가만 좀 있어 봐라, 지금 한참 붙었는데. 아싸!"

칠칠은 색색의 단풍에 노루가 그려진 카루타 패를 신나게 던지며 외쳤다.

“야쿠, 야쿠다!”

칠칠의 곁에 있던 훈도시만 찬 왜인 무사 둘이 인상을 강하게 찡그리며 들고 있던 카루타 패를 던졌다. 분위기가 험악해져 갔다. 무사들은 왜말을 빠르게 내지르며, 칠칠의 멱살을 붙잡고 다가들었다. 현대가 막으려 했으나, 오히려 왜인의 주먹질에 저만치 뒤로 나자빠져 버렸다.

“이 계집애 속곳만 찬 야만인들 같으니라고, 감히 조선 최고 화사의 몸에 손을 대느냐!”

뒤에서 지켜보고 있던 왜인 하나는 얼른 칠칠의 그림을 챙기려 들었고, 주변에서 또 다른 판을 벌이고 있던 도박꾼들은 슬슬 웃으며 지켜보기만 했다. 칠칠은 거세게 저항했으나, 그림도 다 빼앗기고 벌어 놓은 돈도 뺏기고 쫓겨날 형국이었다.

이때, 몸집이 큰 유곽의 여자가 좌중을 헤치며 실랑이가 벌어진 이들에게 다가섰다. 오바상이라고 불리는 여자는 두툼한 살집에 걸맞은 이중 턱을 지녔고, 넉넉한 인상 속에 날카로운 눈빛을 감춘 매섭게 생긴 여자였다.

오바상은 칠칠을 패대기치려는 왜인 무사를 간신히 달래 놓고는 도박판 중간에 껴 앉았다. 뚱뚱한 그녀를 끼워 주기 위해 도박판은 둥글게 원을 그리며 넓어졌다. 상대적으로 옆에 자리 잡고 있던 도박패가 자리를 비켜 주었다.

"저는 오키치라고 합니다. 클 대, 길할 길 자를 써서 크게 길하다는 의미가 이름에 있습니다. 저와 함께 판을 키워 보시는 건 어떨지요?"

오키치는 공손히 머리를 조아리며 예를 갖추어 인사를 올렸다.

"저는 가진 것 없는 조선인 화사요. 제가 무얼 가지고 있어 판을 키워 본다는 거요?"

현대는 칠칠의 말을 그대로 통역해 주었다. 현대의 말을 다 듣고 난 오키치는 껄껄 큰 소리로 웃으며 고개를 들었다.

"화사님의 그림을 담보로 합시다. 조선통신사에게 양해를 구해 에도에 가시지 말고 저희 집에서 한 달간만 그림을 그려 주십시오. 매일 세 장씩 백 장만 그려 주시면 됩니다만."

칠칠은 오키치보다 더 큰 소리로 웃어 젖혔다.

"간 큰 계집이로고, 감히 칠칠이를 옥에 집어넣어서라도 그림을 받아 내겠다? 그건 안 되겠는데. 나는 어디에도 속박되는 게 싫어서 궁에 들어가 임금님 어진 그리는 것도 마다하는 사람인걸. 조선의 임금이 그리 시켜도 못하겠다. 으하하하! 발칙한 암퇘지 같으니라고."

현대는 입가에 생글생글 미소를 지으며 요령껏 '암퇘지' 같은 말들을 빼고서 통역을 해 줬다. 오키치는 약간 비릿한 미소를 지으며 칠칠의 얼굴을 정면으로 쳐다보았다.

"화사님이 원하시는 모든 걸 내드리지요. 제가 지면요."

칠칠은 오키치의 두툼한 얼굴 옆으로 보이는 나나코의 술시중 드는 뒤태를 보았다. 칠칠의 찌그러진 눈에서 광채가 흘러나왔다.

"저 여자, 가부키 극에서 주인공을 했던 저 여자를 다오."

현대가 통역을 마치자, 오키치는 입가에 미소를 지으며 고개를 흔들었다.

"어차피 조선으로 돌아가실 분, 그리고 화사님의 그림 백 장으로는 나나코의 하룻밤 화대에 해당될 것이오. 오늘 하룻밤을 나나코와 보내고 싶다면 이 판에서 나를 꺾으시오."

칠칠은 오기가 났다. 자신의 그림 백 장을 일개 유곽의 여자 하룻밤에 비교하다니…. 칠칠은 들고 있던 카루타 패를 화악 던지며 크게 소리를 냈다.

"대쾌라! 기분이 아주 좋구나. 오늘 나의 운세는 그에 버금갈 것인고, 한번 붙어 보자."

나나코는 하얀색 바탕에 붉은 해당화가 그려진 기모노로 갈아입었다. 옷자락이 넓은 히키즈리는 보통 기모노와 달라서 소매가 무척이나 길고, 옷자락이 넓었다.

긴 오비로 두른 히키즈리를 입고서 오비를 고정시키는 작은 옥으로 만든 오비도메를 매었다. 오비에는 붉은 단풍잎이 크게 작게 수놓아져 있었다. 머리에는 벚꽃 문양이 새겨진 비단 고정

장식쇠를 양쪽에 꽂았고, 주홍색의 꽃모양 장신구를 머리 앞쪽에 꽂았다.

성장을 마친 나나코는 버선발을 살짝 들고 제일 끝 방의 문을 향해 걸어 나갔다. 나무판자로 마감한 복도는 삐거덕 삐거덕, 나나코의 조심스러운 걸음에도 불구하고 방정스러운 소리를 냈다. 나나코는 장지문을 살포시 열면서 안을 살폈다. 아무도 없었다. 나나코는 소리를 내었다.

"오바상의 명으로 화사님을 하룻밤 뫼시러 왔습니다."

간드러지는 나나코의 목소리에 다다미 아래쪽이 들썩거리더니 칠칠이가 봉두난발이 된 머리를 하고서 기어 나왔다.

"오, 실례, 실례. 스미마셍. 나나코상."

칠칠은 이미 술에 절어 혀가 꼬부라진 목소리로 몸을 일으키려다 그만 고꾸라져 뒤로 훌러덩 젖혀졌다.

"화사님!"

나나코는 재빠른 조선말을 내뱉으며 칠칠을 잡아끌어 일으켰다. 이때 칠칠의 찌그러진 눈이 더 이상 클 수 없을 정도로 떠지며 번득였다.

"조선인인가?"

나나코는 답이 없었다. 잠시 머뭇거렸다. 이에 칠칠이 다급하게 나나코를 붙들고 다시 물었다.

"조선 여자인가?"

나나코의 하얗게 분칠한 얼굴이 작게 끄덕여졌다.

나나코의 입에서 자그마한 목소리로 묵혔던 이야기들이 흘러나왔다. 나나코의 할아버지의 할아버지는 조선의 도공이었다. 임진왜란 당시 왜인들에 의해 끌려온 나나코의 조상은 일본에 정착해서 도자기를 구워 내는 일을 맡았고, 왜인들의 괄시와 착취에 시달리다 뿔뿔이 흩어져 일본 여기저기에 다른 직업으로 정착했다고 말했다.

나나코의 부모 또한 교토의 외곽에서 가업인 도자기 굽는 일을 포기하고 생선을 팔아 어렵게 살아가다 절명했다고 했다. 어린 나나코는 고아가 된 이후 어느 집에 양녀로 들어갔다가 가세가 어려워지자 유곽에 팔려 왔다는 것이다.

"저는 일본 여자도, 조선 여자도 아닙니다. 조선말을 할 줄 알지만, 조선에는 한 번도 가 본 적이 없습니다. 다만 부모님 말을 듣고 배워 온 것입니다."

"아까, 가부키 극에서 맡았던 역은 무엇인가?"

나나코는 당황했다. 유곽에서 하룻밤을 모시게 된 손님 중에 그녀가 가부키 극에서 맡은 역할에 관해 묻는 이는 한 명도 없었다. 나나코는 양 볼에 살짝 홍조를 띄운 채 말을 이었다.

"무라사키 시키부라고 일본 최초의 매설가(賣設家)입니다."

"매설가? 아니 그렇다면 일본에서는 소설을 처음으로 쓴 이가 여자였단 말인가?"

"조선에서는 그렇지 않습니까?"

"내가 알기로는 우리나라에서는 김시습이 처음으로 소설을 쓴 걸로 알고 있는데. 금오신화던가? 국문으로는 허균의 홍길동전이 있고."

"일본에는 지금으로부터 약 7백여 년 전에 무라사키라는 궁중 여인이 실제 황가의 왕자를 빗대 주인공으로 삼아서 54첩이나 되는 소설을 써 냈습니다."

"아니, 54첩이나 된다니. 게다다 7백 년 전이라면 조선보다 앞서지 않는가? 게다가 여인이 그걸 써 냈다?"

"무라사키는 궁중에 들어가 천황의 여인으로부터 지극한 사랑을 받습니다. 하지만 그녀에게서 버림받고 외로움에 빠지게 되죠. 그래서 소설이 그렇게 애절하고 아름다운 건지도 모릅니다. 전 그녀의 지독한 외로움과 깊은 슬픔을 극에서 표현하고 있습니다. 하루 중에 가부키 극에 오를 때가 가장 행복합니다."

칠칠은 나나코의 얼굴에 설핏 비치는 기쁨을 보았다. 기쁨이라는 감정은 입가의 꼬리를 살짝 올려 주고 양 볼에는 붉은 기를 돌게 하며 눈가를 처지게 하는 힘을 발휘하였다. 얼굴을 온통 백색으로 칠해 놓은 채였지만, 칠칠은 날렵한 화가로서의 눈길로 그녀의 변모를 알아챌 수 있었다.

순간 칠칠은 분명 어디선가 보고 겪은 듯한 느낌이 들었다. 나나코가 행복해하는 얼굴로 말하는 저 느낌과 감정을 어디선가 체험했었다. 어디서 봤더라. 곰곰이 생각해 보던 칠칠.

갑자기 그의 머리를 치는 기억들이 있었다. 그건 바로 칠칠의 모습이었다. 그림을 막 끝내고 나서 자신의 그림을 혼자 조용히 완상하던 본인의 모습, 얼굴 표정, 그리고 그 순간 느꼈던 감정들. 모든 게 나나코에게서 느껴지는 것과 똑같았다. 칠칠은 나나코에게서 동질감, 동정심, 정신적 동화를 잠시 느꼈다.

'가부키 극도 일종의 예술이란 말인가? 유곽에서 행해지는 남자를 끌어당기기 위한 상술의 일종이 아니고?'

그제야 칠칠은 왜 술에 취해 있으면서도 애써 정신을 차려 가부키 무대에 선 한 여자의 애절한 노랫가락을 집중해 듣고 있었는지 어렴풋이 그 이유가 떠올랐다. 나나코의 진실을 본 것이다. 무라사키 시키부라는 여성 소설가가 되어 애절한 상황을 표현해 내던 그녀의 기예를 보게 된 것이었다.

예술이라고 말할 수 있는 것인가? 극에서 펼치는 연기라는 것이 내가 그리는 그림의 경지에 오를 수 있단 말인가? 칠칠의 고개가 저어졌다. 감정적으로는 느낌이 와 닿았지만 도저히 머릿속으로 동일시되지는 않았다. 천박한 기예에 불과한 연기가 예술은 아닐 터였다.

나나코는 춤을 추기 시작했다. 오른손으로 느긋하게 오비에서 부채를 꺼내 들었다. 아주 느린 춤사위를 하면서 그녀는 나비처럼 허공에 살포시 솟아올랐다. 그러고 나서 무릎을 살짝 굶더니, 몸을 사뿐히 반대편으로 돌려서 약간 기울였다.

그녀의 춤에서는 무언가 갈구하는 애절한 모습이 보였다. 하지만 그 이상의 감흥은 없었다. 무대에서 보여 준 연기보다는 춤 쪽이 미숙해 보였다. 아니, 기교는 충분하되 열정적인 느낌이 없었다.

나나코가 천천히 춤을 마치면서 인사를 조용히 올렸다.

"나비가 꽃을 찾아 애타게 날아가는 모양을 형상화한 춤입니다."

"모양은 그렸으되 그 속의 정신은 표현해 내지 못했구나."

"예?"

"사랑이 없어, 사랑이 없다구. 나비가 꽃을 찾아서 갈 때에는 남자가 여자에게, 여자가 남자에게 끌리듯이 사랑의 애타는 감정을 따라야 하는 법. 그런데 네 춤에는 아까 보여 준 연기만큼의 열정과 애정이 없단 말이다."

"화사님…."

"내 이름은 칠칠이다."

"제 이름은 나나코입니다. 나나는 칠을 뜻하는 일본어입니다. 일본 사람들은 화란국(네덜란드)서 온 사람들이 칠을 행운의 숫자로 여기는 것을 보고 나나를 여자아이 이름에 붙여서 썼습니다."

"그렇다면 내 이름과 비슷한 이름이구나."

"화사님을 뫼시고 싶습니다."

나나코는 조용히 오비를 풀기 시작했다. 이제는 항상 그래 왔던 것처럼 정해진 수순을 밟으면 되었다. 나나코의 하얗게 칠한 등이 드러났다. 히키즈리가 천천히 등에서 내려왔다. 그녀의 머리에 꽂힌 머리 장식들이 살짝 떨리면서 잠깐 찰강하는 장신구 부딪히는 소리를 냈다. 나나코의 눈빛이 살포시 내려앉으며 히키즈리 안에 받쳐 입은 얇은 견직물이 드러났다. 나나코는 옷을 한 겹 더 내렸다.

칠칠의 눈이 벌겋게 되면서 나나코의 하얀 등을 훑었다. 그러다 그녀 등에 칠해진 분칠 속에 약간 벌겋게 된 큼지막한 반점을 발견하고서 물었다.

"이 상처는 무엇이냐?"

칠칠의 손이 무의식적으로 나나코의 등 가운데 상처를 어루만지고 있었다.

"예전에, 한 손님이 담배를 쌈지째 제 기모노 안에 집어넣어서 생긴 상처입니다."

"뭐라고? 즉시 빼내었더라면 이렇게까지 큰 상처로는 번지지 않았을 텐데…."

"도무지 뺄 수가 있어야지요, 기모노 뒤쪽으로 손이 뻗쳐지지 않습니다. 그래서 담배를 넣은 손님한테 달려가서 어서 빼 달라고 살짝 요구했죠."

나나코는 입가에 옅은 미소를 지으며 아무렇지도 않다는 듯 웃었다. 하지만 칠칠은 웃을 수가 없었다. 가슴 한구석이 저렸다. 칠칠은 도망간 아내를 생각해 보았다. 그림 값을 제대로 받아 오지 못해 생활이 어려워 자식을 데리고 도망가 버린 그녀.

그녀는 한 번도 칠칠을 제대로 사내 대접해 주지 않았다. 억척스럽기도 하거니와, 워낙에 돈을 밝혔다. 따라서 날품팔이마저 제대로 하고 돌아오지 못하는 칠칠은 그녀에게 남편이 아니었다. 그녀는 칠칠과 잠자리를 거부했을 뿐 아니라 그의 못난 얼굴을 항상 트집 잡았고 서러운 욕만 퍼부었다.

"저 천하의 못난 상판, 어데 가서 사마구나 개구락지마저 등 돌릴 얼굴, 벼룩 개미 낯짝마저 돌아갈 저 못난 얼굴…. 어구야, 내가 저걸 서방이라고 달고 살지. 어구, 내 팔자야."

그녀는 이런 말들을 연거푸 푸념하듯이 내뱉었다. 칠칠은 그때마다 조용히 술만 마시다 화가 솟구쳐 신세가 가탄스럽고 본인의 못난 처지가 새삼스레 떠오를 때마다 울화통 치미는 화를 어쩌지 못했다.

칠칠은 화가로서 인정받지 못하는 본인의 기구한 처지, 매일매일 그림을 조금이라도 팔아서 나무 땔감을 사야만 하는 천격의 예를 행하는 박복한 인생이 지긋지긋했다. 못난 얼굴 덕에 아내한테 욕지거리를 듣는 이 서러운 팔자가 싫어 오한이 났다.

칠칠은 안사람 생각에 미치자 몸서리가 쳐졌다.

"화사님, 밤은 짧습니다."

나나코가 칠칠의 얼굴을 어루만지려 들자, 칠칠은 얼른 고개를 돌렸다. 그리고 촛불을 후 껐다.

"내 꼴이 싫지 않느냐?"

어둠 속에 나나코의 목소리가 들려왔다.

"제 처지가 싫지 않습니까?"

"뭐어?"

"제 처지만큼이나 화사님의 얼굴이 안타깝지만, 저는 제 처지를 받아들여 인정하고 열심히 살아갑니다. 화사님의 얼굴을 받아들이렵니다. 저를 받아 주세요."

칠칠의 얼굴이 심하게 일그러지며 가슴 한구석에서 뭉클한 감정이 솟구쳤다. 칠칠은 찌그러진 얼굴이나마 어둠 속이라 나나코에게 감출 수 있게 된 것에 감사하며, 나나코의 가슴을 와락 움켜잡았다. 나나코가 작게 신음을 내뱉었다.

"아!"

칠칠은 그녀를 와락 안았고, 나나코는 비단잉어가 진흙 속을 헤매며 먹이를 찾듯 칠칠의 몸속으로 빨려 들어갔다. 나나코는 칠칠의 몸속에서 구석구석 흡착되어 무언가 부족한 것을 찾아내려는 심정으로 절박하게 움직였다. 칠칠이 좀 전에 말한 나비가 꽃을 찾아 헤맬 때의 애절한 사랑이라도 갈구하는 양 나나코의 몸이 강렬하게 그의 몸에 부딪혔다.

나나코와 칠칠은 서로에게 필요한 상대였음을 두 번째 교접에서 머리에 찬물이라도 끼얹은 것처럼, 혹은 뜨거운 여름 햇살에 머리 정수리를 덴 것처럼, 아주 강렬하게 깨달았다.

"나나코를 내게 주시오."

오키치는 칠칠의 뜬금없이 불쑥 튀어나오는 말에 걸걸 웃었다. 현대의 통역 없이 어감으로 그의 서툰 행동으로 그리고 칠칠의 얼굴에 붉게 피어오른 홍조로 사랑의 감정을 바로 깨달아 버린 터였다.

"황금 20냥만 내시오."

현대의 말을 들은 칠칠은 분노했다. 일개 기생의 몸값으로는 터무니없는 값이었다. 황금 20냥이라, 조선 돈으로 대체 얼마를 모아야 된단 말인가? 금덩어리가 자그마치 스무 냥이 필요하다니. 하지만 나나코 정도면 그 정도는 받아야 되지 않나 하는 생각도 언뜻 들었다.

"대략 조선 돈 천 냥 정도면 되지 않을까?"

오키치는 친절하게도 칠칠에게 해답을 주었다.

오키치가 손님들에게 아침 인사하러 가기 위해 나서자, 현대는 답답하다는 소리를 내었다.

"천 냥이면 고래등 집까지는 아니어도 웬만한 기와집 두세 채는 되는 값인데 어림없지. 저런 다 늙은 일본 년 퇴기 하나 건지

고저 그만한 돈을 쓴다니, 원….”

“이 자식 너 오냐오냐하였더니만 젊은 놈이 어데 할 소리가 없어서! 이 호로 자식아!”

칠칠의 상소리에 현대는 깜짝 놀라서 눈이 뒤집혔다. 하지만 현대가 무어라 반격하기 전에 칠칠의 손이 거세게 현대의 두루마기 앞섶을 잡아서 그를 다다미 위에 패대기쳤다.

“나나코는 일본 년도 아닐뿐더러 그 정도의 값어치가 있다. 아니, 넘는 여인이란 말이다. 이 개새끼야! 알았어?”

“아, 그년 머릴 올려 주는 값도 아니잖아? 이미 남자랑 자 볼 대로 다 자 본 퇴기 맞잖아!”

현대는 자신에게 이럴 수 있느냐며 엎어진 채 소리를 바락바락 질렀다. 칠칠은 발로 현대의 등판을 화악 내리치려다가 마음을 가까스로 다잡았다. 그리고 꽥 소리를 질렀다.

“야! 내가 처음이래, 첫 남자라고 했다고. 됐냐? 됐냐고. 죽고 싶지 않으면 거기 그냥 자빠져 있어. 안 그러면 너와 난 끝이다. 다신 얼굴도 안 본다구!”

칠칠이 떠나는 날, 오키치는 마지막 제안을 했다.

“나나코를 기어이 조선에 데려가고 싶다면 내 밑에서 1년간 그림 천 장을 그려 줘. 그게 마지막 제안이다.”

칠칠은 조선통신사 일행이 떠나기까지 행렬을 따라가느냐 마느냐로 몇 시간을 고민했다. 1년은 긴 시간이었다. 그 기간 동안 누군가의 부탁을 받고서 그의 주문대로 그림을 그려 준다는 것은 상상도 못할 일이었다.

비록 사랑하는 여자가 그의 곁에서 시중을 든다고 해도 그럴 수는 없었다. 칠칠의 자유로운 영혼이 속박되어 주문 그림만 그려 낸다는 것은 화가로서 죽음을 의미했다. 그럴 수는 없었다. 하지만 그렇다면 나나코는 어떻게 데려갈 것인가?

칠칠은 오키치를 죽인 후 나나코를 데리고 몰래 통신사를 이탈해 도망가는 걸 생각해 보았다. 하지만 그럴 수는 없었다. 무가 사회가 지배하는 일본은 법률이 엄격한 사회였고, 이웃집끼리 다 알고 사는 농경 사회에서 오랫동안 도망쳐 있기는 쉬운 일이 아니었다.

게다가 에도나 교토의 도시 속으로 숨는다 해도 언젠가는 발각될 테고, 발각되면 살인죄를 물어 사형될 게 뻔했다. 나나코도 물론 죽음을 면치 못하리라.

칠칠은 교토에 나나코를 두고 에도를 향해 떠났다. 통신사들 사이에서 에도 막부의 대장군에게 일본 왕이라는 호칭을 쓰느냐 마느냐로 격분과 논쟁이 일어날 때마다 칠칠은 상관치 않고 다른 생각에 빠졌다.

통신사들이 영주에게 은자를 받았을 때 이 은자를 조선에 가져가 좋은 일에 쓸 것이냐, 아니면 돌려줄 것이냐 고민에 빠졌을 때, 칠칠은 말없이 은자를 주머니 속에 챙겨 넣었다.

조선인들은 은자를 일본인에게 돌려줬다. 하지만 그들은 받지 않았다. 기근에 빠진 소작농민들을 바로 눈앞에 보고 있던 그들이었지만, 무사로서의 자존심 때문에 한번 준 돈을 절대로 되돌려 받으려 하지 않았다.

통신사 일행은 꾀를 내어 다리를 지날 때 일본인들이 보는 앞에서 은자를 버렸다. 하지만 그들은 꿈쩍도 하지 않았고, 조선인들은 나름 괜찮은 행동을 한 것 같아서 쾌재를 불렀다. 하지만 칠칠은 그때에도 은자를 버리는 시늉만 했지, 절대로 버리지 않았다. 옷 속에 깊이 숨겨 두었다.

에도에 가는 도중에 온갖 일본인들이 조선인의 그림을 집에 두면 복이 찾아온다고 하여 그림을 청했을 때, 칠칠은 돈만을 요구했다. 예전에는 달걀이면 달걀, 닭이면 닭, 면포면 면포, 채소면 채소 가리지 않고 받았으나 이제는 은자나 돈이 될 만한 비단필을 요구했다. 일본인들은 칠칠이 괘씸하다며 다른 화가에게 찾아가 그림을 청했다.

칠칠은 돈이 될 만한 일이 있으면 가리지 않고 나섰다. 영주의 방 안에 금분으로 매란국죽을 그려 달란 부탁을 받았을 때도 얼른 일을 받았다. 단 이틀의 시간밖에 없었지만 죽을 각오로 일해 주고 나서 간신히 금화 반 냥을 얻었다. 최근에 번 돈치고는 가장 큰돈이었다. 칠칠은 금화 반 냥도 소중히 간직했다.

나나코는 낮에는 가부키 무대에 올라서 배우 노릇을 하면서도 여전히 밤에는 손님 받는 일을 했다. 칠칠이 오키치에게 자신이 황금 스무 냥을 마련해 돌아올 때까지 가부키 무대에만 올리라고 신신당부했지만, 오키치는 콧방귀도 안 뀌고 계속 주야로 다른 일을 시켰다.

"이젠 가부키 무대에 여자 올리는 것도 끝이다."

오키치가 가부키 무대에 서는 유녀들을 불러 놓고 말했다.

"막부에서 가부키 무대에 서는 여자들이 음란하다고 이제는 전격적으로 남자만 배우로 쓰는 법령을 곧 만든다는구나. 너희들도 이제는 끝이다. 각자 다른 일이 주어질 거다."

나나코는 칠칠이 자신을 구하러 올지도 모른단 생각에 요 며칠 설레었지만, 이 말을 듣자마자 암담해지며 제발 자신이 남녀혼탕의 목욕탕에서 남자에게 몸을 바치는 탕녀만은 되지 않기를 바라고 또 바랐다.

유곽의 여자들 중에서도 최악의 신세인 탕녀는 갈 때까지 다 간 여자들이 모인 부류였다. 예능 기생 게이샤의 발뒤꿈치에도 못 미치는 그녀들의 신세는 눈물 없이는 말할 수 없는 오갈 데 없는 불쌍한 처지들이었다.

나나코는 빌고 또 빌었다. 반드시 칠칠 화사님이 돌아와 자신을 조선으로 데리고 가기만을…. 아니, 조선이 아니어도 좋았다. 일본 어디 자그마한 오지 섬으로라도 데리고 들어가기만 바랐다.

나나코의 손이 자그마한 개구리를 접고 있었다. 앙증맞은 종이 개구리는 막 튀어 오를 듯 나나코를 쳐다보고 있었다. 나나코는 개구리의 등에 작은 붓으로 칠칠이라고 적었다. 그러고 나서 작은 침으로 찔러 잘 보이지 않는 침실 뒤쪽 벽에 꽂아 두었다. 벽에 붙은 개구리를 보고 두 손을 모아서 합장하고 나서 무언가 입으로 되뇌었다.

유곽에 전해져 내려오는 주술 중에 사랑하는 이를 보고 싶을 때 행하는 주술의 일종이었다. 나나코는 종이 개구리의 등에서 작은 침을 뽑아서 개구리를 강에 흘려보낼 날만을 기다렸다. 애타게 보고 싶던 남자가 나타나면 그렇게 종이 개구리를 놓아줘야만 했다. 그렇지 않으면 그의 사랑이 식을 수 있었다.

주술은 그렇게 무서운 부작용도 지니고 있기 때문에 항상 처음부터 끝까지 세밀한 주술 동작을 철저하게 지키지 않으면 안 됐다. 나나코는 종이 개구리를 한 번 더 쳐다보고 주문을 외고는 손님의 시중을 들기 위해 방을 나섰다.

칠칠은 조선에 돌아와서도 나나코와 지낸 밤을 단 한순간도 잊지 못했다.

천생연분, 그랬다.

그녀와의 인연을 다른 말로 표현해 낼 수 있을까. 칠칠은 다정한 원앙새를 두 마리 그려 보았다. 갈대밭 사이에서 유유히 헤엄치고 있는 다정한 원앙새. 그 그림은 팔지 않았다. 일부러 벽에 붙여 두었다.

칠칠은 최북이라는 이름 대신 항상 칠칠이란 호를 써 왔지만, 이제는 다시금 호를 바꿨다. 호생관(毫生館), 그림으로 먹고산다는 단순한 뜻이었다. 칠칠은 그림을 판다고 널리 알렸다. 예전 같으면 고관대작이 그림을 청하러 와도 콧등에 주름 한번 안 잡고 술만 퍼마시며 세월아 네월아 늑장만 부리고 있었을 터였다. 하지만 칠칠은 달라졌다. 그는 어떻게든 그림 주문을 받으려 애썼다.

하루는 높은 관직에 있는 이가 찾아왔다. 칠칠에게 산수화를 청했다. 칠칠은 주문을 소화하려 애썼다. 하지만 하늘 높은 줄 모르는 왕실의 외척을 등에 업은 그로서는 직접 주문을 해야 앉은 자리에서 그려 준다는 칠칠이란 작자가 미덥지 못했을뿐더러, 다른 유명한 화가에게 가려다 그가 너무도 바쁘단 이유로 칠칠에게 왔다는 사실이 영 마음에 걸렸다.

칠칠은 그의 속내를 파악했다. 하지만 평소와는 달리 앉은 자리에서 정성껏 그려 주기로 마음먹었다. 이제 일본에서 돌아온

지 2개월 남짓 흘렀다. 아직 집 두세 채 값 마련하려면, 멀어도 한참 멀었다. 칠칠은 밤마다 베개에 얼굴을 파묻고 후회했다.

'그림을 그려 줬어야 했는데….'

1년이고 2년이고 일본에 남아서 그 거대한 암퇘지한테 그림을 그려 줘서 나나코를 구해 냈어야 했다. 1, 2년간, 나나코 곁에서 그림을 그린다는 것은 얼마나 행복한 일인가. 게다가 칠칠이 후회를 하는 일이 하나 더 있었다.

'왜 나나코의 얼굴을 그려 오지 않았던가.'

나나코의 얼굴이 뇌리에는 선연하지만 그림으로 그려 오지 않은 터에 자꾸 마음속으로 그려 본 얼굴은 시시각각으로 달라졌다. 입술이 두껍다 얇아지기도 했고 눈매도 잘 기억나지 않았다. 한마디로 가물가물했다. 차라리 그녀와 하룻밤을 지새우고 초상화를 그려서 간직했더라면, 아니 그녀에게 기념으로 주고서라도 나를 각인시켰더라면.

칠칠은 밤마다 낮마다 후회하고 또 후회했다. 그만큼 그녀를 사랑했다. 사랑이라는 감정을 한 번도 제대로 느껴 보지도 못했고, 그렇게 아름다웠던 밤을 평생 가져 본 적이 없었던 칠칠은 나나코의 가부키 연기, 몸짓, 교성, 자태, 춤사위 그 모든 걸 마음속에 그려 내고 있었다. 그로써 그녀의 얼굴은 점점 다르게 매일매일 조금씩 탈바꿈했지만 항상 아름다웠다. 한 번도 미운 적이 없었다.

"그려 주겠소. 잠시 기다리시오."

칠칠은 먹을 잡고 벼루에 대고서 조심스럽게 갈기 시작했다. 오늘따라 심부름하는 사동도 시장에 간지라 칠칠 혼자 모든 걸 준비해야 했기에 마음이 바빴다.

"내가 입으로 내는 대로 정녕 그릴 수가 있겠소?"

양반은 미덥지 못한지, 연신 옥색 비단으로 된 두루마기를 묶은 가죽 술을 잡아끌면서 안타까운 듯 물었다. 30대나 되었을까, 젊은 양반은 턱이 뾰족하고 눈빛이 가냘프게 옆으로 찢어진 전형적인 소심한 성향의 얼굴이었다.

"그렇게 못 믿겠으면 요 앞에 나가 표암 강세황 어른이나, 현재 심사정 어른 찾아 헤매시든지요. 그 값에 맞출 수나 있을는지 모르겠소만."

칠칠의 심사가 꼬이면서 말이 엇나가기 시작했다. 양반의 입 위에 주름이 진하게 생기며 인상이 순간 일그러졌다. 칠칠은 요것 봐라 하며 그를 재미있다는 듯 지켜봤다. 양반은 잠시 후 심사를 누그러뜨리기라도 했는지 한숨을 푹 내쉬며 주문했다.

"산속에 깊은 내가 있고, 냇가에는 작은 돌들이 두엇 있소. 그 내를 흐르는 청아한 푸른색의 물은 시름을 잊을 수 있도록 시원하게 그려 주소. 그리고 산속은 깊지 않은 다정하게 느껴지는 그런 산수였으면 하오."

칠칠은 세필을 잡고서 마를 풀어헤치듯이 세세하게 그리는 피마준 화법으로 그림을 그리기 시작했다. 바위가 부드럽게 잡혀 가면서 내의 윤곽이 그려졌다. 산속에는 자잘한 풀들 속에 높지 않은 나무들이 들어찼다.

이때 장에 다녀온 사동이 채소 등의 반찬거리를 내려놓고 조용히 방에 들어와 시키지도 않았는데 안채(물감)를 내와서 물에 개었다. 녹청색을 조금 풀고, 군청색을 약간 섞자 청아한 파란색 물감이 만들어졌다. 이번에는 하얀 아교풀을 옆에 놓인 단지 안에서 빼내어서 물감과 섞었다. 물감은 질퍽하게 보였으나 세필로 찍자 뚝 떨어지는 듯 흘렀다.

칠칠은 내를 살며시 조금씩 표현해 보았다. 시원한 푸름이 냇가에 칠해졌다.

"잠깐만!"

양반이 날카로운 목소리로 칠칠을 다잡았다.

"내가 원한 건 그 색이 아니오. 물로는 당최 보이지 않소. 색이 너무 탁하지 않은가?"

양반이 칠칠이 그리던 그림을 잡아채 가까이서 보려 하자, 칠칠은 화가 머리끝까지 올라서 그림을 잡아 북북 찢어 버렸다.

"물로 보이지 않으면 그걸로 된 거요. 당신, 내 그림을 받을 자격이 없으니 그냥 나가! 나가라고!"

칠칠은 간밤에 나나코가 뾰로통 토라지는 꿈을 꿨다. 돈이 없어서 나를 구해 내지 못하니, 난 당신을 이제 기다리지 않을 테요, 라고 말하는 그녀의 얼굴은 영락없이 도망간 아내의 상판이었다. 칠칠은 소리를 버럭 내며 꿈에서 깼다. 온몸에 땀이 흘렀고, 거울에 비춰 본 얼굴은 영락없는 도깨비 상으로 일그러진 눈이 더욱 돋보였다.

'나나코도 결국은 날 떠날 게야. 조선에 데려와도 똑같을 것이다. 아내처럼 나를 버리고 갈 것이다. 내 못난 모습 탓에….'

칠칠은 한 번도 해 보지 않았던 생각을 오늘 아침에 했다. 어쩌자고 죽어라고 그림을 그려서 그녀를 위한 돈을 모으는가. 그래 봤자 나를 도망갈 터. 그럴 바에야 모은 돈을 죄다 술값으로 며칠 밤을 지새우는 걸 상상해 봤다.

황진이를 능가한다는 도성 최고의 기녀, 향아를 불러 끼고 살며 돈을 쥐어 주면 그래도 단 일주일이라도 왕 대접을 하지 않겠는가. 아니면 어린 제비꽃 같은 청초한 아직 머리를 올리지 못한 견습 기생을 사서 머리채 올려 주는 값을 주면 처녀와 처음으로 자 볼 수 있지 않을까. 칠칠의 아내는 이미 결혼할 당시 정을 내통하던 사내가 있었다.

칠칠은 고개를 저었다. 이 못된 불경스러운 상념들을 단 일순간 날려 버리고 이른 아침에 사동더러 그림 주문을 받으러 나가라고 재촉했다. 장도 볼 겸 시장에 보내 그림을 살 사람이 있나 알아보라고 시켰던 참이었다.

하지만 이른 아침의 삿된 생각과 지난밤 불쾌한 꿈자리는 마음을 평정시켜 주지 못했다. 그동안 참고 참았던 칠칠의 못된 성질이 거세게 드러났다.

"니가 그림을 알아? 아느냐고? 어서 나가, 나가! 꼴도 보기 싫으니!"

"내가 그림을 모른다구 했느냐? 감히 어느 안전이라고, 그림을 받고자 직접 온 내 수고로움을 생각은 해 본 게냐? 그림이라면 아직은 잘 모른다 하나, 네 그림이 틀렸다는 것은 잘 알고 있다. 이 무식한 환쟁이 녀석아!"

칠칠은 화가를 낮춰 부르는 환쟁이란 말에 더욱 열이 뻗쳐서 마구 내질렀다.

"니 따위가 그림을 모르겠다면 다른 것은 잘 알고 있느냐? 이 빌어먹을 양반아. 네 사촌누이가 후궁으로 들어앉아서 지금은 천하를 호령할 듯 높은 자리에 올랐다만, 그 자리 언제 떨어질지 왜 모르느냐! 내 물색이 탁하다고? 너야말로 탁한 놈이다!"

양반은 치밀어 오르는 화를 참지 못하고 가슴팍에서 자그마한 호신용 단도를 꺼내 들었다. 칠칠은 당황하기는커녕 더 큰 소리를 내어 웃었다.

"껄껄껄! 찔러 봐, 어디서 생긴 건 기생오라비처럼 생겨 먹은 소심한 양반 녀석아!"

양반은 참지 못하고 칠칠을 향해 단도를 내질렀다. 단도는 처음에는 허공을 갈랐다. 칠칠이 몸을 피했기 때문이었다. 하지만 양반의 단도가 또 한 번 가르자 이번에 칠칠은 몸을 내뻗어서 단도 쪽을 향해 엎어져 버렸다.

"아악!"

사동이 비명을 질렀다. 칠칠의 찌그러진 눈에 단도 날이 박혔다. 잘 벼려진 날 끝에서 피가 뿜어지고 칠칠은 단도를 손으로 움켜잡고 빼내더니 뒤로 나자빠졌다.

"어구야, 양반이 사람 잡네. 사람 잡네. 어구야, 어구야."

일은 일사천리로 진행되었다. 외척을 등에 업은 소심한 양반은 사헌부 고급 관료 자리에 물망 오른 터라, 조용히 일을 끝내고 싶어 했다.

일단 칠칠이 벅벅 찢은 그림을 회수하는 대가로 그는 집 한 채 값을 어음으로 내놓았다. 5백 냥 정도 되는 돈이 단숨에 칠칠에게 생겼다. 칠칠은 그림을 팔아서 큰돈을 벌었다. 비록 눈 하나를 잃고 얻은 돈이나, 이미 찌그러져 있던 눈은 있으나 없으나 그게 그거였다.

칠칠은 그날 밤 밤새 술을 퍼마셨다. 의원은 절대로 술을 마시면 안 된다고 신신당부하며 눈에 안대를 매어 주었으나, 도저히 가만히 민숭민숭하게 있을 수는 없었다. 이제 5백 냥의 돈만 더 모으면 되었다. 그러면 나나코를 구할 천 냥의 돈이 생기는 셈이었다.

칠칠은 거나하게 술이 오르자, 도박판이 벌어지는 허름한 초가집을 찾아갔다. 몰래 밤새 쌍륙이며, 투전판이 벌어지는 초가는 얼굴에 팽형을 당해 희미한 묵 흔적이 있는 녀석이 얼마 전에 인수해 벌여 놓았다.

칠칠에게는 원수 같은 놈으로 심심치 않게 돈을 뜯어 간 녀석이었지만 오늘만큼은 자신 있었다. 그놈들이 일본에서 갓 들여온 메쿠리 카루타 판을 벌여 놓은 것을 소문으로 들어 알고 있었다. 칠칠에게는 5백 냥을 천 냥으로 하룻밤 안에 변모시킬 꾀가 생겼다.

"대쾌로다, 대쾌야, 대단히 즐겁구나."

칠칠은 입으로 대쾌라는 단어를 연달아 되뇌며 초가의 문을 열어젖혔다. 자그마해 보이는 초가 안은 열대여섯은 되어 보이는 사내들로 빼곡했다. 칠칠은 이마에 팽형 자국이 있는 사내 옆으로 다가가 돈다발을 쩔렁거리며 내었다.

"이게 한 백 냥쯤 되고, 나머지는 이 문서로 내마."

칠칠은 소심한 양반이 써 준 어음과 백 냥을 동시에 도박판 가운데로 던졌다. 둘러싼 사내들의 눈이 비상하게 번득였다. 칠칠은 예감했다. 오늘 이 자리에 대쾌 운이 자신에게 쏟아질 것을 믿어 의심치 않았다. 밖에는 희미하게 첫눈이 오기 시작했다.

칠칠은 두 손에 천 냥을 거머쥐었다. 온 도박판 안의 시선이 집중되고, 메쿠리 카루타 패를 패대기치는 팽형 입은 사내는 얼굴을 아예 도박판에 대고 쾅쾅 머리를 내리찧고 있었다.

"이 돈은 내가 쓸어 가마."

칠칠은 천 냥 가까이 되는 돈을 자루에 담아서 가슴팍에 꽉 끌어안고 나섰다. 돈으로는 5, 6백 냥, 양반이 준 어음은 도로 찾아왔다. 칠칠의 가슴이 터질 듯 달아올랐다. 이제는 뱃길 따라 대마도를 통해 교토까지 가는 일만이 남아 있었다. 나나코를 구해 오는 일만이 남아 있었다. 그녀를 아내로 삼는 일만이 남아 있었다.

"아!"

가슴이 벅찼다. 술기운이 거의 가셨음에도 불구하고 온몸이 뜨겁게 달아올랐고 추운 줄 몰랐다. 늦가을의 첫눈은 아름다웠다. 그녀를 구할 수 있다는 생각은 모든 걸 기운 생동해 보이도록 만들었다. 하늘에서 내리는 싸라기눈도, 발길에 차이는 개똥도 예뻐 보였다. 칠칠의 발걸음이 가벼웠다. 가슴팍에 품은 돈 자루가 하나도 무겁게 느껴지지 않았다.

저만치서, 통행금지를 알리는 순라꾼 소리가 들렸다. 칠칠은 발걸음을 서둘렀다. 어서 집에 들어가야만 했다. 이 돈을 가지고 포도청에라도 끌려가는 날에는 도무지 설명으로 간단하게 풀려날 것 같진 않았다.

이때였다. 누군가 칠칠의 앞길을 가로막았다.

"이 사기꾼 자식!"

칠칠의 발에 메쿠리 카루타 패가 던져졌다. 칠칠은 카루타 패를 미리 준비해 갔다. 막판에 판이 더 이상 어떻게 할 수 없을 정도로 커지자, 본인이 손수 그려 준비한 카루타 패를 몰래 뿌렸고, 그로써 초단 약단을 휩쓸었던 것이다.

이마에 묵이 든 사내는 무언가로 칠칠의 가슴팍을 깊게 쑤셨다. 칠칠은 헉 소리를 내며 엎어졌다. 사내가 칠칠의 가슴팍에서 돈 자루를 끄집어내려 했으나, 도무지 칠칠의 손아귀 힘을 당해 낼 재간이 없었다. 저기에서 딱딱이를 치며 달려오는 야경꾼 소리에 그는 어쩔 수 없다는 듯 발걸음을 돌렸다.

칠칠은 가쁜 숨을 내쉬면서도 입에서 희미한 소리를 냈다.

"대쾌다. 대쾌야…. 이걸로 그녀를 구할 수 있다. 대단히 기쁘다. 대쾌로구나, 대쾌야."

칠칠은 눈을, 온전한 한쪽 눈을 감으며 눈 안으로 들어오는 나나코의 모습을 보았다. 칠칠의 손아귀 힘이 풀리면서 그는 붓을 잡은 듯 천천히 손을 움직였다. 눈 위에 나나코의 얼굴을 그려 나갔다. 눈 위에는 미소 짓는 나나코의 얼굴이 있었다.

나나코는 백 마리째의 개구리 등에 침을 꽂아서 벽에 붙여 놓았다. 개구리 등에 새겨진 칠칠이란 글자가 또렷이 보였다. 그러나 나나코가 방금 붙여 놓은 개구리는 침의 끝이 뭉툭해서인지 툭 소리를 내고 벽에서 굴러떨어져 내렸다. 그와 동시에 나나코의 눈에서 굵은 눈물 한 방울이 흘러내렸다.

한 번도 운 적 없는 나나코였다. 부모님을 잃고 나서는 울기를 거부했다. 눈물 흘리면 신세가 더 처량해질 것 같은 불안감에 슬픈 일이 생겨도 항상 미소를 잃지 않았다. 하지만 힘없이 벽에서 떨어져 내리는 백 번째의 개구리를 보고서는 눈물 한 방울이 금세 흘러나왔다.

나나코의 입에서 작은 하이쿠 단가 소리가 흘러나왔다.

- 나와 겨루고 있네. 내가 최후를 지켜보게 될 개구리.

"나나코, 어서 탕 속에 들어가서 손님 모시도록."

오키치의 목소리가 걸쭉하게 흘러나와 장지문 사이로 들렸다. 나나코는 울컥 솟아오르는 울음을 가까스로 진정시키고, 개구리를 손으로 뭉개 버린 채 꽉 움켜쥐었다. 그리고 벌어진 유카타 목욕옷을 여미고 천천히 장지문을 나섰다.

유카타 한 장밖에 안 걸친 파리한 그녀의 몸은 금방 쓰러질 듯 잠시나마 위태위태해 보였다. 하지만 이내 나나코의 발걸음에는 힘이 들어가고, 얼굴 표정에는 온화한 미소가 깔리면서 보무도 당당히 혼욕탕을 향해 걸어갔다. 그녀는 흡사 가부키 극에 나오는 위대한 장군처럼 어깨와 가슴을 펴고서 온천탕 문을 열어

젖혔다.

탕에 들어선 나나코는 자그마한 목소리를 웃음 가득 담아서 보냈다.

"나나코라고 합니다. 오바상의 명으로 손님을 뫼시러 왔습니다. 실례가 안 된다면 들어가도 되겠는지요."

* 하이쿠 인용, 고바야시 잇사, 《하이쿠 선집》 | 호생관 최북(1720년-미상)

본관 경주, 자는 칠칠, 호는 호생관 등을 썼으며 1748년에 조선통신사를 따라서 일본에 다녀왔다. 〈미법산수도〉, 〈월야산수도〉 등의 작품이 있으며, 평소 호방한 성품과 기행으로 세간에 말이 많았다. 말년에 비참하게 생계를 잇다 추운 겨울 눈 속에 얼어 죽었다는 설이 있다.

풍요실버타운의 사랑

애쉬브라운 더블샷 에스프레소의

풍부한 맛

포르쉐 911 카레라 카브리올레 4인승 운전석에 가영 언니가 앉았다. 하얀색의 컨버터블은 김 실장이 풍요실버타운 10주년 근무 기념으로 개인적으로 주문을 넣어 인도받아 타운의 개인 주차장 안쪽에 깊숙이 넣어 둔 차였다. 실버타운장 아버지를 도와 행정실장으로 일하면서 결혼도 안 하고, 오로지 타운의 노인들을 위해 온갖 일을 한 그가 유일하게 취미로 모는 차였다.

가영 언니는 이 차에 끈질기게 태워 달라고 했지만, 그는 거절했다. 가영 언니는 김 실장에게 매일 기프티콘 하나씩 보내면서 그에게 말을 걸지만, 언제나 예의 바르게 인사하는 그는 꿈쩍도 안 한다. 하긴 나이 차이가 40세에 육박하니까.

"가영 언니, 정말 몰 수 있어?"

"응, 남편 꺼 몰아 봤어. 10년 전 일이지만."

퇴행성 관절염이 심해지고 고관절 수술 후유증이 남은, 다리를 저는 66세 나숙 씨는 75세 가영 언니의 자락을 잡으면서 미소 지었다.

"언니만 믿는다! 역시 몸짱 언니야."

"걱정 마. 다정 할머니가 뒤로 타."

"네, 알겠어요."

알츠하이머 초기 증세의 다정 할머니는 중간 나이인 70세지만 할머니를 이름 뒤에 붙이기를 원했다. 하버드 다니는 손자가 있어 자랑스럽다고 '할머니' 호칭을 좋아했다. 다정 할머니가 사는 1105호는 20여 평 아파트인데, 가족사진이 초대형으로 걸려 있고 하버드 손주가 독사진으로 걸려 있다. 손님이 거의 오지 않지만 직원들이 들어올 땐 늘 손주 자랑을 한다.

한 달 전부터 가영 언니는 김 실장의 차를 훔쳐 타고 경기도 외곽의 버스가 들어오지 않는 풍요실버타운을 벗어나서, 사랑하는 남자를 보러 가자고 모의했다.

디데이가 바로 오늘이다.

자식들에게 여기까지 차를 가지고 와서 '그 남자'가 온다는 행사장에 가게 해 달라고 할 수는 없었다. 그리고 나숙 씨와 다정 할머니의 상태를 보면, 모두 외출에는 가족 동의가 필요한데 아무리 봐도 불가했다. 하지만 그러다 보면, 오늘의 행사는 놓치고, 가영 언니는 정말 사랑하는 '그 남자'를 볼 기회를 영영 놓칠지도 모른다.

그럴 수는 없었다. 애정하는 김 실장에게 미안한 일이지만, 포르쉐를 무단으로 빌릴 수밖에.

"그러시면 안 됩니다."

김 실장은 늘 혀가 약간 짧은 목소리로 수줍어하면서 입주자들에게 만류했다. 큰 키와 김종국 같은 근육질 상체가 무색하게 내성적인 성격이었다.

풍요실버타운의 뒷산을 등산하는 입주자들 컷도 까다로웠다.

정말 건강해 왜 들어왔나 싶은 입주자들만 선별했다. 그러니 나숙 씨와 다정 할머니는 산책 겸 등산 모임에도 거의 끼지 못한다.

게다가, 최근에 가동에 10여 년 머문 이들 삼총사가 뿔뿔이 흩어지게 생겼다.

풍요실버타운은 너른 영국풍 정원을 가운데 두고, 가·나·다·라 네 개 동의 건물이 서 있다.

가동에는 건강한 입주자들이 사는데, 지하에는 수영장과 헬스장, 1층 로비에는 방문객을 맞는 카페가 있다. 로비에는 원두커피 냄새가 은은하게 나고, 벽에는 효심을 강조한 시화 액자가 줄줄이 걸려 있다.

나동은 그에 반해, 휠체어가 다니는 램프가 계단 대신 있고, 미술실이나 음악감상실 등 정적인 스튜디오가 있다. 다리가 불편해서 휠체어를 타거나, 요양보호사나 간병인이 필요한 입주자는 선별해 나동으로 보내진다.

그보다 더 힘든 상태가 되거나, 알츠하이머가 심해지거나, 침대에 누워 기저귀로 대소변을 받아 내게 되면, 다동으로 입주하게 되고 24시 간병 케어에 들어간다.

그리고 라동은 마지막으로 가게 되는 호스피스 개념의 요양소인데, 거기 1층에는 풍요 상조회사 사무실이 떡하니 버티고 있다. 상복 샘플과 여러 상조 관련 물품 사진이 벽에 걸린 사무실은 입주자들에게 입에 올리는 것조차 금기처럼 돼 있다.

따라서 가동의 입주자들은 정원 건너의 나동으로 옮기게 되는 걸 엄청나게 싫어해 자신의 증세를 숨기기도 한다. 다·라동은 아예 쳐다도 안 보려 한다.

그런데, 다정 할머니가 최근에 복도에서 자신의 아파트 호수를 까먹는 일이 몇 번 발생하고 가족들이 대학병원 검진 날짜를 잡자 그들은 분주해졌다.

"씨바. 어찌 될지 모르는데 나 사랑하는 남자나 한번 보고 뿔뿔이 흩어지더라도 흩어지자."

왕년에 드라마작가로 명성을 날린 가영 언니는 키가 170에 가깝고, 80킬로에 육박하는 몸무게, 꼿꼿한 허리에 1자 걸음걸이 그리고, 늘 플리츠 원피스나 니트 투피스를 입어 소피아 로렌 작가로 불리기도 했다.

그녀는 김 실장뿐 아니라 풍요실버타운의 핸섬한 입주자나 직원을 늘 눈여겨보고, 지상 최대 가치는 사랑이라면서, 거울을 보고 옷매무새를 고치는 멋쟁이다. 꽃이 달린 넓은 챙 모자를 즐겨 쓰고, 집게손가락을 빼는 우아한 손동작으로 하얀 백발단발을 귀 뒤로 넘긴다.

키가 작은 나숙 씨는 그런 가영 언니의 단짝으로 같이 타운에서 숏 드라마 극본을 써 보기도 했다. 늘 어울려 다니면서 가끔 찾아오는 조카딸과 담소를 나누는 게 유일한 취미다. 평생 독신으로 살다 이리로 들어왔다. 그리고 다정 할머니와 이웃해 살면서 그녀의 자식 자랑, 하버드 손주 자랑을 들어 주고 까먹는 증세가 있을 때마다 그녀 아파트에 가서 약도 식사도 챙겨 준다.

가영 언니는 김 실장이 회진 도는 의사 옆에 붙어 있을 때, 몰래 행정실에 들러 스마트키를 가져왔다.

그녀는 스마트키로 차 문을 열고 키를 키박스에 넣고 차를 두리번거리면서 살폈다.

"똑같애. 브레이크 밟고, 기어 D에 놓고 나가면 되는 거지."

운전대를 놓은 지 10년은 됐지만, 여기 들어오기 전에 엄청난 운전광이었다. 밤에 피디들과 회의를 하러 갈 때나 드라마 촬영 현장에 갈 때 속력을 내면서 앨라니스 모리셋 록을 틀고, 신나게 달렸다.

"가영 언니 좋아하는 노래 틀어 줘요."

다정 할머니 말에 그녀는 〈You Oughta Know〉를 폰으로 플레이했다. 보조석의 나숙 씨는 백발의 듬성듬성한 긴 머리를 확 풀어헤치고, 고개를 끄덕였다. 뒷좌석의 다정 할머니는 흑발로 염색한 뽀글거리는 펌 머리로 창밖을 보았다.

"벨트 매! 간다아."

차가 부앙부앙 거리면서 주차장을 조심스레 빠져나왔다. 하얀 햇살을 받은 포르쉐는 주차장 입구의 램프를 유유히 돌면서 드디어 풍요실버타운의 정원을 가로질러 정문으로 향했다.

"어어어, 선생님! 선생님! 멈추세요! 위험합니다."

마침, 정원에서 산으로 산책 갈 입주자들을 선별하던 김 실장이 차를 보고 마구 달려왔다.

"에이, 모르겠다."

가영 언니는 당황해서, 이것저것 버튼을 누른다는 게 그만 차체 지붕이 확 열렸다. 꽃 달린 모자가 날아가다 목에 맨 리본에 붙들렸다.

가영 언니가 액셀을 세게 밟자, 차는 순식간에 도심으로 빠져나가는 오솔길을 재빨리 달렸다.

"오우, 쉣!"

"역시, 드라마작가 언니 단어 선택이 달라…요."

다정 할머니 말에, 나숙 씨가 미소 지으면서 손을 뒤로 슬그머니 뻗어 꼬옥 쥐어 주었다.

"근데 누구 보러 가는 거야? 가영 언니."

"정말 진또배기로 사랑했던 남자. 이혼한 남편하고 완전 다르게 젠틀하지. 후후."

가영 언니는 마지막 방영 드라마가 폭망하고 나서 큰 충격을 받아 뇌경색이 왔고, 수술 후에 극복을 했지만 은퇴를 선언하고 풍요실버타운에 들어왔다. 찾아오는 가족이나 친구도 거의 없고, 오로지 다정 할머니와 나숙 씨와 사귀었다.

"드, 드라마 시절 남자예요…?"

"나중에 보면 알아. 근데 다정 할머니, 하버드 손주도 보면 좋은데. 아깝다, 미국 있어서."

"가영 언니, ○○호텔에서 열리는 게 무슨 행사야? 행사장이 너무 넓으면 나 걷는 게 힘들어."

"걱정 마. 출간기념회라니까, 앉아서 볼 거야."

"경, 경찰에 신고하지 않을까요…?"

"김 실장, 이 차 뽑은 거 타운장님 모른다. 아버지한테 들킬까 봐 함부로 발설도 못해. 난 알고 있었지. 전화하면서 친구한테 자랑하는 거 들었거든."

포르쉐는 빠르게 달려서 몇 번 아슬아슬한 순간도 있었지만, 가영 언니는 '씨바'를 연발하며 운전대를 움직여 사고를 면했다.

강남에 위치한 호텔 앞에 도착했다.

"아직 행사 시간이 2시간은 남아 있어."

"먼, 먼저 행사장서 기다려요…."

"젤 재미없는 소리. 샵 가자. 머리하러. 이 근처 나 가던 데 있어."

가영 언니는 청담동 미장원에 예약하고 차를 움직였다.

하얀 벽돌 외관의 미장원에 도착해 차를 1층에 주차하고 들어섰다.

"사람들이 다 바뀌었네? 원장도."

"어떻게 해 드릴까요? 사모님."

"여기 나숙 씨는 머리 확 잘라서 드라이요. 그리고 저는 업스타일로 해 주세요. 출간기념회 가거든요. 여기 다정 할머니는 머리를 매직기로 펴 주세요. 네일도 되죠? 간단한 걸루요. 빨리 되는 거."

"네, 알겠습니다."

"나 머리 잘라? 가영 언니."

"응, 타운 안에 미장원 여자 말 물어내니까 안 가는 거, 진즉에 눈치챘지."

풍요실버타운에 50대 여자가 운영하는 미장원이 있지만, 발길을 끊었다. 누구는 자식이 안 찾아온다, 누구는 딸이 많아 방문객이 있고, 며느리는 안 온다, 누구는 치매가 심해져 자식도 못 알아본다…. 각 입주자들의 가정이나 상황을 파악하고 여기저기 소문을 퍼 날라 가기가 껄끄러웠다.

나숙 씨가 비혼으로 살았다는 걸 미장원 원장이 알자마자 여기저기 소문을 퍼 나르는 바람에 왜 시집을 못 갔냐며 할머니들 입방아에 오르게 했다. 그리고 할아버지들에게 소개를 해 준다는 입방정도 떨어 나숙 씨는 타운 내 미장원을 찾지 않은 지 꽤 오래됐다. 자연히 흰머리가 허리 언저리까지 왔다.

그에 비해 다정 할머니는 자주 가서 꼬박꼬박 염색도 하고 수건도 개어 주면서 손주 자랑에 여념이 없이 살았다.

그녀들은 나란히 앉아 미용을 받으면서 수다를 떨기 시작했다.

"저번에 김 실장이 생일날 준 게르마늄 건강 팔찌 말이야. 일제 정품이라고 하는데, 믿을 수가 있어야지. 흠."

"가영 언니, 그거 효과도 없어. 김 실장 말만 번지르르한 거 같아. 그 왜, 자꾸 가족들 찾고 타운 나가려는 입주자 장 여사 말이야. 903호. 요즘 말이 없기에 왜 그런가 했더니, 글쎄 김 실장이 매주 복권을 준대. 이 로또가 1등 당첨되시면 나가서 후회 없이 사시라구."

"깔깔깔, 정말 김 실장 고단수다. 당첨될 까닭이 있나."

"에구, 그 소소한 재미에 실버타운도 그간 살았나 부다."

가영 언니는 입가를 움직이면서 씩 웃었다. 과거 에피소드가 기억났다. 언젠가 드라마작가로 컴백하면 쓰려고 메모까지 해 둔 일화가 있다.

1년 전인가, 한번은 김 실장에게 건의했다. 실버타운 근처에 대형 아울렛이 오픈했는데, 구경을 가자고 하니 자식 등 가족들에게 문의한다고 했다.

다정 할머니만 하더라도 신용카드가 딸에게 있어 외부에서 쇼핑을 하려면 현금을 찾아야 했는데, 소지하고 있던 체크카드 잔고는 3백만 원 정도가 다였다.

손주의 학비에 다정 할머니 재산을 넣고 있어, 그 이상의 돈을 쓸 수는 없댔다. 가족들이 실버타운 생활비는 대 주고 있지만,

가욋돈은 거의 없었다.

김 실장은 여러 핑계를 댔다. 대리석 바닥이 미끄러워 낙상 우려가 있다, 자녀들 등 가족들이 허락 안 한다, 허락을 해도 각 집에서 카드를 가져다 드려야 되는데 가족들이 사회에서의 일정이 바쁘다 등등등.

결국 입주자들의 거듭되는 부탁에 김 실장은 풍요실버타운 내에 특별히 명품관 행사를 열겠다고 했다. 당일 날, 기대를 하고 간 입주자들은 깜짝 놀랐다. 샤넬, 구찌, 프라다 등의 로고가 박힌 종이백을 그럴듯하게 만들어 전시했다. 그리고 김 실장이 입주자들에게 종이돈을 나누어 주고 사고파는 가짜 행사를 연 것이었다.

가영 언니는 분노했고, 우리를 단체로 치매 환자 취급하는 거냐며 항의했다. 하지만 입주자 중에 실제 알츠하이머 진단을 받은 입주자가 함부로 치매 운운하며 인권모독을 한다고 가영 언니를 공격해, 일은 조용히 끝났다.

이런 식의 우롱하는 일들이 몇몇 있고 나니, 보증금 5억 이상에 생활비만 2백만 원 이상 되는 고급 실버타운에 좀 정이 떨어지는 것도 사실이었다. 하지만 보증금 빼서 다른 살 곳 알아보는 일도 무척이나 힘든 데다 가족들이 바라지 않는 일이어서, 모두들 그냥 정붙이고 어떻게든 살려고 했다.

헤어스타일이 하늘로 높이 부풀려 치솟은 그녀들. 미장원 주차장에서 차를 빼는 가영 언니가 말했다.

“자, 이번에는 입성을 챙겨야지.”

“마담 사이즈 옷들 백화점 사서 챙겨 입자구? 가격 만만치 않을 텐데?”

“흐음, 나 드라마 시절에 1년에 20억도 번 적 있었어. 미친 때였지. 보조작가들 10여 명 고용해서 펜트하우스 하나 단기로 빌려서 미친 듯이 드라마 3편을 돌렸으니까. 그때 스트레스 풀 때는 정말 고꾸라져 죽거나, 남자랑 미친 듯이 자거나, 아니면 명품 쇼핑이었는데, 후우. 앞에 두 개는 할 수 없으니, 하는 수 있어? 명품매장 샵마들하고 친하면서 세일하면 얼른 달려가 집어왔는데. 보조작가들도 선물 주고. 그러고 나서 또 피디들과 대본으로 줘어 터지게 싸우고 그랬었지. 후후.”

“어, 언니 멋져요….”

“다정 할머니 하버드 손주만 하려구, 암만. 우리 집으로 가자. 딸년이 풍요타운에는 안 와 봐도 그 집은 관리해 준다고 철석같이 약속했으니, 거기 옷장서 이것저것 차려입고 가자구. 그냥은 못 가. 내 예전 정인 오랜만에 보는데, 힝. 안전벨트 꽉 붙들어 매.”

가영 언니는 차를 빼자마자 미끄럼방지 실내화를 벗고 맨발로 액셀을 꽉 밟았다.

"우리 오늘 가는 거야! 호텔 출간기념회로 우씨! 호히호!"

포르쉐는 빠르게 강남 시내를 질주하면서, 요리조리 끼어들어 압구정동 현대아파트에 도착했다. 녹음이 우거진 오래된 수목 사이에 주차하고, 가영 언니는 한참 둘러보다 집게손가락을 펼쳤다.

"저기다! 저기!"

3동 501호. 가영 언니는 비밀번호를 눌렀다. 삐빅 소리가 나면서 오류가 발생했습니다, 음성이 흘러나왔다.

"바꿨나?"

가영 언니가 몇 번 더 누르는데 문이 홱 열리면서 50대 중년 여성이 나왔다.

"누구세요? 왜 남의 집 비밀번호를 함부로 눌러요!"

"어, 그게 저. 여기 내 집인데, 이게 어떻게 된 거지?"

"이 집 제가 작년에 매매해 들어왔는데요? 등기부등본 떼 보세요!"

"가만, 그러면 매매자 성함이 어떻게 되죠?"

"몰라요. 기억 안나요. 저기 전 집주인한테 전화해 보세요, 참 나."

여성이 들어가고 가영 언니는 얼른 딸에게 전화를 걸었다.

"어, 어떻게 된 거여!? 응?"

딸의 말에 의하면, 남편 사업이 어려워 일단 가영 언니의 인감과 대리인 자격으로 매매를 해서 엄마의 생활비도 대고 했다는 것이다.

가영 언니는 소리를 지르면서 만나자고 했다.

압구정 현대백화점 옥상정원. 백미당 아이크스림을 사 먹으며 기다렸다.

"아, 이거 진, 진짜 먹고 싶었는데, 맛나네요…."

딸이 저만치 초라한 행색으로 손에 바리바리 쇼핑백을 들고 왔다.

"어, 엄마. 어떻게 말도 없이. 아까 그럼 실버타운에서 전화 온 게 이 얘기였어? 나 바빠서 전화 못 받았거든."

"잔말 말고 내 옷과 구두나 내놔. 정말 너, 내 옷까지 다 판 거면 죽는다. 내가 니네 서방 사업 자금을 언제까지 대 줘야 하니? 그놈의 엔터 사업, 이제 그만하면 어디 죽는다니?"

"미, 미안해. 엉엉…. 애들 고등학교만 다 졸업시키면 끝낼게. 지, 지금 물린 게 많아서 그래. 끝내지 못하겠어."

가영 언니는 딸에게 일단 오늘 갈 데가 있으니, 풍요실버타운 김 실장에게 함구하라고 단단히 입단속을 시키고 보냈다.

그녀는 화장실로 들어가 명품 옷들로 다정 할머니, 나숙 씨와 싹 갈아입고 나왔다. 나숙 씨에게 옷이 길자 즉석에서 명품매장으로 들어가 스테이플러와 스카치테이프를 빌려 줄였다. 구두도 커서 헐떡거리자, 박스테이프로 발등에 붙들어 붙였다.

알던 샵마 직원은 관두었다고 들었다. 하지만 자기네 브랜드 옷의 즉석 수선을 기꺼이 도와주었다.

"사모님, 오늘 좋은 데 세 분이서 가시는 거예요?"

"네, 남친 만나러 가요~"

딸은 호텔 행사가 끝나면 옷을 받으러 오기로 했다.

화려한 꽃들이 가득한 호텔 행사장. 손님들이 정찬을 즐기면서 단상을 보고 있다.

가영 언니, 나숙 씨, 다정 할머니는 조용히 모자챙을 내리면서 들어간다. 사람들 사이를 유유히 들어가 안내해 준다는 웨이터를 만류하고 빈자리에 차분히 앉았다.

클래식 음악이 잔잔하게 흘러나오고 단상에서는 베이지색 레이스드레스를 입은 키 작은 중년 여성이 비뇨기과 의사로서 첫 수필집을 발간한다고 강연을 하고 있었다. 피피티를 대형 화면으로 보여 주면서 비뇨기과적 장애나, 발기부전이나, 전립선비대증을 설명하고, 청중들은 고개를 끄덕이며 진지한 얼굴로 보았다.

다정 할머니가 고개를 숙이고 홍조를 띠고 풋 웃었다.

"웃기지? 쿠쿠."

가영 언니는 웨이터 쟁반에서 칵테일을 낚아채듯 가져오면서 한 잔 쭉 들이켰다.

"쟤가 저러더라구. 유튜브 채널도 있던데."

"아시는 분이야? 저 사람이 첫사랑? 저 여자 작가가?"

나숙 씨가 의아해하자 가영 언니는 쿡 웃었다.

그리고 시선을 돌렸다. 단상의 작가가 가리키면서 고마움을 표현하는 중년 남자를 곧바로 보았다.

"저 남자."

"작가의 남편?"

"응, 산부인과 의사야. 둘이 부부야. 산부인과와 비뇨기과 의사 부부."

"신기하다. 담당 과가 남자 여자가 바뀌었네."

"그래서 유튜브서 북 치구 장구 치고 부부 의사가 떡상하던데?"

"언니 담당 의사였어?"

가영 언니가 쿡쿡 웃으면서 칵테일을 뿜을 뻔한 걸 다정 할머니가 냅킨으로 막아 주었다.

강연이 끝나자, 작가의 사인회가 이어졌다. 길게 늘어서는 줄. 청중들이 책을 들고 사인을 기다린다. 그녀들도 그 뒤로 선다. 드디어 가영 언니가 사인을 받을 차례이다.

가영 언니가 작가에게 다가가 책을 사인받고 나자, 남편이 "와

주셔서 감사합니다." 하면서 고개를 들었다.

가영 언니는 지그시 미소 지으면서 윙크를 했다.

"어?"

남편이 깜짝 놀라고, 작가가 얼굴을 들어 보고 두 눈이 휘둥그레졌다.

"어, 어머니…. 어떻게…. 실버타운에서 연락 없으셨잖아요."

"쉿, 인터넷 기사 보고 오늘 알았어. 알려 주면 좀 좋으냐. 할 수 없지. 불청객은 조용히 돌아간다."

"아니, 그러지 마시고. 어머니!"

작가가 일어나 나오려는데, 가영 언니가 말렸다.

"손님 맞이해. 우리 가 봐야 해."

가영 언니는 가볍게 묵례를 하면서 나오다가, 작가의 가족석 사람을 보고 정중히 인사하고 미소를 지었다. 작가의 부모가 맞이하며 인사를 했다.

가영 언니의 눈에 맺힌 눈물을 나숙 씨는 놓치지 않고 린넨 손수건을 주머니 춤에서 빼서 건넸다.

"나숙 씨, 나 괜찮아."

나숙 씨가 절룩거리며 주저하자, 다정 할머니가 팔짱을 끼고 대신 손수건을 받아 가영 언니의 눈물을 닦아 주었다.

잠시 그들은 호텔 로비에서 조용히 마음을 추스르고, 소파에 앉아 아픈 다리를 쉬게 했다. 다정 할머니가 나숙 씨의 다리를 주물러 주었고, 가영 언니는 나숙 씨의 발을 주먹으로 바삐 지압을 했다.

잠시 후, 화장실에 들러 옷도 갈아 입고, 디펜드 기저귀를 갈고 나온 그들은 호텔 주차장에서 가영 언니의 딸을 만났다.

"야, 너 이 옷들은 잘 보관해 둬."

"아, 알았어. 그리고 절대로 실버타운 생활비는 밀리지 않을게."

"뭐어? 너 밀린 적 있지. 야! 내가 두고 간 돈이 얼만데 그, 그걸 밀려?"

"아, 아니. 얻다 투자하느라. 걱정 마요, 조만간 돌려받을 거야."

"으이구, 나도 모르겠다. 일단 넌 가. 우린 알아서 갈 테니."

"엄마, 풍요로 돌아가는 거지? 제발."

"알아서 할게. 어서 가. 애들 밥 차려."

딸과 헤어지고, 주차장에서 가영 언니는 잠시 좀 휴식을 취했다.

"나이는 나이인가 보다."

"가영 언니. 아까 그 작가 선생 남편이 언니 아들 맞지?"

"후후, 그럼 그 젊은 남자가 애인이겠어?"

"아, 아들 말씀 없기에 딸만 두신 줄 알았어요…."

"다정 할머니, 솔직히 나 두 번 결혼했다 두 번 다 이혼했어. 히히. 오늘 본 아들이 내 첫 번째 결혼에서 낳은 아들. 아까 그 딸은 두 번째 결혼에서 얻은 딸."

"가영 언니 복잡하게 사셨구나."

"뭘, 두 번인데. 내 드라마 여자 주인공들은 이혼이 세 번은 기본이었어. 후후."

"워, 워낙 유명한 분이니까요…, 사정이 있었…었죠?"

"드라마는 워낙 국회 날치기같이 일이 되다가도 갑자기 막히고, 그다음 날 또 되는 요상한 동네라 그걸 이해하는 남자 만나기 힘들어. 들쑥날쑥 일 따라 기분이 그 모양이야. 도박 같아. 불빛 찾아 헤매는 불나방 같기도 허고. 나중엔 고 맛에 하는 인간들만 남았지. 결국 육십 중반이 넘으니 맨정신으로 버틸 수가 없더라구."

나숙 씨가 핸드폰을 꺼내 보고 놀란 눈으로 말했다.

"가영 언니, 벌써 오후 3시다. 김 실장한테 경찰 신고 안 했다고, 어서 돌아와 달라고 문자 왔어. 부재중 전화가 10통이나 돼."

"문자 보내. 저녁 8시까지는 들어간다고."

"갈, 갈 거예요?"

"일단 안심시키고 도주하든가 해야지. 나는 정인 봤으니 됐고. 다들 소원 하나씩 말해 봐."

"가영 언니, 나는 한강 보면서 아이스커피 시원하게 한 잔 마시고 싶어."

"오케. 다정 할머니는? 손주는 어차피 못 보잖아. 말해 봐."

"없, 없어요…."

"정말? 그러지 말구. 언제 또 서울로 나와."

"그, 그럼 수, 수영해 보고 싶어요…, 한, 한 번도 가본 적 없, 없어요. 하버드 손주랑 수영장 가도 물에 안 들어갔어…요."

"좋았어. 한강 개장했을 타임이니까. 소원 합치기 시퀀스야! 꽉 잡어. 이 근처인데 전속력으로 간다. 내 가던 데 있어."

가영 언니는 액셀을 밟아 속력을 내면서 올림픽도로를 탔다.

한강 뚝섬유원지에 금방 도착했다.

입장권을 끊고 들어가, 매표소 옆 슈퍼마켓 겸 각종 물놀이도구 파는 가게에서 수영복을 구입했다.

"비키니가 훨 싸다. 하는 수 없지. 다정 할머니 첫 수영은 비키니로 해. 나도 딸년 못 믿어 함부로 못 쓰겠다, 이제."

탈의실로 들어가 각자, 꽃무늬 수영모에, 가영 언니는 하얀 비키니, 나숙 씨는 벚꽃무늬 비키니, 다정 할머니는 초록색 스트라이프 비키니를 입고 나섰다.

"기죽지 말고. 나 왕년에 배우들하고 수영장 가면 한 글래머 했다? 다정 할머니 허리 펴."

가영 언니는 수영장 매점에서 핫도그와 돗자리를 사면서, 그

옆 간이 카페에서 아이스커피를 시켰다. 박재범의 〈YACHT〉 힙합음악이 흘러나오는 간이 카페에서 알바생들이 리듬을 타면서 커피를 만들어 팔고 있었다.

몸을 흔들거리던, 40대 정도의 하와이 셔츠를 입은 근육질 사장이 신나게 말했다.

"어머, 아름다우신 누님들 강림에 시선을 어디로 둘지 모르겠습니다."

"호호. 우리 아직 안 죽었네. 아아 세 잔이요. 그리고 와플 츄러스 세트로 각자 하나씩 추가."

"네네, 그러믄입쇼. 발 뜨겁죠? 가만 계세요들, 누님."

사장은 얼음물을 컵에 담아 시원하게 그녀들 발에 뿌려 주었다.

"엄마. 시원, 시원해요…."

"누님들, 미국서 살다 오셨나 보다. 화끈하세요들."

"그럼요, 풍요…."

라고 말하려다 나숙 씨가 입을 다물고 말을 바꾸었다.

"미국 플래티넘 타운서 살다 왔어요."

"그런 데가 있어요?"

"네. 부자 동네예요."

각자 커피와 와플 등을 손에 들고 파라솔 아래 자리 잡았다.

"다정 할머니, 나만 믿고 들어가자."

"수, 수영 못해요."

"그러니 유아풀 가야지. 자, 나만 믿어. 나 수영강사가 맘에 들어 자유형부터 접영까지 5년을 수영장 다녔어. 오해 마. 강사는 여자였어."

그녀들은 유아풀로 걸어가 미끄러질까 봐 조심스레 들어갔다. 아이들이 물장구치면서 튜브를 끼고 엄마 아빠, 할머니와 즐겁게 수영 중이었다. 절뚝이던 나숙 씨는 물에서 편하게 걸었다.

"이제 좀 사는 것 같다. 신나게 놀자. 비키니 꽉 붙들어. 흘러내릴지 몰러."

"히히."

한참을 물에서 걷고 물장구치고 수영도 하면서 놀다 나왔다. 파라솔 아래 그녀들이 나란히 앉았다. 저 멀리 수평선에 내리는 노을을 보는 세 사람.

"아름답…다. 잘 살까요? 모두…."

"하버드에서도 저게 보일 테니, 걱정 말고."

"네…."

"가영 언니 괜하게 실버타운에 일찍 들어왔나 봐. 아직 세상은 이렇게 아름답고 젊은데."

"아니, 나숙 씨. 나도 드라마 은퇴하고 하두 할 일 없어 들어갔고 몇 년만 살다 나오려 했는데, 거기서 이렇게 우리 삼총사 만나 즐겁기도 했잖아. 김 실장하고 바득바득 우기고 싸우고 화 풀고 놀면서. 후후. 여기서 살면 찾아와 줄 배우나 동료 작가라도 있는 줄 알아? 딸은 오면 돈, 돈 소리야."

"그건 그래. 나도 다리 더 불편해지기 전에 들어왔는데, 조만간 훨체어 앉을 날이 다가올 거 같아."

"나, 나도. 정신 붙들고 싶지만 자, 자꾸 까, 까먹어서요."

"김 실장한테도 민폐는 안 되어야지. 우리들 압구정동 내 집 되찾아 거기서 살까?"

"네?"

"후후. 드라마 제작할까 봐, 풍요실버타운 배경으로. 떼돈 벌어 우리 셋이 타운 차리자."

"저, 저도 검, 검정고시 볼, 볼래요. 사, 사실 고등학교 못 나, 나왔어요…."

"그래서 그렇게 하버드 손주가 예뻤어? 그래, 우리가 도와줄게."

"그래요, 바쁘게 살자! 바쁘게. 타운서 악기도 바둑도 유화도 배워 보자구요. 요즘 누가 옛날 호호 할머니들처럼 살아요? 화이링!"

나숙 씨가 손에 손을 잡고 파이팅을 외쳤다.

노을이 곱게 지는 모습을 한참이고 감상했다.

수영을 마치고, 빈 컵을 카페 사장에게 돌려주고 주차장으로 나섰다. 젖은 비키니를 잔디에서 꼭 짜서 비닐봉투에 곱게 접어서 넣고 차에 올랐다.

“수영복은 기념이다. 풍요타운서 수영 수업 때 비키니 허용하게 해 달랠 거야. 헉헉…. 오랜만에 물질은 힘들다.”

가영 언니는 운전대를 잡고 차오르는 숨을 고르면서 결심했다는 듯 말했다.

“가자, 이제.”

“우리 어디로 가지?”

“풍요실버타운. 김 실장에게 혼나겠지만 어쩌겠어? 나한테 받은 기프티콘 다 환불받아 가지라고 해야지. 그거 백만 원도 넘어. 히히, 맨날 하나씩 보냈거든. 스타벅스, 폴 바셋, 조앤더주스, 버거킹, 맥도날드, 써브웨이 종류별로 고루고루. 그리고 이 차 기스 하나 안 냈잖아. 이제부터 다시 김 실장 애정해야지. 사랑하는 정인은 이제 한번 봤으니 됐어.”

“아들이 그렇게 보고 싶었나요?”

가영 언니는 씩 웃으면서 고개를 저었다.

“아니.”

“그럼 며느리가?”

“후후, 며느리 친정아버지 왔잖아. 지 딸 의사로서 첫 에세이 출간기념회인데 와서 지키더만. 그 남자 30년 전에 방송사 간부였고, 나 첫 번째 이혼했던 시절에 나랑 썸 탔어. 정말 보고 싶은 남자였어. 아쉽게 헤어져서 더 기억나지. 유부남이거든. 후후.”

"뭐어? 가영 언니가 그럼 바깥사돈을 보러 온 거야? 대박."

"애들 결혼 전이야. 사돈 전에 썸남이었다구. 이상하게 그 남자랑 잠을 못 자서 그런가, 애틋하게 늘 보고 싶더라구. 후후. 우리 또 상도는 지키잖아."

포르쉐는 올림픽대로로 접어들면서 신나게 달렸다. 풍요실버타운으로 돌아가는 길에 어둠이 내려앉았다. 다정 할머니는 눈을 감고 새근새근 잠에 들었다. 나숙 씨는 뒷자리를 한번 보고 웃으면서 주머니에서 껌을 꺼내 가영 언니 입에 넣어 주었다. 가영 언니는 싱긋 웃으면서 윙크했다.

중환자실. 침상에 거의 모든 환자들 산소마스크를 끼고 이불을 가슴까지 끌어당겨 눈을 감고 있다. 가습기 소리만 조용히 나는 병실.

하얀 재킷을 입은 40대 남자와 20대 여자 간호사가 들어선다.

"여기 구매할 물품 리스트와 재고 분량 마킹했으니까, 확인해 보시고 사인해 주세요. 지금 타운 건물마다 받고 있어요. 그리고 새 간호사님 오셔서 인사차 왔습니다. 앞으로 불편한 점은 말씀 주시면 제가 해결해 드릴게요."

"고맙습니다. 국장님."

"안녕하세요, 가영 작가님."

김 국장은 머리가 새하얀 숏 컷에, 두 눈을 감은 가영 언니의 손을 잡았다.

"굉장히 쾌활한 분이셨는데, 혹시 드라마 〈루미야, 내 안의 너가 보이니〉 보셨어요?"

"아, 그거 유튜브로 요약한 거 봤어요. 오래된 거던데요."

"완전 90년대 명작이죠. 가영 작가님이 쓰신 거예요. 영광이죠. 그런 분을 모셨다니. 옆에 계신 나숙 입주자님은 가영 작가님과 완전 단짝이셨어요."

나숙 씨도 눈을 감고 있다. 긴 하얀 머리가 돋보인다.

"특이하세요. 긴 머리 환자분은 여기서 처음 봐요."

"몇 년 전이지? 갑자기 뇌에 종양이 발견돼 수술할 때 머리를 완전히 밀었거든요. 그런데 저한테 간곡하게 부탁하기를, 머리를 기르게 해 달라고 하셨어요. 꼭 청담동 미용실서 자른다고 하시던데. 그리고 소원이 우리 풍요실버타운에서 오래 살게 해 달라고 하셨어요. 그래서 가에서 나, 다, 여기 라동 호스피스 동까지 오셨죠. 가영 작가님은 꼿꼿하게 가동서 사시면서 거의 매일 나숙 씨 보러 다른 동으로 놀러 다니셨구요.

이제 여기서 두 분이 만나게 됐지만요. 그리고…, 사실 삼총사였는데 지지난 주 돌아가신 분 다정 입주자님. 그분은 일찍 알츠하이머 증세가 있었어도 잘 사셨는데, 그만 심부전증세가 진정되지 않아서…."

신참 간호사가 미소를 지었다.

“저 인수인계 받을 때 가신 분인데, ‘하…드’ 얘기 많이 하셨는데요. 전 아이스크림 안 된다고 했죠.”

“아하, 그거 하버드 손주 자랑입니다. 그 손자가 지금은 변호사 됐대요. 후후. 이분들이 세상에 8년 전 즈음인가, 제 차 타고 일탈하셔서 얼마나 애먹었는지 몰라요. 그 차도 이제 바꿀 때 됐지만, 무사고라 잘 타고 있습니다. 제가 결혼하고 아이 둘 낳는 동안, 내내 쭉 모신 분들이죠. 두 분도 상조까지 할 수 있게 되면 무한 영광이죠.”

“무척 인연이 깊으시네요.”

“그럼요, 우리 입주자분들이신데, 평생 고객들입니다. 그럼 리스트 찬찬히 보십시오, 나중에 전화 주시면 받으러 올게요.”

“네. 알겠습니다, 김 국장님.”

가영 언니는 눈꺼풀을 움직이면서 손가락을 까닥했다.

김 국장은 가영 언니의 왼손을 붙잡고, 그 옆의 나숙 씨의 오른손을 잡아 세 명이 손에 손잡은 형태로 가만히 있었다.

“가영 작가님, 나숙 입주자님과 이렇게 저 통해 손잡은 거 아시겠어요? 그때 기프티콘 매일 쏘고 얼마나 예뻐해 주셨어요. 부담됐지만요. 나중에 하나하나 야금야금 시내에서 지금 아내 만나 데이트할 때마다 썼어요. 감사합니다. 아내가 누가 그렇게 챙겨 주냐면서 문어발 연애하느냐고 오해도 많이 했는데요.”

김 국장은 가동의 행정실장에서 8년 후에 여기 전체 타운의 사무국장이 된 것이다.

김 국장이 나가고 다시 가습기 소리만이 쌕쌕 나는 조용한 병실.

가영 언니와 나숙 씨의 눈꺼풀이 움직이면서, 간호사가 폰으로 음악을 조용히 튼다. 박재범의 〈YACHT〉가 흘러나온다.

입술이 조금 아주 조금 달싹이는 가영 언니. 그리고 나숙 씨는 눈을 살그머니 끔벅끔벅한다.

가습기에서 하얀 분무가 공기 중으로 퍼진다.

작가 후기

이 작품은 제 단편소설들로 엮은 소설집입니다. 1999년 MBC 아카데미 드라마작가반에 등록하면서 시작된 작가의 꿈은 5년을 드라마 시나리오작가로, 그리고 2006년 《훈민정음 암살사건》을 내면서 추리소설가로 살면서 이루었습니다. 그간 《경성탐정 이상 1-5》 시리즈와 《서점 탐정 유동인》 등 많은 추리소설을 냈지만, 단편으로 만든 소설집은 이 책이 처음입니다.

20년간 틈틈이 발표한 단편소설을 내면서 그간 드라마작가·추리작가로서 작품들을 정리해 보고 싶었습니다. 그리고 내년에 새로이 맞이하는 50대로 진입하면서 작가로서 재탄생하는 계기도 만들어 보고 싶었습니다.

각 작품마다 추억과 일화들이 많은데, 〈타임슬립러브〉는 어느 매체에도 발표하지 않은 미발표작입니다. 김선민 작가의 스토리디자인 워크숍에서 플롯을 개발해 쓴 중편소설입니다. 무척 파격적인 소재라 쓰기를 망설였는데, 김선민 작가가 적극 써 보라 권해서 쓰기 시작했습니다. 문장이 마음에 들고 구성이 나름 좋다고 여겨졌습니다.

영화 〈벤자민 버튼의 시간은 거꾸로 간다〉나 피츠제럴드의 원작소설을 무척 좋아하는데, 진정한 사랑을 체험하기 위해 타임슬립러브를 감행하는 중년 여성을 묘사해 보았습니다. 이 작품으로 순문학적인 주제의식을 넣어 보았습니다.

〈부처꽃 문신에 담긴 꽃말〉은 추리작가협회에서 강원도 정선 고한추리마을을 다녀오고 나서 낸, 협회 작가들의 앤솔로지 《굿바이 마이 달링, 독거미 여인의 키스》에 실린 작품의 제목을 바꾼 것입니다.

고한추리마을은 그대로 추리소설의 배경입니다. 강원랜드나 폐광, 석탄유물전시관 등이 장르의 느와르 느낌과 영감을 주는 곳입니다. 꼭 방문해 보시기 바랍니다. 특히 폐광으로 들어가는 광부인차 탑승 체험은 정말 인생에서 한 번은 경험해 볼 만한 묘한 느낌을 줍니다. 타임머신을 타고 과거로 돌아가는 느낌이랄까요.

〈메살리나 콤플렉스〉는 30대 초반 처음으로 소설을 쓸 때, 역사상 가장 유명한 요부 메살리나 황후 이야기를 듣고 너무도 기이한 사람이라 생각돼 쓴 작품입니다. 역사의 행간에 상상력으로 에피소드를 집어넣어, 메살리나를 현대의 사람과 조각상으로 되살려 보았습니다.

〈공모전 살인 사건〉에서 경찰이 작가에게 사건 정보를 준다

는 부분은 완전한 픽션입니다! 절대로 안 줍니다. ^^

그간 공모전에 작품을 내고 떨어진 일들이 워낙 많아 생각에 상상을 거듭해 판타지로 풀어냈는데, 어떠신지요?

〈대쾌〉는 신윤복이 정조의 밀명으로 일본에 건너가 풍속화가로 일한다는 《색, 샤라쿠》 장편소설을 쓰면서 연구한 최북의 일대기를 단편소설로 구성한 것입니다. 개인적으로 진실한 사랑을 처음으로 탐미적으로 묘사해 봐서 의미 깊었던 작품입니다.

〈풍요실버타운의 사랑〉은 박선아 드라마작가의 아버님이 사시는 실버타운을 방문하고 영감을 받아 올해 쓴 가장 최근의 미발표작입니다.

실버타운의 할머니 삼총사들이 포르쉐 오픈카를 훔쳐, 과거 사랑했던 남자도 보러 가고, 비키니를 입고 수영장도 가는 에피소드를 넣어 경쾌하게 써 보았습니다. 특히 주인공 가영 언니를 드라마작가로 설정해서 대사를 전혀 할머니답지 않게 쓴 게 포인트입니다. 정말 즐거운 작업이었습니다.

이 작품집으로 작가로서 20년 경력과 저의 생활인으로서의 3, 40대를 정리하면서, 더 좋은 작품을 쓸 풍요로운 50대를 기약해 봅니다.

인생을 반추하니, 그간 결혼·출산·육아 과정 그리고 여러 미안한 사람, 고마운 사람, 좋아하고 사랑한 사람과 동료 작가들, 그리고 에디터들, 마케터들의 얼굴이 떠오릅니다. 모두 그립고 고

많고, 그리고 그 사람들과의 추억들로 저의 인생이 채워져 있습니다.

앞으로 다가오는 50대는 〈풍요실버타운의 사랑〉처럼, 화끈하고 재미있고, 일탈이 있고, 그리고 달콤 씁쓸한 민트초코 같은 날들도 간간이 있겠지만, 한편으로 이름 그대로 풍요로운 브라운 같은 안온하고 여유로운 즐거운 나날들을 기대해 봅니다. 풍요실버타운까지 이어지는 길을 추리 독자분들과 같이 걸어가길 희망합니다.

제가 또 김재희 추리월드 초대장을 보내 드리면 주저하지 마시고 와 주십시오. 풍요실버타운의 할머니들처럼 찐한 재미나는 일탈을, 그리고 타임슬립러브처럼 진기한 추리 여행을 같이 시작해 봅시다.

2021년 7월

김재희